L'INTIMITÉ DU POUVOIR
de Jacqueline Boucher
est le quatre cent quatre-vingt
publié ch
VLB ÉDITEU

L'INTIMITÉ DU POUVOIR

Jacqueline Boucher

L'intimité du pouvoir

roman

vlb éditeur

VLB ÉDITEUR
Une division du groupe
Ville-Marie Littérature
1000, rue Amherst, bureau 102
Montréal, Québec
H2L 3K5
Tél.: (514) 523-1182
Télécopieur: (514) 282-7530

Maquette de la couverture:
Gaétan Venne

Illustration de la couverture:
Louis Montpetit

Distribution:
LES MESSAGERIES ADP
955, rue Amherst
Montréal, Québec
H2L 3K4
Tél.: (514) 523-1182
Interurbain sans frais: 1 800 361-4806

Dépôt légal —3ᵉ trimestre 1993
Bibliothèque nationale du Québec
ISBN 2-89005-545-0

À mon fils Sébastien, qui plus souvent qu'autrement fut un orphelin de la politique.

MES PLUS SINCÈRES REMERCIEMENTS À

Peter George qui, un jour d'août 1991, a lu un pâle brouillon de manuscrit et y a cru, ce qui m'a donné l'élan pour continuer;

France Saint-Pierre, qui a pris le temps de me trouver de la documentation et dont le dynamisme et la sincérité m'ont toujours épatée;

aux amis qui ont sacrifié quelques rares journées ensoleillées pour aider à la lecture finale;

et avec une pensée de reconnaissance pour les milliers de bénévoles dans tous les partis politiques, dont les politiciens se gorgent d'avoir l'appui mais qui les oublient souvent. Sans eux, aucun État démocratique n'existerait.

«Messieurs, vous saurez que la science médicale a fait des progrès immenses dans le domaine des transplantations. Des couilles, ça se greffe!»

Elle se retourna, digne, et quitta la pièce.

Les hommes la regardèrent partir, médusés. Ils ne savaient ce qui les heurtait le plus, sa démarche altière ou sa sentence choc.

Dès qu'elle arriva à son bureau, elle se rua sur l'appareil téléphonique, mais arrêta tout aussi vite son geste. Elle voulait lui parler, non, entendre sa voix. Lui seul la calmait. Mais ne lui avait-il pas dit hier soir — alors qu'elle avait passé la soirée au téléphone, à discuter, à donner des ordres, à écouter des plaintes — qu'elle le négligeait, qu'elle le méprisait?

Des larmes mouillaient ses joues et glissaient dans son décolleté. Son soutien-gorge devint humide. Elle passa ses doigts à la base de ses seins et pensa un instant qu'ils s'affaissaient.

«Il n'a pas le droit; ils n'ont pas le droit.» Ses pensées s'entrechoquaient.

Elle ne pouvait souffrir qu'il puisse penser qu'elle le méprisait; elle ne supportait plus qu'ils la considèrent comme une critique invétérée; elle se désolait de voir son corps vieillir.

Elle continua à pleurer, silencieuse. Elle n'avait plus la force d'émettre une plainte. Il valait mieux qu'il en soit ainsi. S'ils passaient derrière la porte, ils ne sauraient pas ce qu'elle vivait.

Machinalement, elle ouvrit le téléviseur. Le bulletin de nouvelles commençait. Elle avança le bras pour l'éteindre, mais la figure emplit l'écran. Oui, c'était bien lui. Le grand financier. On le traitait de profiteur.

Elle se décida et lui téléphona.

—Bonsoir. C'est moi. Est-ce que tu regardes la télé?

—Oui.

—Tu l'as vu?

—Oui.

Dans les moments de tension, le dialogue s'effritait. Elle regrettait cette habitude installée entre eux.

—Ça n'a pas été, à la réunion?

Il avait perçu son désarroi. Elle entendit avec soulagement son «J'arrive!»

❏

Quand elle entra dans son appartement, elle le trouva endormi dans un fauteuil. Elle s'en voulut. Elle avait imaginé un souper aphrodisiaque, une soirée de caresses, une nuit de volupté, mais la réunion fut annoncée. Le souper sauta, ensuite ce fut la soirée et maintenant ce pourrait être la nuit. Cette crainte la secoua.

Elle avança sans bruit vers le fauteuil et s'agenouilla entre ses jambes. Sa tête allait et venait doucement au creux de ses reins. De son front moite elle caressait son pénis à travers son pantalon. Ses mains montaient le long de ses jambes. Sa tête remuait toujours. Elle embrassait maintenant son membre viril. Il changea à peine le rythme de sa respiration. Elle comprit que ce corps inerte ne dormait plus. Cela l'excita.

De son souffle chaud, elle gonflait l'objet de son désir. Elle lui caressait les cuisses, remontait le long de son ventre puis de sa poitrine. Elle lui saisit la pointe d'un sein et la roula doucement entre ses doigts.

Elle ne savait plus si ses gestes étaient encore érotiques. Il se leva et lui dit d'une façon dégagée: «Allons dans ta chambre, nous serons plus à l'aise.»

❏

Elle se retourna et regarda l'heure. Quatre heures. Elle se sentit perdue.

Ils avaient fait l'amour. Non, ils avaient eu une relation sexuelle. La distance entre eux était trop grande pour que l'on puisse parler d'un geste d'amour.

Elle se retourna à nouveau et se lova contre lui. De ses doigts elle entoura son pénis. Elle n'aurait pu dire si son geste se voulait provocateur ou protecteur.

Le sommeil la fuyait. Elle voulait retenir le plus longtemps possible la chaleur de son corps. Elle ne pouvait se passer, même inconsciemment, de sa présence physique.

Chapitre premier

Le 8 août, un incendie détruisit un entrepôt de BPC situé à Saint-Télesphore. Un inconnu s'était introduit sur le site d'entreposage, avait ouvert quelques barils de BPC liquides et mis le feu. L'incendie, alimenté par la présence de solvants, fut spectaculaire. Les premiers sapeurs arrivèrent sur les lieux du sinistre à vingt heures vingt-six. Ils en auraient pour douze heures avant de rentrer chez eux. La moitié des cinq cents barils entreposés se consumant, la température du brasier atteignant environ mille cent degrés Celsius, le chef des pompiers locaux fit évacuer le village et les municipalités avoisinantes, situés directement sous le panache de fumée dégagé par l'incendie. Bilan de l'évacuation? Quatorze mille cinq cents personnes tirées de leur sommeil et rassemblées, en partie, dans un centre sportif situé quarante kilomètres plus loin.

Le service de protection civile aménagea des lits de fortune au milieu de l'aréna de Bourget, mais la plupart des sinistrés retrouvèrent le sommeil dans les gradins. À travers leurs yeux alourdis, ils voyaient les rangées de lits alignés et réalisaient, mal à l'aise, que le spectacle qui s'offrait à eux n'avait rien d'une compétition anonyme. Ils en faisaient les frais. Un insaisissable sentiment de révolte s'immisçait. *On* les avait tirés de leur sommeil, *on* les avait menés dans un village voisin, *on* leur avait donné du café, des beignes, des couvertures. *On* leur avait dit que cela ne saurait être long et maintenant *on* ne savait trop quoi faire d'eux. Parmi les enfants qui dormaient ou jouaient, les vieillards perdus et les adultes inquiets, des journalistes allaient et venaient. Ils étaient déçus. Il n'y avait pas de sang, que des corps endormis. Pas de déclarations fracassantes, que des Saint-Télesphoriens relatant les incidents de la nuit. L'ambiance de stade régnant parmi ces journalistes était déplacée. Les représentants de la presse recherchaient la nouvelle sans se soucier de l'humiliation que leurs caméras et leurs questions imposaient à ces gens bouleversés.

Antoine Lacasse, chef de cabinet du Premier ministre du Québec, se rendit à Bourget dès que la Sûreté du Québec l'avisa de la situation. Il quitta la capitale par hélicoptère, accompagné du directeur des situations d'urgence à la Sûreté. Antoine avait quarante ans, la démarche fière. Seuls des bourrelets naissants à la taille trahissaient un début d'embonpoint ou un manque d'activité physique. Sa chevelure blonde toujours au vent et son regard bleu le rendaient séduisant. Et comme il savait bien jouer de ses yeux bleu de Delft, passant d'une œillade familière à un regard d'acier selon les propos qu'on lui tenait! Après des études en communications, en marketing et en droit, il avait été attaché de presse de l'Association provinciale des notaires, puis directeur du marketing de la filiale québécoise de Fuel Canada. Il s'était développé une pseudo-conscience politique lors du référendum nationaliste de 1980 en se moulant à la pensée de ses patrons qui voyaient d'un mauvais œil la négociation de leurs contrats avec un Québec indépendant. Puis ce fut un concours de circonstances favorables. Quand survint la course au leadership du Parti social-économique du Québec (PSEQ), son patron de l'heure, qui frayait avec les milieux politiques, assuma la présidence de la campagne du candidat Brochu. Le président de Fuel Canada amena son directeur du marketing comme «personne-ressource».

Antoine pénétra dans un monde aux dimensions gigantesques. Il voulut tout de suite y prendre sa place. La conjoncture sociale lui en offrit l'occasion. C'était l'ère des spécialistes et un professionnel du marketing était plus que bienvenu au sein du PSEQ. Antoine n'agissait pas du tout en néophyte de la politique. Il convoquait des réunions dans les meilleurs restaurants, où le vin coulait à flots et où les menus, choisis par lui-même, remplissaient d'aise. Les dirigeants du PSEQ l'admiraient; il les comblait. Le stratège en marketing avait depuis longtemps compris que pour garder son homme, on le prend par le ventre en y mettant ce qu'il y a de mieux. Les habitués de la politique le regardaient avec un mélange de méfiance et d'hébétude. Ils trouvaient qu'il manquait de pif politique, mais il leur apportait la dimension subjugante du monde des affaires. Et, comme le PSEQ s'ouvrait de plus en plus aux hommes d'affaires et aux jeunes entrepreneurs, de part et d'autre on développait une certaine aisance. Antoine était disponible pour le pouvoir et il faisait en sorte qu'on le sache. Il allait sans ambages y promener le sourire en coin d'un homme vivant sa supériorité et goûtant l'admiration.

En ce début des années quatre-vingt, les militants de la base étaient peu conscients de ce qui se passait à la permanence de leur Parti. L'organisation des comtés était déficiente, les finances déficitaires. Le laisser-aller du pouvoir perdu s'était installé. Depuis neuf ans, le PSEQ avait connu deux défaites après avoir dirigé la province pendant plus de dix-huit ans (le temps d'atteindre une majorité chez l'homme mais le temps d'atteindre une sénilité sclérosée en politique). De victoire en victoire, de contrat octroyé en contrat octroyé, d'annonce ministérielle en annonce ministérielle, le Parti au pouvoir s'était peu à peu enlisé dans le bien-être statique de l'indifférence. En politique, l'escalade du pouvoir finit toujours par trahir l'idéologie. C'est ce qui était arrivé à un gouvernement coupé de sa base militante. Le Parti n'avait pas compris que les projets grandioses d'aujourd'hui doivent aussi répondre aux besoins de demain. Cette moralité politique non probante créa elle-même son vacuum.

Les deux défaites électorales subséquentes provoquèrent des campagnes à la direction du Parti. À chaque occasion, le nom de Jean-Noël Brochu, professeur d'économie avantageusement connu et militant de longue date, fut avancé comme candidat potentiel. En stratège avisé, il déclina les offres, acceptant plutôt la présidence des campagnes à la direction. Cela lui donna une visibilité constante et une sage neutralité. Officiellement, Jean-Noël Brochu justifia son absence par la précarité de la santé de sa femme, atteinte d'une tumeur au cerveau, mais officieusement, il estimait bien minces les chances de son Parti de remporter une victoire. Son épouse mourut huit mois avant le déclenchement d'élections générales. Ce fut une lourde perte pour Jean-Noël Brochu qui, veuf sans enfant, consacra ensuite toutes ses énergies à la politique. Il devint de plus en plus disponible pour les tournées régionales, les interventions aux tables rondes d'experts à la radio et à la télévision, les présidences de levées de fonds. Ses prises de position publiques étaient modérées et ses critiques envers le gouvernement en place concises et novatrices. Les sondages le placèrent bien vite comme grand favori pour donner la victoire au PSEQ advenant le déclenchement d'élections générales. À la course au leadership suivante, Jean-Noël Brochu, alors président de la commission politique du PSEQ, devint «l'homme de la situation». Personne n'était insensible à son sourire engageant qui annonçait des jours meilleurs. Il avait un côté Richard Chamberlain qui plaisait à l'électorat féminin et un charisme qui en faisait un meneur d'hommes. Sa qualité principale résidait dans le fait qu'il pouvait travailler avec tous et chacun sans acception de personne. Il rallia donc avec facilité les troupes et le PSEQ se réorganisa. Le Parti de l'Unité nationale (PUN) alors au pouvoir fut compromis dans des histoires de pots-de-vin. La confiance des électeurs lui échappa et le Parti de Jean-Noël Brochu reprit le pouvoir. Antoine devint chef de cabinet du Premier ministre.

❏

Le maire de Bourget, Prosper Bertrand, était un bon bougre. Son grand-père, Anatole, avait été maire du village, son oncle Ludger également et maintenant la tradition continuait avec lui. On l'avait réveillé en pleine nuit pour lui demander la permission d'utiliser les bureaux municipaux. C'était une question d'urgence, de solidarité. On avait besoin de lui. Il répondit: «Je m'en viens!» et s'assura d'avoir toutes les clés nécessaires avec lui.

Quand il arriva à l'hôtel de ville, il aperçut les lumières allumées dans l'édifice et la porte principale grande ouverte. Il prit quand même les clés de son bureau. Un policier qu'il ne connaissait pas lui interdit l'entrée de la mairie. Le maire rougit, s'identifia. Le policier ne s'excusa pas. À l'intérieur, va-et-vient de visages inconnus. Le maire reconnut avec soulagement Éphrem Lemieux, le plus vieux conseiller municipal.

—Tu parles d'une affaire qui nous arrive.

—On va voir ce qui se passe, mon Éphrem. Viens dans mon bureau.

L'accès en était aussi interdit par un représentant de l'ordre qu'il ne connaissait pas. Le maire n'en pouvait plus.

—Mais qu'est-ce qui se passe? Qui est là? demanda-t-il en désignant son bureau.

—On ne peut pas passer, monsieur. Le chef de cabinet du Premier ministre travaille.

—Écoute, le jeune, c'est mon bureau! J'ai mes clés. Alors à moins que tu aies une autorisation écrite du chef de police d'ici, tu te tasses.

La sueur perlait au front du magistrat. Le jeune policier, un cadet de l'Institut de police, ne réagit pas assez vite. Le maire entra dans son bureau, Éphrem resta dehors.

—Ferme la porte, sacrament! hurla une voix derrière le bureau.

—Je fermerai ma porte quand je le voudrai.

Antoine Lacasse leva les yeux. Il y a une demi-heure, il était arrivé à Bourget par hélicoptère et s'était fait conduire par le chef de police local à la mairie où il avait ordonné de défoncer les portes. C'était sa façon habituelle de procéder; il s'appropriait la police, puis fonçait. Le pouvoir policier obéissait au pouvoir politique dans l'espoir de le subjuguer et ce dernier utilisait les forces de l'ordre comme un tremplin pour accroître son influence. C'était une danse macabre.

—De quel droit entrez-vous? Mettez-moi ce gars-là dehors, clama Antoine.

—Du calme, mon garçon. Si tu sais lire, tu vas lire mon nom sur la plaque là...

Prosper Bertrand s'arrêta d'un coup. À la place où trônait habituellement sa plaque était posée une bouteille de cognac ouverte. Il reconnut la fine que son homologue français de Var-en-Moselle lui avait remise lors du jumelage de leurs deux villes neuf ans plus tôt. Il devait l'ouvrir l'année suivante pour fêter le dixième anniversaire de cette union. Quant à sa plaque, il l'aperçut par terre dans un coin avec les objets qu'il gardait respectueusement sur son bureau.

—Monsieur le maire... Quel plaisir... Assoyez-vous... Monsieur l'agent, apportez une chaise à monsieur le maire, dit Antoine Lacasse en réinstallant sa silhouette fusiforme dans le fauteuil du maire et en omettant de se présenter.

«Mais il est bien mal élevé, celui-là», pensa le maire.

«Encore cinq minutes à perdre avec un minus», songea Antoine Lacasse qui se lança dans un long discours complexe au sujet des quelque dix mille gallons d'askarel, des huiles contenant plus de soixante pour cent de BPC, qui brûlaient. Prosper Bertrand l'écoutait distraitement. Il entendait ce qu'il comprenait —gens menacés, solidarité, situation d'urgence — mais ignorait ce qu'il ne comprenait pas —biphényles polychlorés, dioxines, furanes. Il se demandait comment le gouvernement provincial allait aider ses voisins. Au moment où il allait poser la question, il entendit tousser derrière lui. Il se retourna, surpris. Dans un coin, sur un banc droit, en haut de pyjama et pantalons de travail, la barbe longue, les yeux vagues, se tenait Lucien Corriveau, maire de Saint-Télesphore. Ignorant le chef de cabinet du Premier ministre, Prosper se leva et alla vers son ami.

—Mon pauvre Lucien. Attends, je vais téléphoner à ma femme pour qu'elle nous envoie une chemise. Tu m'as même pas de bas. Voyons donc, pourquoi tu ne m'as pas appelé? Où est ta famille? Dis-lui de venir chez nous. Mais ça ne se peut pas! As-tu besoin d'aide pour aller faire ton train?

Pour les deux amis, Antoine Lacasse n'existait plus. Ce dernier en était resté pantois. Habitué à être écouté, il perdait ses moyens si on l'ignorait. Il s'en prit à l'agent.

—Ne restez pas là. Allez me chercher l'officier de service responsable.

—Lequel? Le chef de Bourget ou celui que vous avez amené avec vous en hélicoptère?

Antoine Lacasse ne sut jamais si le cadet le narguait. Avant qu'il ne se ressaisisse, deux jeunes fonctionnaires entrèrent chargés de dossiers et entreprirent d'épingler des diagrammes au mur.

—Viens avec moi, Lucien. On va aller voir ton monde à l'aréna. Puis je vais appeler mes conseillers. On va aller vous aider avec vos trains.

Ils sortirent sans saluer Antoine Lacasse, le chef de cabinet du Premier ministre. Ils avaient compris que leurs gens avaient bien plus besoin de chaleur humaine que de grandes cartes préfabriquées toutes situations. Quand ils arrivèrent à l'aréna, les deux maires se regardèrent avec complicité. Les Saint-Télesphoriens et les Bourgetois s'épaulaient.

—Y a-t-il quelqu'un qui peut venir m'aider à décharger le pain? La première fournée est prête.

—J'ai besoin d'aide pour débarquer le jus d'orange et le lait. Arrivez!

—J'ai tout apporté du comptoir de la Saint-Vincent. Venez m'aider, les gars!

Les gens de Bourget avaient rapidement et efficacement réagi. Au beau milieu de la nuit, le boulanger, le laitier, les dames patronnesses, les Chevaliers de Colomb, tous étaient là. Prosper Bertrand était fier de son monde. Il entra dans l'aréna et se dirigea vers le micro. C'était un orateur comme il ne s'en fait plus, avec un côté Maurice Bellemare. Un citoyen l'interpella:

— Trompe-toi pas, Prosper, c'est pas Noël. Chante-nous pas le *Minuit chrétien*.

— Pas de danger, Gustave! Je n'ai pas pris de petit caribou! Je veux simplement vous dire que si quelqu'un m'avait prédit un jour qu'on se retrouverait ici parce que l'onguent dont on se sert pour soigner nos vaches brûlait, je l'aurais pas cru. Oubliez pas non plus que c'est la même pommade que Xavier nous donne de son atelier pour nous dégraisser les mains et que la femme d'Onésime emploie pour soigner ses rhumatismes. Mais il paraît que c'est poison quand ça brûle. En tous les cas, ça doit pas être si grave que ça parce que les gars de Québec ne savent pas quoi faire.

Des rires de soulagement vinrent saluer ce coup de Jarnac de Prosper qui continua, ému:

— Mais il faut que je vous dise que je suis fier de vous, ce soir. Il n'en manque pas un. On est tous là pour aider nos voisins. Ça c'est beau en pitoune! On va leur dire aux gens de la télévision d'en parler. C'est bien mieux que toutes leurs histoires de guerre.

Les auditeurs écoutaient en tentant d'oublier leurs problèmes. Ils voulaient croire à une soirée improvisée. Demain, tout irait mieux; ils retourneraient vaquer à leurs occupations. Une fois la rencontre improvisée terminée, Prosper et Anatole entreprirent de former un comité afin d'aller aux premières heures traire les vaches et nourrir le bétail et les animaux domestiques de Saint-Télesphore. La main-d'œuvre ne manqua pas, mais la collaboration du chef de cabinet fut nulle. Les deux maires avaient plus d'un tour dans leur sac et un appel à la Société protectrice des animaux et à Greenpeace amena, à six heures du matin, un lot de militants bruyants. Antoine ne put trouver le sommeil et capitula. Il décréta que seuls les gens dûment autorisés, signataires d'un formulaire de renonciation de responsabilité vis-à-vis du Gouvernement et munis de masques et d'habits spéciaux pourraient pénétrer sur les terres de Saint-Télesphore. L'armée, basée à Valcartier, fournit des masques à gaz et des habits étanches. À l'arrivée du camion militaire, ce fut la ruée des volontaires malgré la colonne de fumée noire visible dans le lointain. À neuf heures trente, le train était terminé, les animaux nourris. Faisant fi des mesures de protection, des citoyens trouvèrent le moyen de faire pénétrer leurs animaux domestiques en lieu sûr en les camouflant dans leurs larges vareuses. Le temps que la Sûreté du Québec s'aperçoive du subterfuge, plus d'un Frou-Frou et plus d'une Minette avaient retrouvé leurs «familles».

❏

Le temps collait à la peau. Dans la voiture du Premier ministre, la climatisation fonctionnait à fond. Madeleine somnolait. L'habitude de l'autoroute — repavée grâce aux dernières élections générales — la berçait. Le travail de petits points qu'elle tenait entre ses doigts glissa sur le côté de la banquette. Madeleine avait l'habitude de transporter un «travail d'aiguilles» dans son porte-documents. C'était sa thérapie. Quand le Premier ministre lui demandait, après un discours: «Combien de temps ai-je parlé?» elle répondait: «Oh! à peine le temps de trois rangs de tricot, quinze minutes» ou «Le temps de cinq aiguillées de petits-points, quarante minutes.»

—Appelle-moi Gérard!

Elle sursauta à la voix du Premier ministre, composa le numéro de téléphone, s'identifia, eut aussitôt le ministre en ligne et lui passa la communication.

—Rien de spécial, mon Gérard?

Madeleine grimaça. Le Premier ministre commençait toujours une conversation téléphonique soit par cette phrase soit par «Où es-tu?» «Ouf! toute une journée celle-là!» ou «Te reposes-tu un peu, mon...?» Elle avait l'habitude de ses marottes et essayait de deviner quelle serait la salutation employée. Dans ce cas-ci, elle s'était trompée. Elle prêta plus ou moins attention à la conversation de son patron. Elle avait une attitude de dégagement face aux coulisses du pouvoir. Certains jours, son approche frisait le cynisme. Dans sa somnolence, les mots du Premier ministre lui parvenaient hachurés: «Environnement... Crisse de BPC... En pleine période de sondages... De la démagogie...» Elle ne suivait pas la conversation mais comprenait que le Premier ministre déplorait que l'accident écologique de Saint-Télesphore ait lieu en pleine période de sondages. À un an des élections, l'Opposition en profiterait pour faire de la démagogie. «Crisse de BPC!» avait dit le Premier ministre. «Crisse de démagogie!» se disait Madeleine. Elle était assez lucide pour savoir que «ça se faisait des deux bords» et que le plus démagogue l'emportait. Au-delà de son apparente insouciance, Madeleine avait une étrange impression d'inquiétude. Il lui semblait que l'accident écologique de Saint-Télesphore allait la rejoindre profondément et que son univers serait envahi de déchets toxiques. C'était plus qu'une impression. C'était presque palpable. Elle aurait voulu être chez elle avec son chat. Son imagination l'emporta. Quand un événement majeur survenait au Gouvernement, Madeleine s'imaginait souvent comme la personne-ressource responsable de trouver la solution. Face aux événements actuels, elle se voyait en un mélange de Florence Nightingale et de Margaret Thatcher. Il aurait mieux valu qu'elle fût une Marie Curie. On manquait d'experts scientifiques rigoureux. Les informations étaient contredites au gré des déclarations techniques. Les plus alarmistes parlaient de génocide écologique, de cancers intraitables, de malformations congénitales.

La voiture du Premier ministre se dirigeait vers l'aréna de Bourget. Le chef du Gouvernement avait décidé d'«aller au bâton». L'incendie était survenu l'avant-veille et, devant le fouillis qui s'installait graduellement et la période de sondages qui approchait, le Premier ministre ne pouvait se défiler. Il préférait rencontrer la population sinistrée dès maintenant. Il se disait que s'il fallait garder les victimes évacuées hors de Saint-Télesphore pendant un certain temps, nul ne savait ce qu'il adviendrait. Son chef de cabinet avait pris en main la direction des opérations. Pour le moment, cela le rassurait un peu.

Dans la voiture, Jean-Noël Brochu avait eu le temps d'écouter deux bulletins de nouvelles et de faire quatre autres appels. Madeleine le savait nerveux. Il ne contrôlait pas la situation et cela l'irritait. L'incendie de Saint-Télesphore était le premier du genre. Nul ne pouvait à coup sûr prédire les retombées négatives tant physiques, pour la population, que politiques, pour le Gouvernement. Quand la limousine parvint à l'entrée de Bourget, on se serait cru au lendemain d'un ouragan: fouillis de cars de reportages, de voitures officielles, de fourgons cellulaires (on s'en était servi pour déplacer les résidants d'un centre pour personnes âgées), d'autos de police aux gyrophares allumés, d'automobiles de curieux laissées ici et là. Un marchand vendait des tee-shirts sur lesquels on pouvait lire, au-dessous d'une tête de mort souriante: «J'ai survécu à Saint-Télesphore.»

—En voilà un qui a le sens des affaires, plaisanta le Premier ministre. On devrait lui offrir le ministère des Petites et Moyennes Entreprises. Il ferait sûrement mieux que Louis avec ses études de marché.

Le garde du corps qui faisait office de chauffeur rit de la plaisanterie.

—Ou que nous avec nos promesses de création d'emplois qui n'aboutissent jamais, ajouta Madeleine.

Le chauffeur ne rit pas. Le Premier ministre non plus.

Quand Jean-Noël Brochu, suivi de Madeleine, eut franchi plus d'un barrage, un agent de la Sûreté du Québec le conduisit à un des bureaux secondaires de son chef de cabinet, installé dans une roulotte motorisée aux abords de l'aréna. Jean-Noël Brochu, par habitude, écarta le siège souple qu'Antoine lui indiquait. À cause de sa longue silhouette, il évitait de s'asseoir dans un fauteuil moelleux, car il avait alors l'air d'un pantin dégingandé. Le Premier ministre occupa volontiers la chaise droite que Madeleine lui présenta.

—Tu es bien installé, mon Antoine?

—Ça fait habitant. Même que plus habitant que ça, tu meurs. Mais au moins ici, j'ai un frigo, la climatisation, un purificateur d'air, une douche et une chambre à coucher.

Ils éclatèrent de rire, puis le Premier ministre lança: «Ils lâchent pas, les trous de cul!» Antoine savait que son patron parlait des journalistes.

—Ils comprennent rien. As-tu lu l'article de Guérard puis celui de la grande Chantale? «*Le gouvernement de Jean-Noël Brochu paie pour son manque de direction dans le secteur écologique*», qu'elle écrit. De la foutaise! Les autres rapportent juste le point de vue des mécontents. Et s'ils reprennent nos communiqués, c'est pour les critiquer.

—Qu'est-ce que tu veux? Depuis le Watergate, sous des dehors de liberté de presse, c'est la fin de la liberté politique. Chaque bulletin paroissial veut la tête de son marguillier, chaque hebdo celle de son maire et chaque quotidien celle de son chef de Gouvernement.

—J'avais pensé qu'en confiant les communications à la Sûreté du Québec, nous aurions été tranquilles. Mais le caporal Pilon ne fait pas le poids, répondit Antoine.

—Tu sais bien que ces gens-là souffrent de strabisme intellectuel. Tu ne peux pas l'enlever de là? Georges pourrait prendre la place.

Antoine hésita. Il connaissait bien ce mêle-tout, attaché de presse du Premier ministre. C'était un homme qui crapaudait bien dans le milieu journalistique, mais c'était aussi un homme honteusement avide de pouvoir personnel. On ne pouvait pas avoir l'heure juste avec lui. Il vous disait ce que vous vouliez entendre, quitte à affirmer le contraire à votre voisin. Publiquement, il n'était jamais le premier à émettre son point de vue dans une conversation. Il attendait toujours de connaître l'opinion du plus fort et la soutenait. En privé, il vous donnait l'impression de soutenir votre thèse. Les journalistes étaient conscients de cette duperie mais ils s'en accommodaient encore. Par contre, pour éviter les dérapages dans les moments moins glorieux du mandat électoral, il n'y avait pas meilleur que Georges Pineault pour éventer un scandale. Mais bien peu de gens appréciaient sa dextérité à retenir à l'intérieur des limites fixées les exigences des membres de la tribune parlementaire.

—Impossible! Tu me vois démettre la SQ? Je les aurais sur le dos et les fuites se multiplieraient. Je vais demander au directeur Duhamel s'il ne peut pas m'en passer un autre. De toute façon, je joue au golf avec lui demain. Je vais le laisser gagner puis, au dix-neuvième trou, il ne pourra pas me refuser ça.

—Arrange-toi pas pour que ça paraisse que tu le laisses gagner.

—Pas d'inquiétude. Tu demanderais à un enfant de douze ans de le laisser gagner, que Duhamel ne s'en apercevrait même pas.

—Ah! qu'est-ce que tu veux: police un jour, police toujours. Madeleine! apporte-moi un Perrier!

Jean-Noël Brochu avait l'habitude d'interpeller Madeleine à tout moment à propos de ses petits caprices. Elle était pour lui comme un troisième bras. Il pouvait l'ignorer totalement pendant des heures, puis arrivait un «Madeleine, un Perrier!» «Madeleine, va me chercher Georges!» «Madeleine, appelle-moi Antoine!» Jamais de s'il vous plaît, très peu de merci. «De toute façon est-ce qu'on demande poliment à son bras de porter de la nourriture à sa bouche? Est-ce qu'on remercie sa main de lui avoir gratté le dos?» se disait souvent Madeleine, et elle ne s'offusquait pas de cette attitude.

Il y avait entre l'adjointe et son patron une intimité platonique qui en faisait un couple complémentaire depuis plus de six ans. Madeleine, alors permanente au PSEQ, avait approché Jean-Noël Brochu au moment où il ne possédait pas d'équipe, mais beaucoup d'ambition pour la politique active. Elle lui avait offert bénévolement son aide sans rien attendre en retour. Elle avait trente-trois ans, aucune liaison amoureuse et une vie sociale inexistante. Ses parents étaient décédés et son unique sœur vivait en Australie. Sa disponibilité était entière. Portant toujours le chignon d'une femme sage et circonspecte, elle ne recherchait jamais les confidences et les commérages, car elle détestait la lourdeur des secrets partagés. Rien ne la surprenait en politique. Elle était de la génération qui avait assisté à l'assassinat de Kennedy et qui avait vu un ancien marchand de cacahuètes et un ancien comédien devenir Président des États-Unis. Nullement encline aux compromissions, elle soupesait avec lucidité la servilité de la démocratie. Elle savait mettre de côté les inconvénients des horaires et écartait rapidement les velléités politiques de certains.

Peu à peu, Jean-Noël Brochu apprit à compter sur sa collaboratrice polyvalente qui pouvait tout aussi bien élaborer une politique d'action cohérente que jouer le rôle de troisième violon et cirer les souliers. Jean-Noël Brochu se sentait à l'aise avec Madeleine à ses côtés. Si c'était pour se débarrasser d'individus qui ne parleraient qu'à une personne en autorité, il la présentait comme son chef de cabinet; si c'était pour fixer un rendez-vous, elle devenait secrétaire à l'agenda; si on voulait demander au chef du Parti l'appui pour une subvention, Madeleine devenait la secrétaire personnelle; si Jean-Noël Brochu avait besoin d'un peigne ou d'une eau minérale, elle devenait la bonne à tout faire. Une seule constance demeurait dans son travail: quand il s'agissait de dire non, Madeleine était la personne désignée pour la besogne. Mais elle ne se sentait pas diminuée par cette attitude de son patron. Elle était là, sans ambition politique personnelle, pour remplir une tâche ingrate; la chance de vivre intensément dans l'intimité du pouvoir compensait pour les mauvais moments.

L'adjointe revint avec l'eau Perrier. La conversation continuait.

—C'est plutôt embêtant si la SQ dit qu'elle n'a aucune piste. La population serait plus calme si elle avait un coupable, affirmait le Premier ministre.

—Je le sais bien, mais je ne peux quand même pas leur en c-h-i-e-r un coupable, épela Antoine.

—Je ne te blâme pas, mais que ta SQ se grouille un peu.

—Duhamel a mis ses hommes vingt-quatre heures sur vingt-quatre sur l'enquête. Il doit me faire un premier rapport au golf demain. En attendant, il va falloir qu'on manœuvre. Une déclaration conjointe du ministre de l'Environnement et du ministre de la Justice devrait calmer un peu les inquisiteurs.

—Alexandre est revenu?

—Il sera ici dans quelques heures. L'avion du Gouvernement est allé le chercher à Mirabel. Il arrive de République Dominicaine cet avant-midi.

—Qu'est-ce qu'il a dit quand tu lui as appris la nouvelle?

—Sa femme l'avait déjà rejoint avant nous. Elle lui avait téléphoné pendant la nuit après avoir entendu la nouvelle à la radio.

—Je ne savais pas qu'en plus d'être alcoolique elle faisait de l'insomnie.

—De toute façon, son mari sera là dans cinq à six heures. J'ai demandé à Desmarais d'être prêt puis, dès que l'autre arrivera, ils vont aller de l'avant. Mais toi, qu'est-ce que tu vas dire aux journalistes?

—Je vais leur servir le bla-bla ordinaire: Nous avons la situation en main... Le Gouvernement fait tout pour permettre aux habitants de Saint-Télesphore de regagner leur demeure le plus tôt possible... Il n'y a pas de danger présentement... Le Gouvernement responsable ne prend aucun risque... Il y a une enquête policière en cours... Les plus grands experts sont ici... Nous allons protéger de façon responsable la population, etc. Et puis, je vais annoncer le programme d'indemnités pour les sinistrés.

—Mais qu'est-ce que tu vas répondre quand on te demandera: «Quand les villageois pourront-ils regagner leur maison?»

—Quand nous serons certains que tout risque de contamination est écarté, ce qui ne saurait tarder avec les moyens d'analyse disponibles. Ne t'inquiète donc pas, je saurai bien patiner.

—Ça va voler bas.

—À la guerre comme à la guerre, mon Antoine. On en a déjà vu d'autres. Allons-y! Madeleine, une autre eau minérale puis on se rend à l'aréna!

❏

En ouvrant la porte de sa voiture, Jean-Noël Brochu fut assailli par des «Par ici, monsieur le Premier ministre» tous aussi contradictoires les uns que les autres. Les gardes du corps tentaient tant bien que mal de lui frayer un passage. Madeleine ne pouvait s'empêcher de sourire en voyant le plus petit parmi eux, en équilibre sur le bout de ses pieds, clamer régulièrement: «Pas de problème, suivez-moi! Pas de problème, suivez-moi!» en s'éloignant inconsciemment du comité d'accueil et en reculant directement vers les manifestants. Elle souffla à l'oreille du Premier ministre: «Vers la droite, on vous attend.» Jean-Noël Brochu obéit sans hésitation à la commande. Un des gardes du corps perçut la manœuvre de Madeleine. Plutôt que de s'en prendre à son confrère, il y alla d'un: «Esti, a s'prend encore pour une police, la viarge!» Madeleine entendit le commentaire et, tout en battant la sonnaille, fit un clin d'œil au policier qui ragea cette fois-ci intérieurement.

À l'entrée de l'aréna, les deux maires et Bernard Landreville, le député local, attendaient le Premier ministre.

—Bonjour, monsieur le Premier ministre.

«Tiens, pensa Madeleine, pas de "Bienvenue!"»

Jean-Noël Brochu prit un visage de circonstance et entoura d'un bras l'épaule du maire de Bourget et de l'autre celle de son député. Ce geste passait toujours très bien à la télévision.

—Monsieur le maire de Saint-Télesphore, vous pouvez compter sur notre collaboration. Votre drame nous touche tous. Le Gouvernement va aider vos concitoyens, dit-il, assez fort pour que les micros au bout des perches puissent capter ses paroles.

Et il continua sur son envolée un bon quatre minutes. Si les médias pouvaient tout prendre, il hypothéquerait le bulletin de nouvelles de cinq minutes. Cela laisserait moins de temps à ses adversaires pour répliquer. Les maires écoutaient, impressionnés par les micros et les caméras, mais beaucoup moins par les propos du Premier ministre qui tantôt s'adressait à l'un des deux édiles, tantôt à l'autre. Une fois le laïus terminé, les quatre élus entrèrent dans l'aréna. Jean-Noël Brochu donna des poignées de main. Bien peu étaient chaleureuses. Les gens savaient par expérience qu'il y avait peu de chance qu'ils entendent ce qu'ils voulaient entendre. Madeleine ressentait au plus profond d'elle-même l'expectative des Saint-Télesphoriens. Elle se dit que c'était de cet espoir du peuple qu'est faite la politique. Espoirs comblés, réélection; espoirs déçus, défaite.

Une femme au regard sévère apostropha Madeleine:

—Il est venu nous parler ou faire son show?

Plus que de l'agressivité, il y avait de l'amertume dans sa voix. Madeleine se voulut rassurante:

—Le Premier ministre vient pour vous, Madame, mais comme d'habitude les journalistes ne le laissent pas faire. Attendez, je vais vous l'amener.

La femme disparut d'un pas décidé avant que Madeleine ait pu terminer sa phrase.

Un autre essaim de journalistes attendait le Premier ministre à l'intérieur. En plus de ceux du Québec, il y en avait de partout au Canada et même des États-Unis. Les caméras tournaient, les flashs s'allumaient comme des stroboscopes. Jean-Noël Brochu eut de la difficulté à se rendre au centre de l'aréna où Madeleine avait trouvé moyen de planter un Perrier au milieu de l'amoncellement de micros installés sur une table de fortune. Le Premier ministre eut alors cette vision presque dantesque: lits défaits, enfants qui courent, promiscuité inévitable. Il se rendait compte que l'image allait être débraillée et il pestait intérieurement contre son attaché de presse qui n'était pas là et qui aurait dû installer son podium habituel avec le lutrin toujours ajusté à la bonne hauteur. Mais c'était Jean-Noël Brochu lui-même qui avait ordonné à Georges Pinault de ne pas se pointer à Bourget afin de ne pas officialiser outre mesure sa visite.

—Mesdames et messieurs des médias, je vais tout d'abord faire une brève déclaration aux gens rassemblés ici, puis répondre à vos questions.

Le Premier ministre défila tour à tour les points qu'il avait soulignés à son chef de cabinet. À trop vouloir surveiller ses mots, le chef du Gouvernement se dépersonnalisait. Il semblait réciter une leçon bourrée de stéréotypes: *protection civile, souci environnemental, spécialistes consultés, enquête policière en cours...* Madeleine se dit que la situation était fausse, tout comme le ton de son patron. Les extraits sonores pour la télé ou la radio seraient impeccables, mais la population n'apprendrait rien de nouveau. Quelle mascarade! On s'embarquait dans une aventure au jour le jour avec comme plan directeur de garder confidentielles le plus d'informations possible. Elle pensa à Jean. Elle ne lui avait pas téléphoné depuis le début de la journée. Elle se retira dans un coin avec son téléphone cellulaire et sourit à son bonjour.

—Salut, beau mâle!

Elle se voulait dégagée, taquine.

—J'espère que tu ne m'appelles pas pour m'envoyer un nuage toxique.

—Comme tu es bien informé!

Entre eux la conversation débutait souvent sur le ton niais d'un dialogue d'adolescents.

—Je suis si épuisée: bureau, téléphones, hélicoptère, re-téléphones, automobile, re-téléphones, centre sportif.

—Arrête de t'en faire, Antoine a tout en main.

—Ça te rassure, toi?

—Non, mais ça m'amuse.

—Pas moi! Il ne sait pas où il va, ignore ce qu'il doit dire, se fout des gens touchés par le problème, mais il veut qu'on le suive, qu'on l'écoute, qu'on lui fasse confiance. Ça va être beau tout à l'heure.

—Au moins, ça occupe le peuple. Mais, blague à part, ça me dépasse toujours de voir comment il pense pouvoir déplacer ses propres pions et ceux de son adversaire sans que personne ne s'en aperçoive.

—Mais ces jeux ne font qu'un temps.

—Ouais.

—C'est à cause de cela que je suis inquiète. Tu sais, je peux te le dire, il n'y a pas de plan d'action. Antoine voit la situation comme celle d'un feu de grange. Ça brûle. On est incommodé. Les assurances paient. On reconstruit. La vie continue. Mais c'est tellement plus que cela.

—Et ton patron là-dedans?

—Il n'a pas plus le don de clairvoyance que les experts. Il est pris de court et cela l'énerve. Il sait que le dossier n'est pas bétonné. Il se fie donc à Antoine pour mener la barque, mais l'ingérence de la SQ le gêne. Il n'en est pas à sa première tempête. Il va certainement retrouver son sourire confiant dans quelques jours, quand les choses se seront un peu tassées.

—Quand seras-tu à Québec?

—Ce soir. Tu seras là?

—Non. J'ai une soirée chez des amis avec ma femme.

—Tu me téléphones alors?

—Si je peux. Sinon, je te parle demain.

La conversation se terminait au moment même où le Premier ministre quittait le podium. Quelques journalistes étaient encore à ses trousses. Il réussit à se rendre à sa voiture en saluant les inconnus qui le croisaient sur son passage. On lui répondait poliment. Par gêne ou par dépit, aucune main ne se tendait vers lui. Les deux maires purent quitter l'hôtel de ville sans être importunés par la presse nationale. Ils n'étaient pas encore des visages connus à l'extérieur de leur région. Gisèle Turcotte, jeune reporter locale, les rejoignit.

—Messieurs les maires! Messieurs les maires! Que pensez-vous de la situation? Êtes-vous optimistes?

Prosper Bertrand laissa la parole à Lucien Corriveau.

—On verra, madame, on verra. Il faut voir quels sont nos besoins. Les experts ne s'entendent même pas pour nous dire c'est quoi notre problème.

—Est-ce que la contamination vous fait peur?

—Bien sûr. C'est un mot qui fait peur. Mais on ne sait pas ce qui est contaminé, ni qui.

—Est-ce que vous saviez qu'il y avait des BPC à la Dechabec?

—Oui. On savait qu'il y avait des déchets dangereux mais les gars qui les avaient entreposés là nous ont toujours dit que toutes les précautions étaient prises, qu'il n'y avait pas de danger, et que le ministère leur avait donné des permis. Alors, on s'est dit que ça devait être correct.

—Le ministère vous avait rassurés?

—Évidemment. M. Rancourt, un fonctionnaire, est venu nous voir deux fois. Une fois avec M. Grossman de chez Dechabec, l'autre fois seul, après qu'on eut appelé Dechabec pour leur dire qu'il y avait un liquide brun qui coulait à l'extérieur. M. Rancourt est venu et nous a dit de pas nous en faire, que c'était juste de la rouille mêlée à l'eau de pluie.

—On a pris des échantillons du sol? Est-ce qu'on vous a donné les résultats des analyses?

—Il a prélevé un échantillon de terre dans un tube, puis il est parti. Nous n'avons eu aucune nouvelle depuis. Nous avons pensé que tout était sous contrôle.

—Avez-vous revu M. Rancourt depuis l'incendie?

Les deux hommes soupirèrent.

—Pauvre madame. Il y a tellement d'étrangers ici. Il faudrait chercher.

❏

—Appelle-moi Georges!

Ce furent les premiers mots que Madeleine entendit, avant même qu'elle eut refermé la porte du véhicule. Le ton mordant et l'humeur massacrante du Premier ministre annonçaient une saute d'humeur.

—Georges! où étais-tu?... Je me fous des réunions d'information; j'en avais une moi, une rencontre, et j'ai eu l'air d'un maudit fou... Comment, qu'est-ce qu'il s'est passé?... Il n'y avait personne pour me conseiller correctement. Tout était improvisé! Pas de lutrin! Un vieux micro! Aucun contrôle sur la presse... Comment veux-tu que je sache ce que les trous de cul de journalistes pensent quand il n'y a personne de mon bureau pour les écouter? Ils vont peut-être tout rapporter de travers comme c'est leur habitude... Qui va les corriger?... Essaie d'appeler Sauvé. Il était là. Il va peut-être accepter de te donner le *feeling* des gars. Dis-lui qu'on lui donnera un *scoop* prochainement... Rappelle-moi.

Le Premier ministre voulut ensuite rejoindre Antoine. Ce fut plus difficile. Peu importe le nombre de téléphones cellulaires qui suivaient le chef de cabinet, ils étaient toujours silencieux en même temps. Madeleine se servit du quartier général de la SQ à Bourget pour repérer Antoine. Il dînait et avait demandé qu'on ne le dérange pas. Elle insista. Le Premier ministre sauta sur l'appareil dès qu'Antoine fut au bout de la ligne. Il ferma les yeux et sa voix se fit douce.

—Rien de nouveau, mon Antoine?... Ça n'a pas été trop mal... Ça aurait certainement mieux paru si on avait eu le temps d'effectuer une mise en scène, mais ça ira pour cette fois. Il faudra prévoir à l'avenir, mais je ne pense pas revenir à Bourget. Toujours rien de nouveau du côté des analyses?... On ne peut pas accélérer le processus? Les gens s'impatientent... Et puis, vois ce que tu peux faire pour tasser un peu la SQ... Tu me rappelles ce soir? Je serai à Québec. Oh! qu'est-ce que tu manges?... C'est bien, fais attention à toi. Une bonne alimentation, c'est important. Es-tu seul?... Non je ne la connais pas, mais si elle te sert de secrétaire, elle doit être patiente. À ce soir.

Carol Laporte était le prochain sur la liste du Premier ministre. C'était l'organisateur en chef du Parti. Militant depuis son adolescence, Carol avait franchi plusieurs étapes avant de se retrouver responsable de toute la machine électorale. C'était une mine d'or d'informations. Dans tous les comtés, cet homme au physique écrasé et à la démarche dansante avait son pion. Depuis quelques mois, il avait cependant des problèmes avec les organisateurs régionaux. Le désintéressement de plusieurs partisans lui rendait la vie plus difficile et provoquait démissions et abandons. Il n'avait pas encore réussi à combler tous les vides. Mais, quand on voulait vraiment avoir le pouls de la population, il demeurait encore le meilleur baromètre. C'est lui qui recevait les plaintes des militants et quand ça se corsait, son caractère s'en ressentait. Il devenait renfrogné et tournait en rond comme un ours en cage. Habituellement, une bonne soirée de hockey au Forum ou une partie de golf remettait les choses en place.

—Et puis, Carol, qu'est-ce que ça dit? On ne perd pas trop de points?

Les sondages et les tribunes téléphoniques! L'ultime préoccupation de Jean-Noël Brochu! Il pouvait refaire toute une politique en fonction de l'opinion publique. Il s'informait régulièrement du rendement des Expos et des Canadiens, non par intérêt sportif, mais afin d'évaluer ses chances d'annoncer une mesure impopulaire en pleine finale de la coupe Stanley par exemple, au moment où l'attention de la population serait toute tournée vers l'équipe de Serge Savard. Machiavélique dans l'âme, il avait déjà réveillé aux petites heures du matin son attaché de presse afin de lui faire émettre le communiqué de presse annonçant une nomination partisane au moment où la population n'en avait que pour le retour de Guy Lafleur au hockey. Il étudiait les sondages, écoutait les tribunes téléphoniques et tirait ses conclusions. C'était sa friandise politique, même si quelquefois ça manquait de sucre.

La conversation se terminait.

—Je sais bien, mais qu'est-ce que tu veux? Les résultats d'analyses tardent. Moi aussi, j'ai perçu que les gens étaient fatigués d'attendre; j'ai rencontré quelques citoyens de Saint-Télesphore et ils étaient plutôt distants. Est-ce que le maire est de notre bord? On pourrait lui demander de faire une déclaration pour dire qu'il a confiance dans le Gouvernement... C'est ça, demande donc à un de tes gars de vérifier. Je te rappelle en soirée.

Le reste du voyage se déroula comme à l'habitude. Le Premier ministre se cala au fond de son siège et dormit. Madeleine en profita pour reprendre son travail de petits points.

❑

À son arrivée à Québec, Madeleine retrouva Sylvie Montaigne qui l'attendait dans son bureau.

—Vous arrivez tard.

—On a dû faire un détour par Saint-Télesphore.

—Ouf! l'humeur doit être agréable!

Madeleine répondit par une moue goguenarde.

—Reprends tes esprits. Je vais aller voir s'il a besoin de quelque chose, enchaîna Sylvie.

Madeleine la regarda partir en lui lançant une œillade ambiguë. Sylvie, une amie de Madeleine, était un jour apparue dans l'entourage de l'adjointe du Premier ministre. Elle avait été une aide parmi tant d'autres lors des dernières élections générales mais, peu à peu, une intimité équivoque pour tous s'était développée entre Madeleine et cette jeune fille de vingt ans. Les commérages n'avaient pas tardé à apparaître puis plus d'un, de façon confidentielle, en avaient conclu que Madeleine entretenait une relation homosexuelle avec cette «jeunette». Cette perspective choquait mais on l'endurait en attendant d'avoir des détails croustillants à se mettre sous la dent. Sylvie, donc, allait et venait dans les bureaux du Premier ministre, accompagnait quelquefois son amie dans des voyages à l'étranger, partageait sa chambre et avait même assisté à des fins de semaine de travail du Premier ministre et ses proches collaborateurs dans des endroits de villégiature. Cette présence dérangeait l'entourage de Jean-Noël Brochu, d'autant plus que très souvent Madeleine insistait pour occuper la chambre communiquant avec celle de son patron. Quand on lui en parlait, le Premier ministre répondait toujours: «Laissez donc Madeleine tranquille. Si la présence de Sylvie lui plaît, moi ça ne me dérange pas. Je la vois à peine.» Madeleine n'ignorait pas tous ces bavardages qui la laissaient indifférente. Jamais, quand on faisait allusion à Sylvie devant elle, elle ne donnait d'explications. Elle s'amusait même des tentatives de flirt infructueuses d'Antoine envers son amie. Elle se disait que le chef de cabinet devait se morfondre de ne pas pouvoir amener dans son lit cette fille aux cheveux noirs et aux yeux verts.

Sylvie revint.

—Il ne veut rien pour le moment, mais il me dit que vous en avez pour encore trois bonnes heures au bureau. Je vais donc t'attendre dans ta chambre au *Château Frontenac*. Je prends ta valise dans la voiture. Comme cela, je pourrai placer ton linge. Fatigue-toi pas trop. À tout à l'heure!

Avec son enthousiasme juvénile, Sylvie quitta Madeleine, qu'une autre soirée de travail attendait.

—Ton amie est partie? s'informa le Premier ministre en entrant dans le bureau de son adjointe.

—Comme si vous ne le saviez pas. Monsieur Brochu, il faudrait que je vous parle de Sylvie. Les gens m'en veulent de plus en plus de la traîner ainsi partout.

—Laisse-les dire. Je te couvre toujours. Tu n'as rien à craindre.

Si d'aucuns avaient vu un vif témoignage de reconnaissance dans le regard que Madeleine lança à Jean-Noël Brochu, ils se seraient fourvoyés. Ses yeux suppliaient. Il n'y eut pas de suite à la conversation litigieuse, car Georges Pineault venait d'entrer dans le bureau en exhibant une liasse de papiers.

—J'ai les fils de presse des articles de demain. C'est pas trop pire. Il y a juste l'imbécile de Gaspard qui y va un peu dur.

—Il doit bien y avoir un moyen de le contrôler, celui-là. Est-ce qu'il lui faut un amant ou une maîtresse? s'informa le Premier ministre.

—Dis plutôt du pognon. C'est un joueur maladif.

—Viens donc dans mon bureau, on va voir ce qu'on peut faire pour ce trou de cul-là.

Durant une bonne demi-heure, les rires des deux hommes parvinrent à Madeleine. Elle se demandait si Gaspard Latouche était sur le point de rencontrer son Waterloo. Quand Georges quitta son patron avec un: «Ne t'inquiète pas, Jean-Noël, je m'occupe de *toute*. Non! mais ça prend-tu des imbéciles pour se lancer dans le jeu!» elle sut que le sort du journaliste était sur le point d'être scellé. La présence au bureau se prolongea plus de cinq heures. Madeleine rentra à sa chambre, fourbue. Sylvie l'attendait.

—Je t'ai fait couler un bain chaud où plein de bulles t'espèrent. Et puis, j'ai ici une salade de fruits comme tu aimes.

—Les gens diront ce qu'ils veulent. Quand j'ai droit à ce traitement, je ne me préoccupe guère des qu'en-dira-t-on.

Tout en parlant, Madeleine s'était déshabillée et, plat de fruits à la main, avait pris place dans la baignoire. Elle en ressortit reposée et reconnaissante envers Sylvie.

—Avec la journée que ton patron a dû te faire passer, je ferme tout de suite la lumière. Bonne nuit et fais de beaux rêves, lui souhaita son amie.

Dès son réveil, à sept heures du matin, Madeleine se rendit à pied à son bureau. En dépit du temps couvert, elle goûta pleinement cette promenade matinale dans les rues du Vieux-Québec. Les boutiques n'étaient pas encore ouvertes, les touristes toujours au petit déjeuner. Il n'y avait que des cols bleus affairés à nettoyer les rues et quelques très rares passants qui, comme elle, semblaient profiter du calme de la capitale. Elle remonta la rue Saint-Louis en ne songeant à rien de particulier. Les manchettes des journaux étalés en paquet à la devanture d'un dépanneur la ramenèrent à la réalité. Son pas s'alourdit et, avant d'atteindre la rue Dufferin, elle avait perdu sa quiétude. «Est-ce parce que la rue Saint-Louis devient la rue Grande-Allée que je reprends mes préoccupations?» songea-t-elle.

À quelques pas de l'édifice J, Madeleine rencontra Guy Maltais, le directeur de la correspondance au bureau du Premier ministre. Il rentrait de deux mois de vacances, mais avait l'air plutôt misérable.

—Pauvre Guy, tu sembles plus mal en point qu'à ton départ. Ce sont les vacances ou ton retour au bureau qui te font cet effet? s'enquit Madeleine.

—J'ai attrapé une vilaine grippe. Je suis venu voir ce qui traînait sur mon bureau, mais je vais probablement quitter tôt.

Quelque chose dans la voix de Guy inquiétait Madeleine. Elle ne força pas la confidence, mais soupçonna une peine d'amour. Elle savait son collègue homosexuel et très sensible. Comme elle, Guy était plutôt réservé sur sa vie privée. Elle n'avait jamais été sa confidente, mais elle se comptait parmi ses intimes. Leur conversation porta sur l'incendie de Saint-Télesphore. Rien de très original comme échange mais, lorsqu'elle quitta Guy au troisième étage du bunker (appellation populaire du bureau du Premier ministre à Québec), Madeleine avait la certitude que la voix brisée et les yeux humides n'étaient pas ceux d'un grippé mais d'un homme qui avait beaucoup pleuré et qui portait une grande peine.

Elle hésita un peu puis revint sur ses pas. En arrivant devant la porte du bureau de son confrère, elle eut la confirmation de ses doutes. Guy pleurait. Elle entra doucement et le trouva assis, les bras ballants de chaque côté de sa chaise. Elle alla vers lui et lui prit doucement la tête entre ses bras en lui caressant les cheveux et lui embrassant le front. Elle ne dit rien, seuls les sanglots de son ami résonnaient dans la pièce. Puis la réalité tomba.

—J'ai le sida... Je n'étais pas en vacances mais à l'hôpital.

La sonnerie du téléphone retentit, indécente. Madeleine, sans arrêter ses caresses, répondit. C'était Stéphane, l'ami de Guy. Il comprit que Madeleine était au courant et se mit lui aussi à pleurer au téléphone.

—Je te le ramène, lui dit Madeleine avant de raccrocher.

Elle alla ensuite déposer un message sur le bureau de son patron: «Suis partie déjeuner avec Guy. De retour vers dix heures.» Elle revint vers Guy avec une débarbouillette mouillée et une serviette. Il s'épongea, toujours silencieux. Madeleine lui prit la main et se dirigea avec lui vers l'ascenseur privé du Premier ministre. Ils pourraient ainsi sortir par la porte arrière, marcher un peu sur l'avenue Laurier et prendre un taxi près de l'entrée du complexe H. Ils éviteraient les employés matinaux du bunker.

Guy ne quittait pas la main de Madeleine. Sa pression se faisait plus forte quand ils rencontraient quelqu'un. Ils n'eurent aucune peine à trouver un taxi. Le chauffeur n'arrêtait pas de parler du temps, de l'incendie de Saint-Télesphore, du repêchage des Nordiques. Madeleine murmurait un oui poli de temps en temps. Guy était absent. Il regardait, hagard, le paysage. Madeleine ne pouvait s'empêcher de penser que c'était peut-être la dernière fois qu'il voyait ces rues historiques. Elle ne savait pas à quel stade de la maladie Guy en était. En fait, elle ne connaissait du sida que sa fatalité. Elle n'avait pensé qu'à accompagner Guy jusque chez lui et à revenir directement au bureau, mais il ne lui laissait pas la main. Elle paya la course de sa main libre et le suivit à l'intérieur. Avant qu'ils atteignent l'appartement, la porte s'ouvrit et Stéphane prit son ami dans ses bras. Madeleine tenta de s'éclipser mais Guy ne desserrait pas la main. Elle fut donc témoin malgré elle de ses effusions pathétiques et elle n'eut plus aucun doute sur la progression de la maladie quand Stéphane annonça:

—Ta chambre t'attend à la maison Michel-Sarrazin.

Cette fois-ci, Madeleine parvint à se libérer. Elle ne voulait pas fuir, mais quitter. Elle ne désirait pas abandonner ce couple, mais elle ne désirait pas rester près d'eux. Elle suggéra, maladroite, de faire du café. La cuisine était adjacente au salon et elle entendait les bribes de conversation:

—Je t'aime... Je ne vais pas te laisser...

—Je n'ai pas le droit de t'imposer ça, laisse-moi seul...

—Je veux être avec toi, je t'aime...

Madeleine se boucha les oreilles. L'arrivée subite de Stéphane dans la cuisine la fit sursauter. Il était affolé. Guy, pris d'une quinte de toux incontrôlable, étouffait. Madeleine se précipita pour appeler une ambulance tandis que Stéphane donnait la respiration bouche à bouche à son ami.

Les ambulanciers arrivèrent quinze minutes plus tard et donnèrent de l'oxygène au malade. Un des trois ambulanciers, qui n'avait pas arrêté de regarder l'aménagement de l'appartement et de dévisager Stéphane, demanda à Madeleine:

—C'est-tu deux tapettes?

—Qu'est-ce que ça change? demanda-t-elle d'un ton sec.

—Si c'est le sida, nous autres on l'amène pas.

—Écoutez, ce malade est attendu à Michel-Sarrazin. Alors, voulez-vous s'il vous plaît le transporter?

—C'est terminé, les gars. La patient est stabilisé. Il n'y a plus rien à faire ici.

Tout en parlant, l'homme n'avait pas cessé d'écrire. Il présenta la facture à Madeleine. Elle n'argumenta pas parce qu'elle ne voulait pas humilier ses amis. Guy n'avait rien entendu de la conversation précédente, Stéphane oui. Il tendit son porte-monnaie à Madeleine. Elle régla le tout et mit les ambulanciers à la porte. En escortant son ami vers la chambre à coucher, Stéphane remit un numéro de téléphone à Madeleine.

Elle composa le numéro et obtint une clinique d'aide pour sidéens. Elle expliqua la situation et une voix chaleureuse lui répondit qu'une ambulance serait sur place d'ici peu. Madeleine revint vers la chambre apporter la nouvelle et quitta le couple éploré en promettant de passer à la résidence Michel-Sarrazin dans la soirée.

Avec tous ces événements, Madeleine ne retourna au bureau que vers onze heures trente. Un Jean-Noël Brochu fulminant l'attendait.

—Étiez-vous allés déjeuner au *Manoir Richelieu*?

—Je n'étais pas au déjeuner...

Elle n'eut pas le temps de terminer. Son patron lança les journaux qu'il tenait à la main et l'invectiva sans retenue. Elle le laissa aller puis, d'un ton bas qui appelait à la confidence, elle lui dit:

—Monsieur Brochu, j'étais avec Guy et Stéphane. Guy a le sida. Il vient d'entrer à la résidence Michel-Sarrazin.

—Mon Dieu! Je les croisais tous les jours dans les corridors. Est-ce qu'il va falloir que j'aille passer des tests?

Même le Premier ministre avait de ces réactions primitives face au mal de l'heure. Madeleine en avait assez.

—Non! mais il va falloir que vous veniez avec moi voir Guy ce soir.

Elle laissa son patron et retourna à son bureau rédiger une note d'information pour le personnel. Elle hésita à écrire le mot *sida* dans son texte mais se dit qu'à vouloir jouer à l'autruche on n'apportait rien de positif dans les attitudes à développer. Elle écrivit donc résolument: «*Aujourd'hui notre confrère Guy Maltais est entré à la résidence Michel-Sarrazin. Il est affecté par le sida. À compter d'aujourd'hui, vous pouvez lui rendre visite.*» Et elle ajouta en post-scriptum: «*N'oubliez pas qu'il aime les Cherry Blossom...*»

Les réactions à ce mémo furent vives. Mais c'est Antoine qui décrocha la palme de la panique en décrétant que tous les bureaux seraient désinfectés et que les personnes possédant des documents de Guy Maltais devaient les retourner sur-le-champ au bureau du directeur de la correspondance.

Les conversations de la journée portèrent sur les BPC et sur le sida. Dans la soirée, Madeleine traîna son patron à la résidence Michel-Sarrazin. L'atmosphère paisible et l'ambiance familiale du lieu permirent à tous de passer un moment agréable. Dans la voiture en route vers Montréal, Jean-Noël Brochu se remit aux affaires de l'État. Madeleine n'ignorait pas que le Premier ministre était bouleversé, mais elle comprenait qu'il ne pouvait s'arrêter au drame de Guy. L'incendie de Saint-Télesphore s'imposait dans les priorités.

❏

Dans les jours qui suivirent, la pagaille continua à Saint-Télesphore. Prosper et Lucien allèrent régulièrement à la mairie et au centre sportif pour parler aux sinistrés. On permit aux cultivateurs d'aller soigner leurs animaux deux fois par jour, mais ils durent jeter le lait produit. On interdit de ramener les animaux domestiques qui étaient à l'extérieur au moment de l'incendie. Cela mina considérablement le moral de bon nombre de citoyens. Le Gouvernement n'avait pas eu sa leçon la première fois. Lucien et Prosper retournèrent devant la SPCA et Greenpeace. Le Gouvernement dût mettre sur pied un service de quarantaine pour ces bêtes. On autorisa un seul membre par famille à aller chercher des effets personnels et toutes ces choses furent passées dans un stérilisateur avant d'être remises à leurs propriétaires. Les épiciers durent vider leurs comptoirs afin d'éviter l'apparition de vermine. Tous les produits jetés étaient brûlés le soir sur la terre de Jos Nap.

Le Gouvernement avait fait venir des experts, un Russe, un Français et un Américain. On les logeait, avec leurs interprètes, à grands frais à l'hôtel *Quatre Saisons* de Montréal. On leur assurait le transport vers le site contaminé par hélicoptère nolisé. Vêtus de combinaisons blanches, avec, par-dessus, un scaphandre, ils visitaient régulièrement Saint-Télesphore. Des étudiants s'étaient joints à eux pour réaliser certains travaux dont l'un portait sur «l'effet des BPC sur le système nerveux des bovins». Les cultivateurs ne trouvaient pas la situation très drôle. Ils savaient tous que c'était l'abandon des troupeaux qui modifiait le comportement des bêtes. Ils espéraient tous que les «étrangers» quittent leurs terres pour reprendre leur train-train quotidien.

Le conseil municipal de Saint-Télesphore demanda bien vite au gouvernement provincial de profiter du programme d'aide financière établi aux termes de l'article 38 de la *Loi sur la protection des personnes et des biens en cas de sinistre*. Il n'y avait pas une station de radio ou de télévision, pas un journal qui n'avait son expert pour analyser les premiers résultats des tests Taga 3000, un spectromètre de masse installé à l'intérieur d'une unité mobile, contrôlé par ordinateur et prêté par le ministère de l'Environnement de l'Ontario. Les premières lettres des victimes de l'incendie commençaient aussi à dominer la page du lecteur des quotidiens. Au fur et à mesure que l'on rendait publique la symptomatologie de l'exposition aux fumées et aux toxines, les urgences connurent une plus grande affluence.

À la mairie, Antoine Lacasse était toujours en charge des opérations de sauvetage. De «camouflage», répliqua la critique, tant les informations étaient contradictoires. Ses doigts tachés de nicotine et son sous-main auréolé de ronds de café trahissaient ses deux faiblesses et sa nervosité à peine contrôlée. Il souhaitait autant que les gens de Saint-Télesphore que la situation revienne à la normale, mais il n'avait aucun contrôle sur le délai des tests à effectuer. Il lisait rapport sur rapport, scrutait moult études médicales sur les effets des BPC, réunissait quotidiennement son comité de coordination et portait une attention toute particulière à sa propre personne, y cherchant l'apparition de rougeurs ou d'enflures. Le malaise le gagnait peu à peu. Il prit la décision de rentrer à Québec.

Ce changement de décor ne diminua en rien ses préoccupations. Le chef Duhamel lui rendait régulièrement compte du piétinement de l'enquête, le Premier ministre exigeait qu'il trouve un moyen pour sortir de ce pétrin, sa maîtresse le trouvait trop fatigué à son goût. Sa mauvaise humeur frustra plus d'un collaborateur. C'est à ce moment que Pierre Champagne, chroniqueur au quotidien *Le Soleil*, commença à recevoir des informations privilégiées sur le chef de cabinet du Premier ministre de la part d'un groupe se disant *Les Redresseurs*. Le premier communiqué rapporté par le journaliste Champagne parut le 13 août, cinq jours après l'incendie. Il relatait le mécontentement d'Antoine envers le directeur de la SQ qu'il laissait gagner au golf, la façon cavalière dont il avait réquisitionné le bureau du maire Bertrand et même le fait qu'un soir, il avait envoyé une auto-patrouille de la SQ chercher sa maîtresse afin qu'elle le rejoigne. Ce dernier détail déclencha un ouragan à son appartement de Québec: la maîtresse étendue auprès de lui lorsqu'il prit connaissance de l'article n'était pas la même que celle de Bourget! Inutile de dire que la chronique de Pierre Champagne fit les délices de la Grande-Allée et du bunker et que dans tous les milieux on spécula à qui mieux mieux sur l'identité de l'inconnue. Le Premier ministre, curieux de nature, n'osa poser directement la question à son chef de cabinet mais ne refusait pas d'écouter les rumeurs.

L'Opposition, qui réclamait enquête publique, commission spéciale, reprise de la session et démission du ministre de l'Environnement, ajouta à sa liste de récriminations la rétrogradation du directeur Duhamel, dont Antoine Lacasse n'était pas satisfait. Ce dernier fut contraint d'émettre un communiqué dans lequel il soulignait «toute la confiance» qu'il portait au directeur et de ruser finement lors de leurs parties hebdomadaires de golf dont les résultats étaient aussi suivis qu'un tournoi PGA. Mais une Providence veillait sur le chef de cabinet qui, lors d'une chute sur le *green*, se foula le poignet gauche. Dans les milieux politiques, la foulure d'Antoine devint le sujet de l'heure et on déplora de devoir cesser les paris sur les résultats des parties.

Chapitre deux

Plus d'une semaine s'était écoulée depuis l'incendie de Saint-Télesphore. L'atmosphère s'alourdissait. La panique s'était installée. Présente. Omniprésente! Elle étouffait et apportait son lot de rumeurs publiques. Le cabinet du Premier ministre accusait la presse de l'avoir semée; la presse affirmait s'être alimentée au cabinet du Premier ministre. Jean-Noël Brochu espaçait ses interventions publiques. Il laissait Justin Desmarais, ministre de la Justice, et Alexandre Aubin, ministre de l'Environnement, se débrouiller.

Antoine Lacasse régentait le bunker. Il suscitait chez tous un des deux sentiments qui témoignaient sans ambages de son efficacité: d'aucuns le craignaient avec admiration, d'aucuns le haïssaient avec déférence. Il était d'une utilité indispensable pour son patron. Il multipliait les rencontres avec les ministères impliqués, organisait des dîners avec ses directeurs de service, ne retournait que la moitié de ses appels et envoyait promener tous ceux qui ne portaient pas un titre d'autorité. Madeleine l'approcha pour lui glisser son point de vue mais il l'écarta sèchement:

— Plus tard. Quand j'aurai le temps. J'ai assez d'opinions contradictoires comme ça.

— Toujours aussi imbu de toi-même? lui lança-t-elle.

— Mon ego vous dérange, madame Pilon? demanda Antoine en constatant, trop tard, qu'il venait d'ouvrir une dangereuse porte.

En effet, l'occasion était trop belle et Madeleine enchaîna en haussant le ton:

— Arrête de te gonfler. Même si tu grimpes dessus avec pieds et mains pour te grandir, avec tes cinq pieds et tout l'air contenu dans ton ego, tu n'auras l'air que d'un gros boursouflé à quatre pattes. Quand vas-tu apprendre que ce n'est pas par son ego qu'un homme est grand mais par son aura?

Et comme pour ajouter à l'insulte, elle laissa Antoine en plan dans le corridor sans attendre sa réponse.

De retour à son bureau, elle s'en voulut d'avoir perdu patience. Elle était encore plus exaspérée de n'avoir pu émettre son opinion. Antoine la considérait toujours comme la domestique du Premier ministre et elle savait qu'il en serait toujours ainsi. Elle tenta de rejoindre Jean, mais il était absent de son bureau. Un peu de tendresse lui aurait fait tellement de bien. Elle voulut rejoindre Sylvie. Même déception.

«Il ne me reste plus qu'à téléphoner à ma chatte. Au moins je suis certaine que Mine-Mine sera là pour m'écouter», songea-t-elle.

Un appel de Stéphane lui fit réaliser que ses frustrations étaient bien accessoires; Guy Maltais venait de mourir.

Elle raccrocha l'appareil, bouleversée, et regretta de n'avoir trouvé que des formules stéréotypées. Elle rédigea la note nécrologique pour les employés du bureau puis expédia au service du personnel une copie du testament de Guy tel que celui-ci le lui avait demandé. Cela permettrait à Stéphane de toucher les montants auxquels il avait droit. Elle demanda ensuite la permission au Premier ministre d'aller rejoindre Stéphane, prit une bouteille de champagne dans le frigo de l'étage, arrêta au restaurant *Méditerranée* acheter quelques petits plats préparés, se procura une rose rouge à une boutique tout à côté et arriva les bras chargés à l'appartement de Guy et Stéphane.

— J'ai pensé qu'on pourrait parler de lui ensemble, dit-elle en guise d'introduction. Stéphane la fit entrer et alla déposer la rose sur le lit. Il emplit ensuite trois flûtes à champagne et leva légèrement sa coupe vers une photo de son ami avant d'éclater en sanglots. Madeleine fit de même et c'est en larmes qu'ils entreprirent de grignoter, de boire et de se remémorer de bons moments passés en compagnie du défunt. Stéphane avoua à Madeleine qu'il était lui aussi séropositif mais que cela ne le chagrinait pas. Son état lui permettrait de rejoindre son ami prochainement. Stéphane était un photographe de renom. Avant de le quitter, il lui remit une photo de son ami qu'il avait prise alors que la maladie n'avait pas massacré ses traits. Guy était assis dans un fauteuil antique et y lisait un livre. Un magnifique golden retriever dormait à ses pieds. Tout était en demi-tons et reflétait la sérénité. Madeleine le remercia d'un baiser sur la joue et lui promit qu'elle serait toujours là s'il avait besoin d'elle. Ils convinrent de dîner ensemble au moins une fois par semaine.

Quand elle revint au bureau, elle constata qu'un nouvel employé était assis à la place de Guy. «Au moins celui-là va occuper un bureau désinfecté, repeinturé et redécoré d'un nouveau tapis!» songea-t-elle.

— Des imbéciles! Non, mais ça prend-tu des imbéciles?

Georges Pineault arpentait le corridor en grommelant avec dédain.

— Encore un de tes journalistes qui a commis une fredaine? demanda Madeleine.

— Ce sont les maudits *Redresseurs*. Cette fois-ci, ils parlent de la panique d'Antoine quand il a su que Guy avait le sida.

Madeleine pensa qu'Antoine avait mérité d'être tourné en ridicule, mais elle s'abstint d'émettre son opinion. Sauf devant Jean-Noël Brochu, elle ne portait jamais publiquement de commentaires négatifs sur ses confrères de travail. Elle se retint aussi de parler parce que toute cette histoire des *Redresseurs* l'inquiétait. Il fallait que ces informateurs soient des personnes très proches du chef de cabinet. Quel but poursuivaient-ils? Subvertir le bureau? Régler leurs comptes personnels avec Antoine? Agissaient-ils par antipathie? Par dédain de la politique? Ou essayaient-ils de tendre un traquenard à Antoine afin de le faire chuter? Pour Madeleine, d'une façon ou d'une autre il y avait une taupe au bureau du Premier ministre et elle n'aimait pas du tout ça. Mais comme elle ne voulait pas tomber dans l'espionnite ni discuter de ses inquiétudes avec Georges, elle choisit la blandice.

— Oh Georges! s'il y a une seule personne qui puisse neutraliser ces *Redresseurs,* c'est bien toi. Je suis certaine que les propos modérés que tu vas tenir aujourd'hui avec les journalistes vont désamorcer le billet de Pierre Champagne. Tu vas présenter Antoine sur son côté mélioratif et comme toujours tes journalistes vont tomber dans le piège. M. Brochu connaît très bien ton efficacité, c'est pourquoi les *Redresseurs* ne le préoccupent guère.

Elle crut un instant que son style ampoulé lui vaudrait une rebuffade de la part de Georges, mais l'attaché de presse fut subjugué par le compliment et ne saisit pas l'afféterie de langage.

— C'est bien vrai. Je vais aller tout de suite voir Jean-Noël et lui dire de ne pas s'inquiéter de la chronique d'aujourd'hui.

Il partit donc vers le bureau du Premier ministre en ricanant: «Des imbéciles! Non, mais ça prend-tu des imbéciles?»

De son bureau, Madeleine pouvait entendre les rires de son patron et de Georges Pineault. Elle allait fermer sa porte quand Sylvie arriva.

— Je viens d'apprendre la mort de Guy. Y a-t-il quelque chose que je puisse faire?

— Oh oui! soupira Madeleine. Peut-être pourrais-tu sourire toute la journée.

— C'est si pénible que ça pour le personnel, la mort de Guy?

— La mort de Guy? Non. Les gens sont peinés d'avoir perdu une connaissance mais, pour la plupart d'entre eux, la page est tournée. Je suis allée voir Stéphane tout à l'heure. Pour lui, c'est difficile. Il pleure la mort de son amant. C'est tout le reste qui alourdit l'atmosphère.

— Le train-train quotidien de la saga de l'incendie?

— Ouais! Entre autres choses.

— Viens dîner. Cela va te changer les idées.

— Non merci. J'ai mangé avec Stéphane tout à l'heure. Mais je ne dirais pas non à une promenade sur les plaines d'Abraham.

— Bonne idée. Allons-y bras dessus, bras dessous. Comme ça, les gens pourront nous faire mourir du sida avant le temps.

— Sylvie! fais attention à tes propos. Les rumeurs vont nous amener dans la chronique de Pierre Champagne avant celle de la nécrologie.

❏

Madeleine avait vu juste quant aux réactions de ses camarades. Tous étaient allés aux funérailles (pour ne pas ne pas être vus) puis la routine s'était réinstallée. Dans les journaux, à la télévision, dans les taxis, dans les restaurants, il n'y en avait que pour Saint-Télesphore. Spéculation par-dessus spéculation, toutes les hypothèses trouvaient leurs défenseurs et leurs adversaires. Les péripéties de l'après-incendie auraient pu constituer le scénario d'un film à sketches bouffon, mais la trop présente réalité navrait. Ce qui inquiétait encore plus, c'était le silence d'Alexandre Aubin, le ministre de l'Environnement. Il évitait les déclarations publiques et refilait à la presse un de ses adjoints. Gustave Petit, son chef de cabinet, venait souvent rencontrer Antoine Lacasse et occasionnellement le Premier ministre. Il affichait toujours un air de conspirateur que sa figure grêlée et son corps étique accentuaient. Il était plus âgé que le ministre qu'il servait et Madeleine l'avait plus d'une fois entendu parler du «jeunot» en référence à Alexandre Aubin. Il venait de laisser Jean-Noël Brochu lorsque Madeleine le croisa.

— Salut, la p'tite! Toujours au poste?

— Eh oui! monsieur Petit. Et vous?

Madeleine réalisa soudainement qu'elle vouvoyait ce chef de cabinet alors qu'elle tutoyait la plupart des ministres. Mais elle n'allait pas changer ses habitudes, ne voulant pas se retrouver copain copain avec cet être décharné. Elle demanda s'il y avait du nouveau du côté de Saint-Télesphore.

— Il n'y a pas d'urgence, ma p'tite. Chaque chose en son temps! affirma Gustave avant de s'éclipser.

«Chaque chose en son temps, mais pas de temps pour chaque chose», pensa Madeleine qui grimaça à son piètre jeu de mots et haussa les épaules.

— Avec qui parlais-tu? demanda Jean-Noël Brochu.

Madeleine n'avait pas entendu venir son patron et elle sursauta.

— Vous êtes aussi sournois que lui. Je parlais avec Gustave.

— Ça, c'est un bon soldat, émit le Premier ministre.

— Franchement, monsieur Brochu, il y a des jours où votre laxisme dépasse l'entendement.

— Dans un gouvernement, il en faut de tous les genres pour passer à travers les tempêtes.

— Ne me dites surtout pas que dans le cas de Saint-Télesphore, c'est Gustave Petit qui détient la solution.

— Peut-être pas la solution, mais certainement un ersatz.

— Oh! si vous commencez à employer des mots avec plus de consonnes que de voyelles et qui se terminent en z en plus, aussi bien changer de sujet de conversation. Qu'est-ce que vous désirez manger?

Jean-Noël Brochu, fin gourmet, ne laissa pas passer l'occasion de commander son souper. Comme il allait manger en compagnie d'Antoine, de Georges et de Denis, Madeleine manda un traiteur et se retira directement au *Château Frontenac* où un ouvrage de petits points relaxant et une bonne nuit de sommeil l'attendaient. Elle fut choyée. Un seul appel de son patron la dérangea durant la soirée et elle se réveilla en forme le lendemain matin au moment où arrivait le petit déjeuner commandé par Sylvie, qu'elle n'avait pas entendue entrer.

— On peut dire que tu dors du sommeil du juste, lui servit son amie en guise de bonjour.

— Peut-être, mais j'avais aussi beaucoup de fatigue accumulée.

— Eh bien! c'est une chance que tu sois reposée parce que ton Jean-Noël veut que tu lui apportes les journaux à sept heures et, tarâââ! les voici, proclama Sylvie en étalant les quotidiens sur le lit de Madeleine.

— Je constate qu'il n'y a pas que moi en forme. Tu as commencé ta journée de bonne heure à ce que je vois et je t'en suis très reconnaissante, lui répondit Madeleine avant de faire la moue en prenant connaissance des manchettes.

C'était mercredi, journée du Conseil des ministres. Après avoir lu les journaux, déjeuné et discuté au téléphone avec Antoine et Georges, Jean-Noël Brochu fit son jogging puis se rendit directement à l'Assemblée nationale pour la période des questions. Madeleine gagna son bureau du Conseil exécutif. Elle n'assistait plus aux périodes de questions depuis plusieurs mois. En début de mandat, elle se rendait quotidiennement derrière le trône pour suivre les échanges. Mais bien vite elle se lassa des commentaires des adjoints postés dans la salle d'attente qui trouvaient toutes les questions de l'Opposition insipides et les réponses valables seulement quand c'était eux qui les avaient préparées.

À l'heure du dîner, Madeleine décida d'aller manger au *Parlementaire,* restaurant situé dans l'édifice de l'Assemblée nationale. En traversant la Grande-Allée, elle croisa l'épouse d'Alexandre Aubin. «Elle a sûrement pris plus d'un apéritif déjà», pensa Madeleine, qui ne pouvait éviter ce souffle aviné.

— Mais c'est la fidèle secrétaire du Premier ministre! Comment allez-vous, Madeleine?

— Très bien, madame Aubin. Vous ne devez pas voir votre mari très souvent ces jours-ci?

— J'aurais pensé l'avoir plus près de moi mais il court toujours d'une réunion à un souper d'affaires. On ne peut jamais être certain de ce que l'avenir nous réserve. Mais vous, Madeleine, des voyages en perspective? lui demanda l'épouse du ministre en s'accrochant lourdement au bras de Madeleine afin de moins chalouper.

— Le Premier ministre devait aller en Californie le mois prochain, mais je doute que le projet tienne. Ces BPC empoisonnent tout le monde. Je plains votre mari qui doit démêler tous les rapports et faire le partage dans les opinions qui lui sont données. Il va avoir besoin de vacances.

— Il en revient! répondit Marie Aubin d'un ton sec et empâté.

Les deux femmes arrivèrent finalement à l'Assemblée nationale et se dirigèrent vers le restaurant. Madeleine s'assit seule. Elle sortit de son porte-documents un cahier de tricot. Elle étudiait le patron d'un gilet qu'elle désirait tricoter pour Jean. La serveuse lui demanda:

— Comme d'habitude?

— Eh oui! Odette. Une salade César et le potage du jour.

— Avec un Seven-Up diète?

— Tu n'oublies rien, toi! Cela fait combien d'années que tu remarques les vices de tous tes clients?

— Dix-sept ans. J'ai servi cinq gouvernements. Et tu sais ce que j'ai remarqué de plus drôle? Selon qu'ils sont au pouvoir ou dans l'Opposition, ces messieurs dames changent leurs habitudes alimentaires. Tu es une des rares qui aient gardé le même menu de salade et de potage. Depuis que ton patron a été élu, tu aurais dû passer au plat principal arrosé de vin.

— Disons que j'ai gardé le menu de l'Opposition parce que c'est là qu'on retrouve le véritable pouvoir.

— Si ce n'est pas Pénélope à l'étude!

Étienne Rivard vint s'attabler. Il était l'un des conseillers au cabinet du Premier ministre et Madeleine l'aimait bien, sauf quand son patron lui demandait de le retracer. S'il n'était pas au bureau, aussi bien renoncer. Il était plus facile d'avoir le Premier ministre du Canada au téléphone qu'Étienne Rivard. Il pouvait disparaître pendant des heures ou même une journée puis réapparaissait d'un air dégagé comme si son absence était tout à fait naturelle. Sa philosophie tenait en une phrase: rien n'est jamais assez urgent pour que l'on doive y sacrifier ses loisirs. Mis à part ce dehors désinvolte, Étienne Rivard était un précieux collaborateur au jugement politique assuré. Doté d'un sens de l'humour rarissime dans ce milieu, il était de plus une vraie bête politique. C'est pour cela que Jean-Noël Brochu l'appréciait. Étienne pouvait saisir toute la portée d'un problème d'un seul coup d'œil et trouver sur le vif une solution pratique et surtout profitable pour le Gouvernement.

Étienne commanda un cocktail de crevettes, un steak-frites et un quart de rouge. Madeleine jeta un coup d'œil vers Odette qui, discrète et en vraie professionnelle, prit la commande sans qu'aucun trait de son visage ne trahisse ses pensées.

— Que penses-tu de la saga des BPC? demanda Madeleine.

— Je crois qu'il y a trop d'experts. Tout le monde tire la couverture de son bord. Si ton boss ne fait pas attention, il va se trouver envahi par un gros nuage toxique. On peut même en mourir.

— Je pense moi aussi que cela nous nuit beaucoup. Il faudrait un porte-parole ferme et surtout bien informé. Tu as vu hier soir le reportage à Radio-Canada? Aubin et Desmarais se contredisaient dans leurs déclarations.

— C'est ce qui arrive quand on veut jouer dans les plates-bandes du voisin sans le consulter. On fait la manchette une journée puis le lendemain on aimerait mieux ne pas voir les journaux. Aubin serait bien mieux de s'occuper de sa femme. Si elle n'arrête pas de boire, on va la retrouver en petits morceaux, ajouta Étienne en jetant un coup d'œil vers le fond du restaurant.

Seule à une table retirée, Marie Aubin, perdue dans ses pensées vinées, jouait avec ses ustensiles en tintinnabulant et en éclatant d'un rire sonore occasionnel qu'elle étouffait bien vite par une gorgée de vin. Plus d'un regard se portait sur sa personne mais elle n'en avait pas conscience, marmonnant constamment à son invisible compagnon de table à qui elle semblait raconter une tragi-comédie.

— Oh oui! c'est très pénible de la voir, mais elle doit entrer en clinique après le mariage de sa fille le mois prochain, dit Madeleine.

— C'est une très bonne chose. Tu sais, c'était une adjointe hors-pair avant son alcoolisme. Elle abattait de la besogne comme cinq personnes. Fais attention à toi. Le même problème pourrait t'arriver si tu continues à travailler comme tu le fais.

— Il faudrait que ce soit une intoxication chronique au Seven-Up diète. C'est tout ce que je bois.

— C'est pour ça que tu ne fais pas les frais de la chronique de Pierre Champagne?

— Si on se fie à la nouvelle fuite de ce matin, c'est plutôt un comité anti-Antoine qui alimente Champagne.

— Ça ne serait pas toi, avec ton côté Jeanne d'Arc, qui joues *Les Redresseurs*?

— Oublie ça! J'ai appris ce matin en lisant la chronique qu'Antoine avait un fils d'un premier mariage. Même dans mes visions les plus bizarres, je n'aurais jamais vu Antoine en père de famille. Il faut que ce soit quelqu'un de vraiment proche de lui qui fasse ces révélations. Antoine devrait chercher dans son entourage.

— Il suffit qu'il demande à son ami Duhamel de lui trouver le coupable et on va tous passer un quatrième degré.

— Que la SQ commence par faire avancer l'enquête sur l'incendie de Saint-Télesphore. Ensuite, elle pourra s'amuser avec les histoires d'Antoine, conclut Madeleine en attaquant son plat de salade et en amenant la discussion sur l'automne qui venait.

Après le dîner, Étienne et Madeleine retournèrent ensemble au bureau du Premier ministre. Michèle, la réceptionniste, avisa aussitôt Madeleine.

— Le Premier ministre te cherche partout. Il t'a demandée au moins à quatre reprises. J'ai essayé de te rejoindre au *Parlementaire* mais on m'a dit que tu n'y étais pas.

En soupirant, Madeleine poussa la porte d'entrée du cabinet du Premier ministre dont la réceptionniste venait de désamorcer le système de fermeture à distance. En tournant à gauche, elle passa devant le local de la préposée à la photocopie qui l'informa: «Oh! madame Pilon, le Premier ministre vous cherche!» Madeleine avait à peine remercié Laura qu'elle croisa Martine, la responsable de l'agenda. «Monsieur Brochu te cherche!» l'avisa-t-elle d'un ton chantant. «J'y vais», répondit Madeleine en souriant. Elle tourna le coin du corridor quand Denis Cantin et une secrétaire la croisèrent. «Le patron te cherche!» dirent-ils en chœur. «Merci pour l'information, j'y vais immédiatement», les rassura-t-elle. «À peine dix mètres de parcourus et déjà cinq avis. Le problème ne doit pas être si grave que cela», pensa Madeleine qui avait l'habitude des caprices sporadiques de son patron. Quand elle entra dans le bureau, Jean-Noël Brochu lui lança le fatidique: «Où étais-tu?» Madeleine eut beau répéter qu'elle était au *Parlementaire* à dîner avec Étienne, elle ne put expliquer pourquoi on ne l'avait pas trouvée.

— Tu sais que j'ai besoin de savoir où tu es. C'est mercredi aujourd'hui, au cas où tu l'aurais oublié. J'ai un Conseil des ministres. Pourquoi es-tu partie sans me le dire? Va-t-il falloir que je t'attache une corde au cou pour te repérer?

Le Premier ministre avait toujours ces réactions démesurées envers Madeleine quand il était nerveux ou en colère. Il n'avait rien à lui reprocher, mais Madeleine était la première personne sur qui il déchargeait sa colère. Elle lui servait de soupape de défoulement. Si elle était de bonne humeur, Madeleine ne s'en faisait pas, mais quand la fatigue était là, cela la déprimait.

— Qu'est-ce que vous vouliez?

— Une eau minérale!

Et voilà! Au moins dix personnes auraient pu lui donner une eau, mais il fallait qu'il la reçoive par ses soins. «Probablement parce que je n'étais pas là», se dit Madeleine, en se dirigeant vers la cuisine.

Elle revint avec un Perrier. Le Premier ministre était déjà descendu au Conseil des ministres. Elle le rejoignit par l'escalier de service et vit qu'il buvait un verre de jus de tomate. Elle plaça l'eau Perrier devant lui et salua quelques ministres avant de remonter à son bureau. Elle se sentait dévalorisée et avait le goût de tout laisser tomber. Elle aurait voulu être chez elle à tricoter, à caresser son chat ou à attendre Jean. Il lui manquait. Elle ne l'avait pas vu depuis trois semaines. Elle avait hâte de quitter Québec. Il devait venir manger avec elle vendredi midi.

Alexandrine de Van Der Bourg, responsable du protocole, entra dans le bureau de Madeleine précédée de son odeur sucrée de parfum exotique et du cliquetis de ses extravagants bijoux.

— Comment allez-vous, chère amie?

— Plutôt occupée ces jours-ci, répondit Madeleine en espérant que la visite ne s'éternise pas.

Avec Alexandrine, on ne savait jamais. Cette salonarde, engoncée dans le fla-fla du protocole, papillonnait d'un bureau à l'autre, toujours affairée en apparence, faisant une montagne avec un rien. Quand il était occupé, le personnel la fuyait ou se lançait dans une fictive conversation téléphonique à son arrivée. Si Alexandrine était vraiment aux prises avec un problème énorme, cela ne servait à rien. La responsable du protocole restait devant vous à vous fixer avec ses yeux maquillés à outrance et son air de chien battu vous envahissait. La victime cédait et Alexandrine l'assaillait en épanchant sa préoccupation de l'heure. Madeleine l'appelait sa *rombière de service*.

— Oh! je ne vous dérangerai pas longtemps, chère Madeleine, mais il s'agit d'une question très importante. Voici ce qu'il en est, chère Madeleine. Lors du prochain voyage de monsieur le Premier ministre en Europe, devrions-nous prévoir logistiquement un arrêt au musée du Louvre?

— Au musée du Louvre?

L'interrogation de Madeleine en était une d'ébahissement: en pleine crise des BPC, à moins d'un an d'élections générales, Alexandrine pensait au prochain voyage en Europe! La directrice du protocole ne saisit pas l'intonation incrédule et continua avec mignardise:

— Mais oui, ma chère Madeleine. Vous savez, il y a six mois, le Premier ministre n'a pas eu le temps de voir la Pyramide du Louvre et d'y admirer ses arts somptuaires. Il me semble opportun que dans le florilège d'activités que nous lui proposerons pour le prochain voyage, nous incluions cette visite.

Madeleine était déconcertée:

— Mais Alexandrine, le prochain voyage en Europe du Premier ministre ne se fera probablement pas avant deux autres bonnes années. On verra à ce moment-là.

— Très bien, chère Madeleine. Je porterai une note au dossier en ce sens et vous en ferai tenir copie pour vos archives. Je reviendrai plus tard, car j'ai d'autres petits détails à régler avec vous. Bon après-midi, chère Madeleine.

«Chère Madeleine! Chère Madeleine!» Combien de fois Alexandrine avait-elle employé cette expression dans les deux dernières minutes? se demanda Madeleine. Elle n'eut pas le temps d'en faire le calcul. Le téléphone sonna.

— Madame Pilon, Georges Jolin à l'appareil. Comment allez-vous?

— Très bien, monsieur le digne représentant du plus grand quotidien français en Amérique. Et vous?

— Ça gaze, ça gaze, ma petite dame! Même qu'à cause de vous autres, les gaz sont plutôt toxiques par moments.

— Nous autres? À voir le traitement que vous donnez aux nouvelles ces jours-ci, je me demande si ce n'est pas le syndicat des journalistes qui a mis le feu à l'entrepôt pour avoir quelque chose à se mettre sous la dent en pleine canicule.

— Ça ne serait pas plutôt vous autres, les politiciens, pour nous faire oublier qu'il y a des problèmes de chômage, de grèves à l'horizon, de conflits dans les hôpitaux, de démissions de ministres en vue, et je dirais même de patronage? Est-ce que je dois en rajouter?

— Ton imagination m'épate. Tu devrais écrire un roman plutôt que de perdre ton temps avec notre entourage.

— Justement, c'est pour ne pas perdre mon temps que je t'appelle. Est-ce que je pourrais avoir une entrevue avec ton patron sur la situation actuelle?

— Tu n'as pas parlé à Georges?

— Je lui ai téléphoné au moins cinq fois depuis ce matin, mais il n'a pas retourné mes appels.

— Je vais tenter de le rejoindre et je vais voir à ce qu'il te rappelle. Tu seras à la tribune de la presse?

— Oui. Un peu plus tard, je me rendrai chez vous pour la fin du Conseil des ministres. Il pourra me confirmer mon rendez-vous à ce moment-là.

— Parle-lui-en. Il connaît certainement l'horaire du Premier ministre pour la fin de l'après-midi.

La conversation se terminait sur les salutations d'usage lorsque le Premier ministre demanda Madeleine au Conseil des ministres. Elle s'y rendit directement. Elle était une des rares personnes extérieures à pouvoir pénétrer dans ces réunions sans qu'on s'en offusque. On était tellement habitué à la voir aux côtés de Jean-Noël Brochu que sa présence semblait naturelle, peu importe le lieu. Madeleine entrait toujours dans la salle du Conseil avec un sourire indéfini. Cette pièce calfeutrée, sans fenêtre, à l'immense table ronde et aux lumières tamisées, la fascinait. Elle songeait souvent à tout ce que ces hommes et ces femmes qui y siégeaient avaient sacrifié pour obtenir l'insigne honneur d'y pénétrer. Et elle pensait aussi à toutes les déceptions que ces mêmes gens avaient eues quand ils s'étaient rendu compte que le véritable pouvoir n'était pas nécessairement dans cette enceinte. Si les occupants avaient acquis la notoriété, cela leur avait aussi amené l'anxiété. Elle s'amusait à remarquer qui prenait la parole et quelles réactions avaient ses confrères et ses consœurs. Si l'orateur était un de sa *gang*, alors on prêtait attention aux propos, sinon, on en profitait pour parler avec un voisin ou pour signer son courrier. Immanquablement, si une personne était en attente d'un rendez-vous avec le Premier ministre, elle s'empressait de saluer Madeleine.

— Qu'est-ce que je pourrais manger? demanda Jean-Noël Brochu à sa secrétaire. Je dois rencontrer deux ou trois journalistes dans la soirée; je grignoterais bien dès maintenant.

—Je vous fais apporter quelque chose. Est-ce que je prévois aussi un plat de crudités sur la table lors de vos entrevues?

— Très bonne idée, comme d'habitude. Tu vois à tout. Je me demande ce que je ferais sans toi.

— Vous voulez vraiment que je réponde? lui souffla Madeleine en le quittant.

Le Premier ministre sourit à la réplique. Madeleine avait de ces réponses sentencieuses qui ne blessent pas et qui se prennent avec humour parce que dites à la légère. Il fallait toutefois qu'il y ait complicité entre eux. Et c'était le cas avec Jean-Noël Brochu. Il y avait bien entendu des hauts et des bas, mais jamais l'entente profonde et inexpliquée entre eux ne se démentait. Il pouvait parfois sembler que Madeleine brusquait son patron, mais elle lui donnait toujours l'heure juste. Si Jean-Noël Brochu était bon premier dans les sondages et si tout le personnel du bunker disait au patron qu'il était «bon», Madeleine n'hésitait pas à émettre une opinion contraire si c'était ce qu'elle croyait. C'était tellement rare dans ce milieu d'avoir une critique désintéressée que Jean-Noël Brochu s'accommodait facilement des sautes d'humeur de sa secrétaire. Il valait mieux essuyer quelques rebuffades que d'être coupé totalement de la réalité, se disait le Premier ministre. Et, en plus, Madeleine était continuellement disponible. Cela aussi était plutôt rare. Jaloux de son bien-être avec Madeleine, Jean-Noël Brochu ne se rendait toutefois pas compte qu'il empêchait une femme sensible et créatrice de s'exprimer. Jean-Noël Brochu passait avant toute vie sentimentale et personnelle. Sept jours par semaine, vingt-quatre heures par jour, trois cent soixante-cinq jours par année, Madeleine était au poste. Par moments, elle se rendait compte de cette situation.

Il s'ensuivait alors une période de mélancolie chez elle. Mais elle reprenait le collier, par souci de responsabilité ou par habitude, et la tension s'apaisait.

Après le Conseil des ministres, au moment où il signait son courrier, Jean-Noël Brochu demanda à Madeleine ce qu'elle pensait de la situation actuelle. Elle était lancée.

— Je trouve inadmissible le comportement du Gouvernement au sujet de l'incendie de Saint-Télesphore. Ce n'est pas bien de badiner avec les gens de cette façon. Je n'ai jamais admis et je n'admets toujours pas que la responsabilité des communications avec la presse incombe à la Sûreté du Québec. Un mandataire plus familier avec le milieu de l'environnement aurait pu apporter des éléments de réponse posés et justes. La Sûreté répond par des «Pas de commentaires» ou «Nous l'ignorons pour le moment» aux questions précises des journalistes. Cela porte à la spéculation et on se retrouve avec un climat de panique. Même si Georges n'est pas mon héros, dans un cas comme celui-ci il pourrait se coltiner de la *job de bras* avec la presse et devenir Superman. Vous savez très bien qu'il n'y a pas mieux que Georges pour affriander une meute de caciques. Vous paraissez dépassé par l'événement, et pour vous rassurer, vous en laissez trop entre les mains d'Antoine. Je l'ai dit à Jean la journée même de votre visite à Bourget: «Antoine ne sait pas où il va et il veut que nous le suivions!» Pendant ce temps-là, l'argent se gaspille et les dépenses ne sont pas nécessairement faites aux bons endroits. Savez-vous que douze policiers sont affectés la nuit à la salle des délibérations du comité d'experts? Savez-vous qu'ils sont payés en temps supplémentaire et en temps triple dans certains cas? Et tout ce monde est là pour surveiller une seule porte d'entrée. Ce que les contribuables font dans ce cas-là, c'est financer un tournoi de *cribble* pour policiers en devoir. Vous n'ignorez certainement pas qu'il n'y a pas encore eu de rencontre formelle entre le ministre de l'Environnement et les citoyens? Tout ce qu'on leur a dit, c'est qu'ils peuvent retourner chez eux mais qu'ils ne doivent pas consommer de fruits ou de légumes de leurs jardins au cas où... On ne leur a pas dit au cas où quoi. Il n'y a personne pour cataver afin d'éviter les remous. N'y aurait-il pas quelqu'un quelque part qui pourrait prononcer autre chose qu'un grimoire? Antoine vit de sa suffisance, Georges de sa prétention.

Madeleine poursuivit, tout en haleine et avec aplomb, en parlant d'irresponsabilité et d'impression d'improvisation. Jean-Noël Brochu l'interrompit.

— On sait bien, toi et Antoine et Georges, vous vous regardez comme chiens et chats, mais je suis très satisfait d'eux. Ils abattent une besogne incroyable. Il y a eu des faux pas mais tout rentre dans l'ordre graduellement.

— Tout rentre dans l'ordre! Tout rentre dans l'ordre! Lentement mais pas sûrement, monsieur Brochu! ajouta Madeleine avant de se faire éconduire.

Alexandrine l'attendait dans son bureau.

— Je suis revenue, chère Madeleine, comme je vous l'avais promis. Je vous ai apporté deux copies de la note adressée à mon homologue à l'Élysée. Je dis deux copies, chère Madeleine, parce que l'une des deux est perforée. J'ignorais si votre système de classement se faisait par filière ou par cahier à anneaux. Comme je vous sais très occupée, j'ai voulu vous éviter du travail.

— Merci, Alexandrine, il ne fallait pas vous donner toute cette peine, vous êtes très occupée vous-même, lui répondit Madeleine, ironique.

— Merci à vous, chère Madeleine, de si bien me comprendre. Je suis en effet débordée, il faut remercier les divers intervenants européens et, en même temps, songer à préparer le prochain voyage de notre Premier ministre en Europe.

— Mais Alexandrine, notre service de la correspondance s'occupe de remercier tout le monde. Je leur ai remis la liste complète de tous les gens qui nous ont aidés lors de notre voyage. Plus des trois quarts des lettres sont déjà parties. Quant au prochain voyage, il faut d'abord aller en élections et si nous sommes réélus, le voyage ne se fera pas avant encore deux ou trois ans. Je vous l'ai dit tantôt.

— Je sais, chère Madeleine, mais il faut toujours prévoir. Je vous parle donc tout de suite de mes deux problèmes...

Bien qu'elle fût habituée aux problèmes d'Alexandrine, Madeleine en resta encore une fois bouche bée. La responsable du protocole s'inquiétait de savoir s'il fallait servir du saumon fumé à l'érable ou des crevettes roses de Matane comme entrée au prochain repas protocolaire qu'on n'avait pas encore prévu.

— Nous verrons à ce moment-là, répondit Madeleine. Nous ne savons même pas ce qu'il y aura au menu.

— Mais il faut planifier, chère Madeleine. Si je fais le décompte des entrées que nous avons servies l'an dernier, je m'aperçois que nous avons eu du saumon fumé six fois et des crevettes roses seulement trois fois.

— Les invités n'étaient pas les mêmes à chaque repas. Cela n'a aucune importance.

— C'est pourtant vrai. Je n'y avais pas pensé. Chère Madeleine, comme vous êtes perspicace. Voilà un problème réglé. Maintenant le second. Il ne me reste que deux mille des cinq mille feuilles de papier avec en-tête à mon nom pour ma correspondance. Il faudrait peut-être en réimprimer d'autres.

— Combien de feuilles utilisez-vous par mois, Alexandrine?

— Ça dépend des mois. Quelquefois douze, mais nous sommes déjà allés à vingt-deux.

— Je vous l'ai déjà dit, Alexandrine, attendons le résultat des élections.

Alexandrine sursauta.

— Vous voulez dire que notre Parti pourrait être défait?

— Ce n'est pas ce que j'ai dit, mais on ne sait jamais le résultat d'un vote avant les élections. Attendons donc pour nous lancer dans des projets ayant un plus long terme que deux mois.

— C'est bien, chère Madeleine, si vous le dites. Mais je vais quand même préparer ma réquisition. J'attendrai pour inscrire la date.

Alexandrine partie, Madeleine soupira de soulagement et s'attela à la tâche hebdomadaire qui l'horripilait le plus: la préparation de son mémoire de frais. Au-delà de la répétition des mêmes chiffres, dans les mêmes colonnes, pour les mêmes raisons, ce travail lui rappelait qu'elle vivait dans ses valises depuis bientôt cinq ans. Cinq années d'hôtel. Cinq années de voiture. Cinq années d'absence. Elle se dit qu'elle quitterait ce monde après les prochaines élections, tout comme elle avait juré de le faire durant la campagne à la direction et les dernières élections générales. Dans les deux cas, elle n'y avait plus pensé après les événements. Et elle aurait été embêtée de dire pourquoi.

Après une heure de transcription de chiffres et d'additions, Madeleine alla voir Carol Laporte, avec qui elle avait l'habitude de discuter fréquemment lorsque le PSEQ était dans l'Opposition. Maintenant, leurs échanges s'espaçaient. Elle trouva Carol prisonnier d'une conversation téléphonique. Il s'évertuait à expliquer à un ingénieur, bailleur de fonds au Parti, qu'il ne pouvait lui faire avoir un contrat précis parce que sa compagnie n'avait pas été choisie par l'ordinateur du Gouvernement, familièrement appelé Rosalie. Madeleine pouvait entendre l'interlocuteur lésé qui débitait sa hargne comme un incisif hache-paille:

— Moi! un donateur régulier de toutes les campagnes de financement! Moi! un militant de longue date, on me préfère une compagnie dont les dirigeants ne cachent même pas leur allégeance politique contraire à la nôtre! Et tu me dis que tu ne peux rien faire. Veux-tu rire de moi?

— Pauvre Carol, encore un dialogue de sourds! lui souffla Madeleine.

Elle regrettait de le voir aux prises avec de tels problèmes. Cela minait sa santé. Carol, d'habitude ouvert et souriant, ne répondait plus que poliment aux gens qu'il croisait. Il évitait d'engager une conversation de peur de se voir blâmer pour les contrats qui n'entraient pas ou les emplois qu'il ne pouvait procurer à des amis du Parti. Beaucoup de gens avaient participé aux dernières élections générales dans le camp du PSEQ en espérant les faveurs du patronage. Carol Laporte encaissait les frustrations des personnes en attente de contrat.

— Ouf! c'est le dixième depuis ce matin. Les gars sont en maudit. Le contrat pour la réfection de l'édifice G a été octroyé à Gaudreau, Gaudreau, Gaudreau inc. Leurs dirigeants ont appuyé ouvertement Pascal Saint-Onge, le chef du PUN, aux dernières élections. J'y goûte! Je me fais traiter d'hypocrite, de vendu, d'incompétent. Et je saute des épithètes.

— C'est du joli.

— Tu devrais voir Alfredo. Lui qui dirige les campagnes de financement du Parti depuis six ans, il ne peut pas faire deux pas sans être littéralement assailli. Il y a un nombre incroyable de gens qui croient qu'un don au PSEQ leur assure le droit d'obtenir tous les contrats gouvernementaux. Il faut leur expliquer que nous n'exerçons aucun contrôle sur le système d'octroi et en même temps leur demander de souscrire au Parti en vue de la prochaine campagne électorale. C'est à en devenir fou! Mais il ne démissionne pas, il est toujours aussi actif. J'ai rarement vu un bénévole aussi tenace que lui.

— Je l'ai rencontré hier. Il me disait justement: «Il faut la gagner. Pas question de défaite. On va travailler fort, pis on va l'avoir. Et le pire dans tout cela c'est que je n'ai même pas fini de m'expliquer vis-à-vis de nos donateurs et qu'il va falloir que je recommence.»

— En tout cas, moi, je ne recommencerai pas, affirma Carol. Je vais quitter le monde politique après ces élections. Il faut penser un peu plus à la qualité de la vie. La politique, ce n'est pas un jardin de roses. Regarde ce qui est arrivé à notre personnel au cabinet depuis trois ans: quatre décès, deux par maladie, un par crise cardiaque et un suicide. Et je ne parle pas des problèmes familiaux que plusieurs d'entre nous vivent: divorces, séparations, adolescents en crise. Crois-tu que nous vivions dans un environnement sain?

— Tu décris une situation qui existe ailleurs mais nous frayons dans un milieu à risques parce que la politique demande un engagement de tous les instants.

— Ce n'est plus un engagement, c'est un esclavage! gémit Carol.

— Pauvre Carol, tu devrais prendre quelques jours de congé. Je sais que c'est une réplique facile pour moi, mais je pense sincèrement que tu te tracasses trop pour des choses sur lesquelles tu n'as aucun contrôle. Que tu répondes ou non aux appels téléphoniques que tu reçois en ce moment ne changera rien à rien. Les gens sont en maudit et il n'y a rien que nous puissions faire pour atténuer leur colère. Tu nous vois déroger aux règlements d'octroi de contrats? Fais-toi donc préparer une lettre type pour ce genre de demandes. Les écrits restent, tu sais. Ceux que tu refoules présentement peuvent se retourner contre toi. Ça ne sera pas mauvais que tu puisses avoir des preuves écrites, noir sur blanc, de ta position précise si on devait en arriver là.

— S'il y en a un qui fait cela, je vais passer par-dessus Rosalie pour accorder un contrat de cassage de jambes.

— Mais non, va en soumission. Ce sera intéressant de voir de qui viendront les devis; tu pourrais peut-être avoir un prix spécial pour un groupe!

Ils pouffèrent de rire. La tension diminuait et ils discutèrent des sondages. Les tergiversations et l'improvisation du Gouvernement lors de la récente tragédie de Saint-Télesphore n'avaient pas échappé à la population. Cela se ressentait dans l'opinion publique. Le PSEQ avait perdu cinq points dans la faveur populaire. Le PUN avait évidemment récupéré ce sentiment de mécontentement en plus de s'approprier deux autres points. L'écart entre les deux principaux partis était donc de trois points. Si la tendance se maintenait, c'était un coussin plutôt mince à quelques mois des prochaines élections générales. Carol s'en inquiétait vivement.

— Nous n'avons jamais été aussi bas dans les sondages depuis notre dernière victoire. Il faudra vérifier régulièrement l'humeur des Québécois afin de savoir si nous sommes en chute libre. L'élection qui vient n'est pas encore perdue, mais on ne sait jamais ce qui peut arriver dans l'actualité d'ici un an.

Madeleine aussi s'inquiétait de cette chute de popularité. Un tel affaissement créait souvent un mouvement de panique dans les troupes et au Gouvernement. Il suffirait d'un geste irréfléchi d'un ministre (elle n'osait penser au Premier ministre) et ce serait la débandade. Elle quitta Carol sur cet échange peu rassurant et rejoignit le Premier ministre au départ pour Montréal.

Jean-Noël Brochu bougonna tout le long du trajet. La réprobation de son Gouvernement affectait son humeur. Il n'y avait pas de dérobade possible pour lui et il devinait qu'on fomentait des complots dans son dos, mais il était incapable de deviner qui tirait les ficelles. C'était toujours le même dilemme pour le Premier ministre: qui croire et à qui se fier en temps de crise? Madeleine avait beau lui rapporter les discordances dont elle avait connaissance, son patron l'écoutait religieusement mais avec une pointe de doute. Ce qu'elle lui disait ne correspondait pas du tout à ce que les personnes concernées lui avaient dit. Jean-Noël Brochu perdait peu à peu cet enthousiasme qui lui faisait pourchasser la jugulaire chez un opposant et ce ton comminatoire qui fauchait un adversaire.

❑

Madeleine arriva à son bureau de l'édifice d'Hydro-Québec en traînant sa fatigue. Elle avait à peine franchi les portes vitrées de la salle d'accueil que Monique Gaudet, la secrétaire du Premier ministre à Montréal, lui sauta dessus.

— Ta fidèle amie Sylvie Montaigne est encore ici...

— ... et cela te réjouit, coupa Madeleine.

— S'il te plaît, ne joue pas avec mon humeur. Tu ne connais pas sa dernière intervention?

Madeleine voulait se diriger vers son bureau au fond du corridor mais Monique, désirant se défouler avant toute chose, l'en empêchait et continuait.

— Ton amie Sylvie, qui t'attend depuis plus de deux heures dans ton bureau et qui a certainement appris par tes bons soins que toi et le Premier ministre alliez à Saint-Sauveur cette fin de semaine à cause du déjeuner-bénéfice de dimanche matin, a non seulement décidé de s'inviter mais a également vérifié s'il y avait des chambres communicantes à l'hôtel où j'ai réservé et elle me somme de faire des changements dans les réservations.

— Tu sais que tout est plus facile pour moi quand je peux communiquer directement avec le Premier ministre sans avoir à sortir dans les corridors. Je vais parler à Sylvie mais, entre-temps, vérifie donc si tu peux effectuer des changements dans les réservations d'hôtel.

— Tu lui donnes raison?

— Le travail est beaucoup plus facile pour moi quand les chambres communiquent, je te l'ai dit, conclut Madeleine en laissant Monique.

Quand elle entra dans son bureau, Sylvie s'excusa.

— Monique t'a mis au courant?

— Oui. Il faudrait faire plus attention.

— Mais Madeleine, comprends-moi, avec votre histoire de BPC, il y a tellement longtemps que nous n'avons pas passé une nuit ensemble.

— Je sais. Je sais. Mais il ne faut pas trop brusquer les choses. Tu sais combien les gens sont susceptibles et combien ils aiment aller au fond des pseudo-scandales. Ça ne servira les intérêts de personne si on doit arrêter de se voir à cause des pressions extérieures. Monique est frustrée que tu aies joué dans ses plates-bandes. Elle ne fera rien de spectaculaire pour le moment, mais la prochaine fois parlemoi directement, je ferai le nécessaire.

— C'est facile pour toi. Tu gardes un ton calme et serein en me disant tout cela, mais pense un peu à moi. Je suis toujours à la remorque des voyages officiels.

Madeleine caressa avec compréhension l'épaule de son amie.

— Encore quelques semaines et les BPC seront au second plan. Nous devrions alors être en mesure de faire un voyage officiel hors Québec. Tu seras évidemment de la partie.

Sylvie porta à sa joue la main qui la réconfortait.

— Une chance que je t'ai pour me comprendre. Ma vie n'aurait guère de sens si tu n'étais pas là.

Monique ouvrit brusquement la porte du bureau de Madeleine sans frapper et tressaillit légèrement en voyant la scène: Madeleine effleurait de la main la joue de Sylvie tout en lui tapotant doucement la tête.

— C'est fait. Vous allez avoir votre chambre communicante et, en boni, un seul lit, lança-t-elle.

Sans attendre de réponse, elle quitta le bureau sans refermer la porte. Madeleine soupira et regarda Sylvie en sourcillant.

— Madeleine, une eau minérale!

Jean-Noël Brochu venait d'arriver. Il parut surpris de voir Sylvie dans le bureau de son adjointe et changea d'idée.

— Madeleine, viens donc plutôt dans mon bureau.

En sortant, elle rassura son amie

— Ça va aller. Ne t'inquiète pas.

Madeleine ne dit rien après avoir refermé la porte du bureau du Premier ministre. Jean-Noël Brochu lui tournait le dos et regardait fixement dehors par les fenêtres panoramiques.

— Tu ne m'avais pas dit que ton amie devait être ici. Tu sais, ce n'est pas le temps de provoquer les commérages.

— Je n'ai appris sa présence qu'en arrivant ici. Mais je vais lui parler, elle va s'en aller.

— Antoine, pas plus tard qu'il y a dix minutes, me parlait encore au téléphone de ta relation avec Sylvie.

— Que lui avez-vous répondu?

— Comme d'habitude. Que cela ne me gênait pas et que vous ne me dérangiez pas.

— Il va falloir que Sylvie et moi, on trouve un autre truc pour être ensemble. Ça serait si simple si vous pouviez l'engager au cabinet.

— C'est hors de question! Tu le sais! trancha sèchement Jean-Noël Brochu. Oh! et puis je m'excuse. Je n'ai pas à te parler sur ce ton. Va donc chercher mes messages téléphoniques et demande à ton amie de m'apporter une eau minérale.

— Sylvie vous apporte votre Perrier tout de suite et je reviens dans cinq minutes. Je vais aussi vérifier votre horaire de la journée.

Sylvie et Monique étaient toutes deux à la porte du bureau du Premier ministre quand Madeleine sortit.

— Sylvie, peux-tu apporter une eau minérale à monsieur Brochu. Toi, Monique, viens avec moi, nous allons vérifier l'horaire.

Puis elle murmura à cette dernière:

— Je m'excuse pour l'ingérence de Sylvie, je lui ai parlé. Cela ne se répétera plus.

Tout en parlant, elle avait machinalement mis la main sur l'épaule de Monique et elle sentit une légère crispation. Après avoir surpris les deux amies un peu plus tôt, Monique ne pouvait accepter, sans arrière-pensée, cette marque anodine d'affection. Pour alléger l'atmosphère, Madeleine ajouta:

— On vérifie la liste des messages téléphoniques et des rendez-vous, on y met un peu d'ordre puis tu présentes le tout au Premier ministre.

Monique se détendit. Madeleine soupira en constatant qu'un moment direct de contact avec le chef du Gouvernement est toujours une panacée efficace.

Tel que prévu, Sylvie quitta le bureau de bonne humeur et s'excusa de son indélicatesse auprès de Monique, qui avait elle-même retrouvé le sourire après un entretien privé avec le Premier ministre. Un horaire plutôt léger et un climat détendu permirent même à Madeleine de s'absenter une heure du bureau et d'aller se promener à la place Desjardins, où elle se paya une glace au comptoir invitant du Laura Secord. Elle s'assit ensuite sur un banc et se contenta d'observer la foule. Cet étrange rassemblement de patrons, de fonctionnaires, de secrétaires, d'étudiants, de clients et de sans-abri la fascinait. Elle aimait voir les gens circuler et s'attardait tantôt aux handicapés en chaises roulantes, tantôt aux Chinois qui allaient et venaient de la rue Sainte-Catherine à ce qui restait de leur quartier, tantôt aux enfants. Oh! les enfants! Il y avait des jours où, comme la plupart des femmes célibataires en pleine trentaine, elle regrettait de ne pas en avoir. Elle se demandait ce que serait sa vie avec un enfant. Ce qui était bizarre chez elle, c'est qu'elle ne se demandait pas ce que serait sa vie avec un mari. Tout cela l'amena à penser à Jean. Elle examina les hommes autour d'elle et conclut, heureuse, qu'aucun n'était aussi beau que son amant. «C'est une consolation comme une autre», se dit-elle en retournant à son bureau.

❑

Ils arrivèrent à l'*Auberge du Mont-Saint-Sauveur* en début de soirée. Un agent de la Sûreté du Québec était déjà sur place et conduisit le Premier ministre et Madeleine à leurs chambres en remettant un message à cette dernière:

Je suis à la chambre 208. Tu me fais signe quand vous êtes là. Sylvie. P.S.: Quand je décide d'être discrète, je le suis: ma chambre est dans l'aile complètement opposée à la vôtre.

En passant à sa chambre, Madeleine avisa Jean-Noël Brochu:

— Je vous laisse vous installer. Je communique avec Sylvie qui est déjà à l'hôtel et je vous reviens.

— Le garde du corps à ma porte va trouver que tu t'es beaucoup ennuyée...

— C'est le maximum de raisonnement qu'il peut avoir. Que j'attende deux minutes ou deux heures avant de faire venir Sylvie, ça ne changera rien.

— Fiou! Si madame verse dans le cynisme, la soirée va être longue.

— Comme si c'était vous qui alliez la passer avec moi! acheva Madeleine.

❏

Sans trop se soucier des commentaires du garde du corps qui allait arriver d'une minute à l'autre, Madeleine acheva de prendre son petit déjeuner avec Sylvie, la porte de la chambre grande ouverte.

— Est-ce que ce sont vos activités des dernières heures qui vous obligent à prendre un déjeuner officieux avant le déjeuner officiel, madame Pilon? demanda l'agent en entrant.

Sans relever l'allusion, Madeleine répondit sur un ton monotone:

— Mais non, vous savez très bien que je ne vais pas à la prochaine activité pour déjeuner mais pour travailler.

Le dialogue prit fin avec l'arrivée du Premier ministre. Il était prêt à partir. Madeleine, après s'être assurée que le garde du corps la voyait, y alla d'un baiser sur la joue de Sylvie en lui souhaitant un bon retour à Montréal.

— Tu ne trouves pas que tu y vas un peu fort? lui demanda le Premier ministre à voix basse en marchant à ses côtés.

— Si on ne peut plus exprimer ses sentiments, alors la politique doit foutre le camp, lui servit une Madeleine enjouée.

Jean-Noël Brochu se contenta de sourire en hochant la tête. Madeleine lui fit un clin d'œil.

En insistant pour que le déjeuner-bénéfice ait lieu à neuf heures, Jean-Noël Brochu avait vu juste. Il y avait peu de journalistes de Montréal, une poignée de manifestants, et de toute évidence la salle réservée était pleine. Le député local, qui avait fait le trajet depuis l'hôtel avec le Premier ministre, sortit radieux de la voiture. Il présenta à son chef son épouse et ses enfants, «sa veuve et ses orphelins de père», disait-il. Jean-Noël Brochu remercia la famille de lui prêter un homme comme leur mari et leur père sur lequel il pouvait «compter en tout temps pour améliorer le sort des citoyens de la province». La phrase était gratuite mais le ton intense du Premier ministre revalorisait les mots. Il prit ensuite son député par le bras:

— Allons voir tes amis! proposa-t-il en se dirigeant vers les employés d'hôtel et de restaurant qui manifestaient.

En l'absence de la presse nationale, Jean-Noël Brochu affichait une désinvolture déroutante pour un groupe de revendicateurs. Il leur souhaita le bonjour, les félicita de s'être levés si tôt pour le sensibiliser à leur situation et pria le chef syndical de le suivre à l'intérieur. Le truc réussissait toujours. Les manifestants ovationnaient leur représentant et oubliaient de huer le Premier ministre. Dès qu'il fut à l'intérieur, Jean-Noël Brochu s'empressa de refiler *son nouvel ami* à Madeleine. Elle écouta donc les revendications et assura que le Premier ministre parlerait personnellement au ministre concerné. Elle invita ensuite le syndicaliste à assister au déjeuner en lui annonçant que le Premier ministre avait prévu de parler du problème des travailleurs à pourboires dans son discours. Comme l'invitation fut acceptée, elle s'empressa de griffonner quelques notes sur un carton et elle remit le tout à Jean-Noël Brochu.

— Arrangez-vous pour placer deux ou trois phrases comme celles-ci, lui suggéra-t-elle, et votre *nouvel ami* n'y verra que du feu.

Le Premier ministre mit le carton dans sa poche avec les autres notes de son discours sans remercier sa secrétaire. Madeleine ne s'en offusqua pas. «S'il ne rouspète pas, c'est qu'il va s'en servir», pensa-t-elle.

À l'intérieur de la salle, Madeleine retrouva avec plaisir Claude Liboiron, le responsable de l'équipe des éclaireurs. Comme il possédait un chalet dans la région, il avait vu lui-même aux préparatifs de l'activité de ce matin. C'était le chef du PSEQ qui s'adressait à l'assistance et non le Premier ministre. Tout était parfait: les affiches bien à la vue, les tables en nombre suffisant, le micro à la bonne hauteur, la table d'honneur bien constituée. Jean-Noël Brochu parla d'économie en général et du problème des employés à pourboires. Il ne pouvait toutefois pas oublier le problème de l'heure et fit allusion à l'incendie de Saint-Télesphore. Avant son départ, la courte conférence de presse qu'il tint porta uniquement sur ce sujet. Il refit donc le trajet vers Montréal, concentré sur ses préoccupations et sans grand entrain. Cela chagrinait Madeleine, qui se demandait ce qu'elle pourrait faire pour consoler son patron.

— Monsieur Brochu, ne pensez-vous pas qu'une soirée au théâtre ou une bonne partie des Expos vous serait profitable?

— Pour me faire huer par les spectateurs?

— Il n'est pas nécessaire que ce soit une sortie officielle. Je peux aller acheter des billets discrètement pour vous, Georges et Étienne. Ça vous ferait du bien à tous les trois et puis moi ça me donnerait une soirée de congé, blagua Madeleine.

— Si tu as besoin d'une soirée de congé, prends-la. Moi, ça ne me séduit pas de passer une soirée sur le qui-vive en craignant l'engueulade d'un électeur.

Décidément, la tentative de Madeleine n'était pas la bonne. «Je manque totalement de perspicacité, se dit-elle. Ce dont il a besoin ce n'est pas d'activités. J'aurais dû penser à l'horaire que nous avons depuis quelques semaines. M. Brochu a avant tout besoin de repos.» Comme il était hors de question de prendre des vacances, Madeleine dut se rendre à l'évidence avec amertume que la situation actuelle perdurerait. Elle démissionna lâchement dans sa poursuite d'une solution, brancha son baladeur et écouta des valses de Strauss.

Chapitre trois

— Salut! Comment vas-tu?
Jean répondit d'un ton neutre:

— Ça va.

— Moi je suis heureuse. Je sais que je te verrai tantôt, lui répondit Madeleine, pleine d'espoir.

— Je ne crois pas que cela soit possible.

Madeleine ravala sa salive:

— Mais pourquoi?

— J'ai travaillé tard hier soir, je veux aller chez moi me reposer ce midi.

— Tu pourrais venir te reposer ici.

— Je préfère être seul. Je dois mettre de l'ordre dans mes idées au sujet d'un contrat.

— Le contrat passe avant moi?

Il n'y avait que de la déception dans la voix de Madeleine.

— Oui. C'est ma priorité pour le moment.

La réponse était abrupte. Madeleine se hasarda à demander

— Et je ne fais pas partie de tes priorités?

— Pas pour le moment.

Oh! comme cela faisait mal. Madeleine comprit qu'il ne servait à rien d'insister. Avant de raccrocher, sans attendre la réponse, elle murmura:

— Tu me rappelles alors?

Elle sanglotait, blessée. Elle ne savait que souffrir devant une déception amoureuse. Même si elle était prompte à la repartie et indépendante professionnellement, une douleur sentimentale lui faisait perdre tous ses moyens. Elle se demandait inutilement ce qu'elle avait pu dire ou faire pour blesser l'homme qu'elle aimait. Ses pensées s'embrouillaient. Elle avait peur, très peur. Peur surtout de vivre la fin d'une relation amoureuse. Jean était son amant depuis bientôt trois ans. Elle l'avait connu lors d'un meeting politique. Il aurait été difficile qu'il en fût autrement, la politique étant le seul univers social de Madeleine. Un militant du PSEQ avait invité Jean à l'accompagner à un souper de financement. Madeleine s'était retrouvée assise à sa table. Elle avait apprécié de pouvoir échanger avec un nouveau venu qui n'était pas un partisan aveugle. Elle avait accepté de le revoir. Ils dînaient ensemble à l'occasion depuis six mois quand Jean lui avait proposé de l'accompagner à Québec pour une journée. Durant toute cette journée, il l'avait regardée travailler et s'était amusé de ses prises de position. À sept heures, il lui avait annoncé:

— C'est assez, allons au restaurant!

Quand ils avaient repris la route de Montréal, leurs mains s'étaient cherchées; ils étaient devenus amants ce soir-là.

Madeleine ressentait encore sa douleur lorsque le téléphone sonna. C'était le Premier ministre.

— Rien de spécial, ma belle?

Elle se ressaisit pour ne pas hurler. Elle avait horreur de cette phrase stéréotypée.

— Non. Tout va très bien. Je n'ai aucun message téléphonique pour vous. J'ai écouté la radio ce matin et il n'y a aucune mauvaise nouvelle nous concernant. Mon chat a eu son déjeuner et je ne vais pas au bureau aujourd'hui. Que voulez-vous que je demande de plus à la vie?

— Deux ou trois points dans les sondages, peut-être? répondit Jean-Noël Brochu.

— Il n'en tient qu'à vous de faire ce que vous devez pour les obtenir.

Le Premier ministre perçut le ton mordant et évita l'affrontement.

— Je vais donc travailler à trouver la clé magique et je te rappelle plus tard.

Madeleine ouvrit son agenda et consulta la liste des appels téléphoniques qu'il lui restait à retourner. Elle voulait s'occuper, ne plus penser à Jean. Elle eut un bref instant envie d'inviter quelqu'un du bureau à dîner, mais elle en fut incapable. Une pensée la martelait: je ne fais plus partie des priorités de Jean. Elle occupa sa journée entre les larmes et les inévitables appels téléphoniques qui parvenaient du bureau.

Son week-end fut tout aussi catastrophique. Aucune nouvelle de Jean. Un temps pluvieux. Une migraine constante. Et trois ou quatre appels de Sylvie qui étalait son bonheur. Ce fut donc dans un mélange d'amertume et de dépit qu'elle reprit la route de Québec, le lundi suivant.

Le voyage se fit comme à l'habitude à une vitesse folle et lorsqu'elle arriva au bunker, une réunion de béni-oui-oui se tenait dans le salon privé du Premier ministre. C'est ainsi qu'elle désignait les *mâles* qui dirigeaient le cabinet: toujours prêts à se féliciter pour les bons coups, jamais présents lorsqu'il fallait porter le poids d'une mauvaise décision. Elle les effrayait par sa loyauté à toute épreuve envers Jean-Noël Brochu, son franc-parler et son incapacité à finasser comme ils le faisaient entre eux. Cela lui valait d'être perçue par la clique comme une nounou tout juste bonne à bichonner le Premier ministre. Il y avait des moments où elle admirait ces *mâles* capables d'embobiner la province entière. Mais il y avait d'autres jours où elle supportait mal ce groupe de penseurs à l'esprit étriqué. C'était le cas aujourd'hui.

En entrant dans le salon pour aller chercher une bouteille d'eau minérale pour son patron, elle fut accueillie par Antoine Lacasse qui lança:

— Nous sommes en réunion, pourrais-tu éviter de nous déranger?

Ce fut la goutte de trop. Elle répliqua, cinglante:

— Ce salon est celui du Premier ministre et tant que le Premier ministre aura besoin de quelque chose dans *son* salon, je viendrai dans *ses* appartements, que cela te plaise ou non. De plus, je vous demanderais de quitter le plus tôt possible. M. Brochu reçoit deux journalistes à dîner et le traiteur arrive d'ici quinze minutes. Quant à toi, Étienne, cela fait plusieurs fois que l'on t'avertit de ne pas fumer ici. Si tu ne peux pas respecter les bureaux privés du Premier ministre, qu'est-ce que tu fais ici?

Avec sa nonchalance habituelle, Étienne répondit:

— Pas si fort, la mère, j'éteins.

Antoine avait blêmi et se contenta de ramasser ses feuilles. Madeleine sourit pour la première fois depuis quatre jours. Elle aimait prendre Antoine de front de temps en temps. Lui qui dirigeait tout le monde à la baguette et qui criait plus souvent qu'autrement contre ses subalternes venait encore une fois de perdre tous ses moyens parce qu'elle avait pris sa mesure. Et, avant même que tout ce beau monde ait quitté le salon, Madeleine s'occupa effrontément de ramasser les verres vides et les bouts de papier en poussant de grands soupirs. La seconde porte du salon, qui donnait directement sur le bureau du Premier ministre, était restée ouverte. Ce dernier n'avait donc rien perdu de l'échange. Il jeta un coup d'œil hésitant vers Madeleine, vit qu'elle était maintenant seule et demanda, les deux mains jointes et les yeux baissés:

— Puis-je avoir mon eau Perrier?

Cette fois-ci, Madeleine éclata franchement de rire et lui dit en lui remettant un verre et une bouteille d'eau minérale:

— Non! mais il faut toujours les élever, ces enfants-là! Si vous leur donnez un centimètre de plus, il va falloir que vous demandiez la permission avant de venir dans vos bureaux.

— C'est pour ça que je te garde, Madeleine. Ça fait du bien que tu les rappelles à l'ordre de temps en temps. J'ai hâte d'entendre la version d'Antoine tout à l'heure.

— Ne vous inquiétez pas. Quand il est fautif, il ne parle pas.

Au même moment, Denis Cantin, attaché politique au département des communications, entra dans la pièce. D'une main, il tenait les dépêches de presse et, de l'autre, son téléphone cellulaire. Il était aussi inséparable de cet appareil qu'Obélix d'Idéfix.

— Comment vas-tu, mon Denis? Toujours au travail. Il va falloir augmenter ton salaire. T'es-tu reposé au moins au cours du week-end? Viens dans mon bureau. On va lire les fils de presse ensemble. Madeleine, apporte donc quelque chose à boire à Denis.

Madeleine se remit à bouillir. S'il y avait un carriériste cauteleux qu'elle ne pouvait souffrir, c'était bien Denis Cantin. *Le petit pantin*, comme elle l'appelait. Il était toujours très actif devant le Premier ministre mais on pouvait difficilement lui demander un service si ce n'était pas pour être accompli devant Jean-Noël Brochu. L'arrivée du traiteur permit à Madeleine de se trouver une porte de sortie et d'éviter de jouer le rôle de chambrière pour Denis.

— Je vais m'occuper du repas et des journalistes qui doivent arriver d'ici quelques minutes et je t'apporte quelque chose à boire ensuite, Denis, notifia

Madeleine en quittant pour informer les serveurs du déroulement de la soirée.

Elle accueillit ensuite les journalistes, leur offrit un apéritif et discuta avec eux en attendant le Premier ministre. Ce dernier sortit de son bureau accompagné de Denis Cantin qui buvait, à même la bouteille, l'eau minérale que Jean-Noël Brochu avait laissée. Avant de saluer les journalistes, le Premier ministre demanda:

— Madeleine, fais donc ajouter un couvert. Denis va manger avec nous.

«Ah! celui-là! se dit Madeleine. Qu'est-ce que le Premier ministre peut bien trouver à ce freluquet? C'est une petite baudruche sans envergure qui n'a aucune ouverture d'esprit.» Elle avait toujours l'impression de cauchemarder quand Jean-Noël Brochu s'acoquinait à Denis. Elle soupçonnait le Premier ministre de voir Denis Cantin comme un fils politique. Le problème, c'est que comme bien des parents, il regardait Denis sans discernement et de façon complètement favorable. Il ne voyait absolument pas la finauderie dans l'attitude du *petit pantin*. Et comme toujours en y pensant, Madeleine exagérait ses hantises.

Durant les trois heures du dîner, Madeleine n'eut guère de répit. Le secrétaire de comté de Saint-Ludger communiqua avec elle afin de régler les détails de la venue du Premier ministre dans sa région pour le bal annuel de l'organisation du Parti. Bien que l'événement parût banal à Madeleine, elle dut faire preuve de haute voltige pour refuser l'escorte féminine qu'on réservait à Jean-Noël Brochu. Ce n'était pas la première fois qu'elle faisait face à cette situation. Il semblait que toutes les organisations de Parti de la province se mettaient en tête, à tour de rôle, de trouver une épouse à leur chef. Sous les dehors innocents d'une activité prévue, il y avait toujours quelqu'un qui voulait accoupler le Premier ministre avec une «très bonne personne» de la place. Madeleine pensait avoir réglé le problème quand l'organisateur en chef du comté de Saint-Ludger appela pour revenir à la charge. Il fut plus insistant et Madeleine épuisa ses derniers arguments avec une impatience à peine contenue. Elle allait profiter de sa fin de soirée pour avancer son petits points quand Claude-Jean Lemaire, député de Saint-Ludger, arriva dans son bureau. Au début, Madeleine s'amusa de la sollicitude du député et se demanda quelle sorte d'escorte cet homme à la tête calamistrée pouvait bien réserver à son Premier ministre. La conversation tourna presque au vinaigre toutefois quand il accusa Madeleine d'être trop possessive et d'être jalouse des femmes qui pouvaient approcher Jean-Noël Brochu. Madeleine ne pouvait tolérer cet argument. Elle n'avait tellement pas de désir sexuel ou amoureux pour son patron qu'elle ne savait jamais quoi répondre à ce raisonnement. Ses reparties étaient d'autant plus limitées qu'elle ne donnait jamais à penser que le Premier ministre ne voulait pas être accompagné, mais plutôt que la direction du Parti pensait préférable qu'il en soit ainsi. C'était servir le contraire des motifs véritables, mais cela protégeait Jean-Noël Brochu. Après une heure trente de discussions avec Claude-Jean Lemaire, elle n'avait rien réglé. Il la quitta en déclarant:

— Tu peux faire à ta tête, mais je vais parler moi-même à Jean-Noël demain.

Madeleine en fut d'autant plus découragée qu'elle connaissait la réplique de son patron dans ces cas d'extrême incompréhension:

— Tu sais, mon cher..., je serais des plus heureux d'accepter d'accompagner *une de nos bonnes amies du Parti*, mais Madeleine va me faire la tête durant des jours. Et avec les problèmes actuels, je n'ai pas les moyens d'être stressé. Mais la prochaine fois, quand l'atmosphère sera plus détendue, je vais envoyer Madeleine en vacances et «notre» amie pourra m'accompagner.

C'était la formule que Jean-Noël Brochu utilisait toujours et Madeleine avait appris à en rire. D'ailleurs, quand elle abordait son patron avec un «Monsieur Brochu, voulez-vous que je prenne des vacances?», invariablement il lui répondait: «C'est qui le trou de cul qui comprend rien encore?»

Les journalistes partis, Madeleine avait remercié les traiteurs. Elle allait informer le Premier ministre du cas Saint-Ludger quand elle le retrouva en compagnie de Denis Cantin, bien installé avec une bouteille de scotch dans le salon. Tous deux écoutaient le résumé vidéo des nouvelles de la soirée et se félicitaient mutuellement. Agacée, elle referma la porte et retourna à son bureau.

Il était déjà onze heures trente. Par deux fois, les gardes du corps du Premier ministre étaient venus s'informer auprès de Madeleine si le départ était imminent. Le téléphone sonna. Madeleine répondit.

— Passe-le-moi! commanda un Antoine Lacasse grognard.

— Il écoute les nouvelles avec Denis. Je lui dis que tu le demandes.

Le Premier ministre pria Madeleine de s'enquérir où était Antoine et de l'informer qu'il allait le rappeler dans cinq minutes.

— Je ne crois pas qu'il soit d'humeur à attendre, lui répondit Madeleine en présentant l'appareil téléphonique au Premier ministre.

À son grand soulagement, Jean-Noël Brochu eut le réflexe de prendre le combiné qu'elle lui tendait.

— Mais non, tu ne me déranges pas, mon Antoine, répondit-il en y allant d'un clin d'œil à Denis. Rien de spécial? Ah crisse! Les journalistes le savent-ils?

Je demande à Madeleine de rejoindre Georges et Étienne. Viens-t'en, on va voir ce qu'on peut faire.

En raccrochant, Jean-Noël Brochu s'adressa à Denis Cantin:

— Un bébé de trois mois qui vivait à Saint-Télesphore a été amené à Sainte-Justine inconscient en début de soirée. On le maintient en vie artificiellement. Les premiers résultats des analyses montrent qu'il serait victime d'une complication pulmonaire provoquée par les BPC. On va avoir une méchante *game* à jouer, mon Denis. Madeleine, appelle Georges et Étienne! Dis-leur qu'Antoine s'en vient avec Duhamel, puis surtout que Georges ne parle à aucun journaliste. Les maudits, y vont faire la fête. Y vont-tu nous en jeter du blâme antipathique et clabauder contre nous autres!

Comme Madeleine quittait le bureau, elle s'entendit rappeler.

— Appelle donc Antoine et demande-lui s'il connaît le nom du médecin de Sainte-Justine. Peut-être que c'est quelqu'un qu'on peut *briefer* avant qu'il ne soit trop tard. Et puis non, c'est trop délicat. Denis, occupe-toi de ça. Toi, Madeleine, appelle Georges et Étienne puis prépare du café et trouve quelque chose à grignoter, Georges et Antoine vont avoir une longue nuit.

Au même moment, Michèle, la réceptionniste, arriva dans le bureau.

— Excusez-moi, mais le gardien m'informe que trois journalistes demandent à parler au Premier ministre.

— Dites-lui de répondre que je ne suis pas ici!

Et, comme Michèle quittait, il ajouta:

— Ça doit être une maudite garde-malade proche du PUN qui les a informés. Les crisses, ils sont partout. Avec notre chance, les parents du bébé aussi vont être punistes. Ça va être une maudite *game*, mon Denis, une maudite!

Le Premier ministre n'avait pas encore fini de commenter la situation et Madeleine n'avait pas encore fermé la porte que déjà Denis Cantin composait un numéro sur son appareil cellulaire. Jean-Noël Brochu s'impatienta.

— Mais qui appelles-tu?

— Chez moi. Je désire savoir si j'ai des messages sur mon répondeur.

— Denis, pour l'amour du ciel...

Madeleine referma la porte avec douceur en esquissant un mince sourire. Elle n'entendit pas la fin de la conversation et espéra que cette fois-ci le Premier ministre déverserait sa frustration sur une autre personne qu'elle.

❑

Les premières lueurs de l'aube réveillèrent Madeleine qui maudit son horloge biologique. Il était six heures dix. Elle n'avait dormi que trois heures; la réunion s'était prolongée jusqu'à deux heures de la nuit. Les appels téléphoniques s'étaient succédé comme un carrousel infernal. Deux autres enfants avaient été admis à l'hôpital, présentant eux aussi les mêmes symptômes d'empoisonnement aux BPC, et quatre vieillards d'un centre d'accueil de Saint-Télesphore connaissaient de curieux problèmes respiratoires.

Les journalistes alertés avaient fait le guet dans l'entrée du bunker. Cela avait forcé une sortie du Premier ministre par les couloirs souterrains jusqu'à l'édifice G, où le bon chef Duhamel avait prévu une voiture fantôme de la SQ. Le Premier ministre était arrivé à son hôtel par une porte latérale et avait utilisé les corridors de service pour regagner sa chambre. Tout cela avait pris une bonne demi-heure et réquisitionné vingt-deux policiers: quatre à l'entrée du bunker pour faire croire à une sortie imminente du Premier ministre, deux pour les couloirs du bunker vers l'édifice G, deux à l'entrée de cet édifice, deux pour la première voiture fantôme, deux pour la deuxième, quatre pour l'entrée principale du *Château Frontenac*, encore une fois pour déjouer les journalistes, deux à l'entrée latérale, deux pour les couloirs de service de l'hôtel et, enfin, deux pour l'ascenseur.

Et au moment où tout ce beau monde allait se féliciter pour le travail accompli, la porte de la chambre située juste devant celle du Premier ministre s'ouvrit et Ralf Noseworty, de la station CFCF, en sortit accompagné de son fidèle cameraman.

Madeleine réprima un sourire, les policiers échangèrent des regards tout en portant dans un même mouvement leur émetteur-récepteur portatif à leur bouche, et le Premier ministre déclara:

— Vous vous levez tôt, Ralf!

Les policiers éclatèrent sous cette remarque et Jean-Noël Brochu en profita pour entrer dans sa chambre. Madeleine resta aux prises avec le journaliste qui, insistant pour obtenir une entrevue, accusait le Premier ministre de se dérober à ses responsabilités et, en désespoir de cause, voulait une déclaration de sa part. Tout le dialogue se déroulait devant la caméra de CFCF et Madeleine surveillait ses propos. Quand elle regagna sa chambre, le téléphone sonnait.

— Est-ce qu'il est parti? s'informa le Premier ministre.

— Il m'a dit qu'il quittait, mais je crois plutôt qu'il va rester ici à attendre votre sortie et à tenter de comprendre à travers la porte le contenu de vos conversations téléphoniques.

— J'avais bien besoin de cela. Tu vas appeler Duhamel immédiatement et lui demander comment il se fait que ce soit arrivé. Dis-lui qu'il est irresponsable. Je veux un rapport sur mon bureau demain matin. Rappelle-moi quand tu lui auras parlé.

— Je ne sais pas où il est, monsieur Brochu. Je vais lui parler demain matin, se hasarda Madeleine.

— Non! Tout de suite! J'attends ton appel et apporte-moi une eau minérale froide!

Madeleine détestait ces missions de remontrances. Elle ne mouillait jamais le Premier ministre dans ces *jobs de bras* et évidemment la personne visée en voulait toujours à Madeleine. Mais là, à deux heures trente du matin, appeler le chef de la SQ, c'était beaucoup lui demander.

Le Premier ministre rappela.

— Tu communiques avec ce trou de cul de Duhamel, puis tu viens me porter l'eau minérale.

Il n'y avait plus d'échappatoire possible pour Madeleine qui, malheureusement, eut le responsable de la Sûreté en ligne dès sa première tentative.

— Excusez-moi, monsieur le directeur, mais je me demandais si nous n'aurions pas pu prévoir qu'un journaliste était à l'hôtel? suggéra prudemment Madeleine.

La réponse se fit cinglante.

— Si le Premier ministre nous donne les fonds pour filer tous les journalistes, inquiète-toi pas, la p'tite, vous allez savoir où ils sont vingt-quatre heures par jour. Mais écoute-moi bien. Le bureau du Premier ministre m'a fait mettre vingt-deux hommes en temps supplémentaire pour escorter M. Brochu à l'hôtel afin qu'il ne soit pas importuné en route. On a fait notre job. On l'a amené à l'hôtel. Si tu voulais en plus qu'on vide l'étage, il fallait le demander. Ça ne nous aurait pas pris de temps. La prochaine fois, spécifie donc mieux ce que tu veux.

La conversation tournait en rond quand un garçon d'étage vint informer Madeleine que le Premier ministre la demandait. Dès qu'elle entra, après avoir perçu du bruit derrière la porte de la chambre du journaliste Noseworty, le Premier ministre lui déclara:

— Laisse tomber pour Duhamel. Ce n'est pas de sa faute. Noseworty est une fouine imprenable. Donne-moi mon eau minérale.

— Merci pour la contre-indication, rétorqua Madeleine. J'ai déjà rejoint le chef Duhamel.

— Oh mon Dieu! j'espère que tu as été correcte. Tu n'as pas été trop sévère avec lui?

— Non, mais ça fait une personne de plus qui va m'en vouloir et qui va trouver que j'ergote sur des riens.

— Ce n'est pas bien grave. Du moment que moi je sais ce qu'il en est.

— Il ne me restera pas beaucoup d'alliés le jour où vous allez oublier, lui répliqua Madeleine tout en lui servant son eau minérale.

Le Premier ministre jugea bon de ne pas répondre et lui demanda de le réveiller à neuf heures trente.

❏

Madeleine ruminait cette histoire quand la sonnerie du téléphone chassa ses pensées matinales. Alexandre Aubin était dans tous ses états. Antoine Lacasse l'avait réveillé en pleine nuit pour lui dire de ne pas répondre au téléphone lui-même et de rester chez lui jusqu'à ce qu'il le rappelle, puis ne lui avait donné aucune nouvelle. En écoutant la radio, Alexandre avait appris ce qui se passait, et malgré ses appels répétés au bunker, il n'avait pu reparler à Antoine. Il voulait en savoir plus. Madeleine l'écouta, se fit rassurante et lui promit que dès qu'elle saurait quelque chose de nouveau, elle communiquerait avec lui pour l'en informer.

L'appel avait duré plus de cinquante minutes. Elle s'habilla et demanda au garçon d'étage de venir lui porter les journaux. Elle voulait ainsi éviter les journalistes qui ne devaient pas manquer de se trouver dans le hall principal de l'hôtel.

Le Devoir, imprimé tôt en début de soirée, ne faisait pas mention des victimes. *La Presse*, dont Madeleine avait entre les mains la première édition, n'en parlait pas non plus, mais dans *Le Journal de Québec* — et il devait en être de même dans *Le Journal de Montréal* —, une grande manchette de «dernière heure» annonçait le «crime»:

LE GOUVERNEMENT EN CAUSE:

BPC... JÉRÉMIE, UNE PREMIÈRE VICTIME INNOCENTE

Le tout était imprimé sur une photo de bébé encadré d'un ange gardien. À l'intérieur, une photo d'un enfant prise lors d'un baptême, une autre d'une mère assise sur un lit d'hôpital et montrant fièrement son bébé naissant et une dernière de la même mère en pleurs devant un lit d'hôpital où l'on pouvait voir un enfant branché à toute une batterie de tubes. Tout cela, sans compter une série d'articles échelonnés sur quatre pages et coiffés d'un liséré de têtes de mort, de barils de BPC et de photos d'Alexandre Aubin. Le journal allait sûrement bien se vendre.

«Mais comment ont-ils fait pour avoir cette information et toutes ces photos? C'est à croire qu'ils attendaient ce moment depuis des jours», pensa Madeleine. Un des titres la fit sursauter. C'était la première déclaration émotive des parents du petit Jérémie: «BROCHU EST UN ASSASSIN.»

L'article était venimeux:

Après plus de trois heures de soins continus, le petit Jérémie Nantel, âgé d'à peine trois mois, lutte toujours pour son droit à la vie dans une chambre aseptisée des soins intensifs de l'hôpital Sainte-Justine.

Admis en soirée avec une forte fièvre qui s'était manifestée de façon soudaine, l'enfant a été examiné par les spécialistes de cet hôpital qui ont vite diagnostiqué un empoisonnement aux vapeurs de BPC.

L'enfant est présentement sous perfusion, branché à un respirateur artificiel et sous la garde constante de ses parents, Jeannette et Paul Nantel, tous deux âgés de 27 ans.

Le père et la mère du petit Jérémie sont consternés. Nous avons appris que, suite à un traitement de fertilisation suivi par sa mère, l'enfant était né prématuré, mais en parfaite santé au même hôpital où il repose présentement entre la vie et la mort.

Nous avons pu réconforter la mère éplorée qui nous a déclaré: «Pourquoi Brochu ne s'est-il pas occupé des barils comme il nous l'avait promis aux élections? Il est devenu un assassin d'enfants par sa négligence. Si c'est un homme, qu'il vienne donc le voir mon petit Jérémie et qu'il vienne lui dire que ce n'est pas de sa faute, qu'il a tout fait pour qu'un désastre comme cela ne se produise pas.»

«Vous rendez-vous compte que j'ai subi durant deux années complètes un traitement de fertilisation pour avoir Jérémie et que je ne peux pas avoir d'autre enfant. Mais ça, pour Brochu, c'est pas important. On est juste du monde ordinaire. On peut pas donner des mille piastres au PSEQ, nous autres.»

Durant la déclaration de Jeannette, son époux, Paul, un ouvrier de la construction, la tenait enlacée tout en cherchant désespérément un signe de vie dans le corps de leur fils.

Fréquemment, des infirmières aux yeux rougis viennent caresser tendrement le petit Jérémie puis ressortent en hochant la tête et en réprimant quelques pleurs.

Tous, parents et personnel médical savent que dans peu de temps il faudra débrancher les appareils et laisser la mort faire son œuvre.

Le chef de l'Opposition, Pascal Saint-Onge, s'est déclaré abattu par le drame et a assuré les parents de toute sa sympathie:

«Ce couple vit une tragédie que je ne souhaiterais pas à mes pires ennemis, a-t-il déclaré. L'innocence est foudroyée; un deuil inutile s'installe.»

«Je sais que ce n'est pas le temps de la démagogie mais il va falloir que le Premier ministre réponde à nos questions et qu'il arrête de se cacher derrière son ministre de l'Environnement. C'est lui, le Premier ministre, qui a fait de l'écologie le thème principal de sa dernière campagne électorale et qui nous a promis de nous débarrasser de tous les déchets toxiques qui recouvrent la province.»

M. Saint-Onge a poursuivi en priant «tous les Québécois et Québécoises» de s'unir derrière les parents du petit Jérémie et de faire leur ce drame. «Personne, a-t-il ajouté, n'est à l'abri d'un tel désastre. Il ne faut pas que le sacrifice de la famille Nantel soit vain. Jérémie est le nouveau symbole de notre lutte à tous contre la bêtise gouvernementale.»

Du côté du Gouvernement, c'est le silence le plus complet. Même l'attaché de presse du Premier ministre, d'habitude disponible, n'est pas rejoignable. Au bureau du Premier ministre, c'est la téléphoniste de service qui prend les messages et qui ne manque pas de s'informer de l'état de santé du petit Jérémie à chacun de nos appels. Au *Château Frontenac*, où réside le Premier ministre lorsqu'il travaille à Québec, on nous dit qu'il n'y a pas de réponse dans sa suite et le téléphone de la chambre de Mme Madeleine Pilon est toujours occupé.

Nous avons toutefois pu apprendre qu'il y a eu durant une bonne partie de la nuit une réunion de stratégie entre le Premier ministre, son attaché de presse, Georges Pineault, son chef de cabinet Antoine La-

casse, un de ses principaux conseillers, Étienne Rivard, qui est de toutes les crises, et le directeur de la
SQ, Gaétan Duhamel. On aurait élaboré différents scé-
narios durant cette rencontre au sommet et le tout devrait être rendu public lors d'une conférence de presse
prévue pour 11 heures ce matin.»

— Bon! un autre problème, se dit Madeleine.

Il avait en effet été décidé qu'une conférence de
presse aurait lieu ce matin, mais le Premier ministre
ne voulait pas qu'on l'annonce avant dix heures
trente, histoire de réajuster son tir selon les événements du matin. Et voilà que *Le Journal de Québec*
convoquait la rencontre. Le réveil du chef du Gouvernement serait brutal.

❏

L'avant-midi fut frénétique. Le petit Jérémie avait
été débranché vers dix heures trente. «Comme par hasard, juste à temps pour les tribunes téléphoniques!»
avait commenté en privé le Premier ministre qui, sans
convoquer la presse, émit un bref communiqué:

> C'est avec consternation que nous apprenons le décès
> de Jérémie Nantel. À la famille éplorée, nous offrons,
> au nom du Gouvernement, nos plus sincères condo-
> léances et l'assurons de notre entière compassion.

Mal installé dans son bureau, Georges Pineault
ne savait à quel saint se vouer. D'une part, la direction
médicale de l'hôpital Sainte-Justine avait confirmé
que les premières analyses démontraient la présence
d'un taux mortel de dioxine de carbone dans le système du petit Jérémie. Les deux autres enfants atteints
de troubles durant la nuit avaient été transférés à ce
même hôpital et le diagnostic initial était le même: dé-
faillance pulmonaire aggravée par la présence de gaz

toxiques. L'un des deux enfants, âgé de trois ans, avait besoin d'un respirateur artificiel et l'autre, âgé de deux ans, souffrait d'une forte fièvre que la médication ne contrôlait pas encore. D'autre part, Alexandre Aubin rageait, assis dans un coin du bureau de Georges Pineault dont le téléphone ne dérougissait pas. Les recherchistes des tribunes téléphoniques voulaient tous avoir Jean-Noël Brochu comme invité du midi, les journalistes réclamaient à Pineault une conférence de presse de son patron et Ana, son épouse, lui avait téléphoné quatre fois afin d'avoir son avis sur la couleur à appliquer sur les murs de leur chambre à coucher récemment rénovée.

Le Premier ministre entra dans le bureau.

— Êtes-vous prêts à écouter le fiel des animateurs de tribunes téléphoniques? Les trous de cul ne vont pas manquer leur chance.

Pineault alluma les trois postes radiophoniques posés sur son bureau. Dans la cacophonie, on pouvait se rendre compte que les animateurs rivalisaient de pathos: CKAC proposa une minute de silence en début de programme, CJMS faisait jouer «Un enfant» de Jacques Brel, et CKVL faisait entendre l'extrait d'un discours de Jean-Noël Brochu où ce dernier promettait de libérer la population des déchets toxiques «afin que nos enfants aient un meilleur environnement et puissent vivre de façon saine». Les trois principales stations radiophoniques comptaient Pascal Saint-Onge comme invité de même que toute une batterie d'experts. On faisait aussi état de la santé des quatre vieillards toujours hospitalisés et on formulait diverses hypothèses sur les prochaines victimes. On avait le mélange parfait pour ameuter la population et discréditer le Gouvernement.

Le Premier ministre gardait son sourire sécurisant, mais ses mains bougeaient nerveusement et ses yeux trahissaient son anxiété devant l'inconnu.

Antoine arriva en coup de vent.

— Y va falloir que quelqu'un aille au *batte*. Ça s'envenime. Autant faire face à la musique tout de suite. Alexandre, tu vas venir dans mon bureau, on va te *briefer*. Georges, annonce une rencontre d'information pour quinze heures. Pis toi, Jean-Noël, ne te montre pas en public.

— Je vais aller à la période de questions, mais n'aie pas peur, j'en ai déjà vu d'autres. Je vais me ranger sous le «pas de commentaires, nous attendons d'avoir tous les résultats en main». Tu m'as dit ce matin que Duhamel enquêtait. Assure-toi que le processus est enclenché. Je vais pouvoir expliquer que je n'émettrai pas d'opinion pour ne pas nuire à l'enquête policière en cours. Pour devancer Saint-Onge, je vais me lever en début de séance pour proposer un vote de sympathie pour les parents de l'enfant qui vivent devant l'incertitude de ce qui a provoqué la mort de leur petit. Demande à Étienne de me préparer quelques notes. Qu'il insiste sur nos réalisations dans l'assainissement des eaux et des sites d'entreposage de déchets toxiques. Avec le budget que nous avons alloué au ministère de l'Environnement, il doit bien y avoir quelque chose de positif qui s'est fait. Je veux seulement des notes sommaires. Je sais patiner.

Et comme Alexandre et Antoine quittaient la pièce, Georges Pineault soupira au Premier ministre:

— Je n'ai pas peur pour toi, Jean-Noël, mais pour Aubin, c'est moins solide.

— Moins il sera solide, mieux je pourrai le sacrifier si cela devenait nécessaire.

— Machiavel aurait pu en apprendre de mon Premier ministre. Ça c'est certain.

— Pas juste lui, Georges, pas juste lui, soutint Jean-Noël Brochu.

❏

La période des questions fut houleuse. Alexandre Aubin n'était pas présent. Le chef du Gouvernement informa l'Assemblée que le ministre de l'Environnement était en route pour Québec après une réunion avec ses principaux conseillers et qu'il devait arriver sous peu. L'Opposition poussa les hauts cris et dirigea toutes ses questions vers le Premier ministre, qui ne demandait pas mieux. Jean-Noël Brochu irritait parfois par son assurance, mais force était d'admettre qu'il appartenait à une classe à part quand il s'agissait de se mouvoir dans la galerie politique. Il n'avait pas son pareil pour esquiver une question, pour endormir un opposant ou pour retourner la balle dans le camp adverse. De fait, la période des questions à l'Assemblée nationale constituait sa détente quotidienne. Il s'y préparait comme pour une compétition sportive: jogging de midi trente à une heure, douche, puis repos de quinze minutes, léger repas ensuite et, enfin, marche vers le Salon bleu en empruntant le passage souterrain. Ce tunnel reliait l'édifice J à l'Assemblée nationale. C'est un trajet que le Premier ministre empruntait régulièrement pour accéder à l'Assemblée nationale. Il évitait ainsi les journalistes ou la mauvaise température à l'extérieur et il profitait de ce parcours pour relire ses notes ou pour échanger avec un collaborateur. Quand il arrivait à son bureau situé derrière le trône du président de l'Assemblée, la partie pouvait commencer. Sa discipline de fer lui permettait de gagner presque tous les matchs.

Alexandre Aubin arriva à l'Assemblée nationale comme la joute se terminait. Le Premier ministre avait manœuvré prudemment et l'Opposition restait sur son appétit. La période des choses courantes débuta, le Salon bleu se vida presque complètement. Tous les journalistes se dirigèrent vers le 122-B, appellation courante de la salle des conférences de presse, pour entendre Alexandre Aubin.

Au retour, le Premier ministre prit le même chemin qu'à l'aller et, non sans avoir demandé à Madeleine une eau minérale, s'enferma dans son bureau avec Denis Cantin. Il désirait écouter sur son moniteur, communément désigné comme le perroquet, la retransmission de la conférence de son ministre. Madeleine fit de même dans son bureau.

Dès l'entrée en matière, on perçut un Alexandre Aubin sur la défensive. Sa déclaration initiale n'amena rien de nouveau et cela exaspéra les journalistes qui y allèrent à fond de train. Le ton fut agressif et Alexandre Aubin se défendit mal. Puis, une bombe éclata. Denis Lessard, journaliste à *La Presse*, commença son entrée en matière de façon doucereuse. Il souligna le travail constant du ministre de l'Environnement, son engagement total dans le dossier des BPC. Alexandre Aubin respira mieux et indiqua la pertinence des propos du journaliste, qui poursuivit:

— Monsieur le Ministre, vous qui vous flattez de savoir tout ce qui se passe dans votre ministère et de tout coordonner avec une main de fer, comment se fait-il que vous n'ayez pas répondu de façon officielle à la note suivante qu'un de vos adjoints vous adressait il y a plus d'un mois:

Il faudrait exiger des mesures de sécurité plus strictes auprès de Frank Grossman, propriétaire du terrain de Dechabec. Des liquides douteux s'échappent du site d'entreposage des barils de BPC dont le nombre excède de beaucoup la quantité autorisée par le permis que nous lui avons donné. De plus, cette année le permis de

Dechabec n'a pas été renouvelé parce que le terrain ne répondait pas aux normes du ministère de l'Environnement.

— Vous comprendrez, monsieur Lessard, répliqua Alexandre Aubin, que bien que je sois aux commandes, il est possible que des notes de service ne se rendent pas jusqu'à moi. Je n'ai pas vu cet avis, je le regrette, sinon soyez assuré que j'aurais agi promptement.

— Je comprends très bien que vous n'ayez pas souvenir de tout ce qui passe entre vos mains, mais je dois vous souligner qu'il y a une note manuscrite sur le papier original que j'ai entre les mains, note qui s'adresse à Gustave Petit et qui dit: «Ne pas toucher à Grossman. Gros donateur au PSEQ. Fais ce qu'il faut pour qu'il ne soit pas importuné.»... Et c'est signé AA.

Les «oh!» et les «ah!» fusaient; Alexandre Aubin avait pâli. Denis Lessard ajouta:

— J'ai fait comparer l'écriture de cette note avec la vôtre, monsieur le ministre. Les deux experts consultés m'affirment, sans l'ombre d'un doute, que les deux échantillons d'écriture proviennent de la même personne, soit vous, monsieur le ministre.

Une partie des journalistes se dirigea vers Denis Lessard qui, avec un plaisir évident, remettait des photocopies de la note incriminante. Les représentants radiophoniques se ruèrent sur leurs téléphones cellulaires. Alexandre Aubin, visiblement atterré, cherchait Gustave Petit, son chef de cabinet. Celui-ci, comme par hasard, était disparu aux premiers mots de Denis Lessard.

La conférence de presse se termina dans une cacophonie totale. Aidé de son garde du corps, Alexandre Aubin put se soustraire à la meute journalistique.

— L'imbécile! Non, mais ça prend-tu un imbécile. Y est encore plus con que je pensais.

Georges Pineault, la chemise sortant de son pantalon et la moustache hérissée, dévalait le corridor en hurlant. Un Premier ministre au sourire narquois vint à sa rencontre

— Voyons, mon Georges, calme-toi. Ce n'est pas toi qui es en cause. Antoine va demander à Aubin sa démission et on va placer Patricia Gagnon à l'Environnement. Les journalistes vont s'amadouer avec une femme, elle va pouvoir pleurer avec les parents et son air de bonne grand-mère va leur permettre de faire des photos extraordinaires. Demande donc à ton monde de préparer les communiqués.

— Maudit Jean-Noël, tu m'épates! T'es toujours prêt. On dirait que tu avais deviné le *scoop* de Lessard.

Le sourire en coin, les yeux moqueurs, le Premier ministre avoua:

— C'est mon petit doigt qui me l'avait dit!

Madeleine se souvint alors que Gustave Petit avait insisté pour parler au Premier ministre juste avant la conférence de presse. Cela s'était passé dans son bureau et Jean-Noël Brochu avait répondu laconiquement par des murmures pour finalement soupirer: «C'est donc aujourd'hui? Merci de m'avoir prévenu. C'est comme ça qu'on reconnaît les bons soldats. Toi, t'es *clean*. Va au début de la conférence pour qu'il ne se doute de rien puis retire-toi discrètement. Pour la suite, à la guerre comme à la guerre, mon Gustave!»

Madeleine n'avait pas encore fini de digérer la réalité qu'elle venait de découvrir qu'elle dut prendre un appel d'Alexandre Aubin. «Il a sûrement demandé à parler au Premier ministre, à Antoine et à Georges mais personne ne veut lui parler», pensa-t-elle. Une voix paniquée s'adressa à elle.

— Madeleine, sais-tu où sont Jean-Noël, Antoine, Georges et Gustave? Je les cherche partout.

— Je suis à mon bureau et je n'ai vu personne. Donne-moi ton numéro de téléphone et je vais voir si je peux localiser quelqu'un.

— Je suis dans ma voiture et je fais tourner mon chauffeur en rond dans la ville. Je ne peux pas aller à mon bureau ou à mon appartement parce que les journalistes m'attendent. Peux-tu me faire ouvrir la porte latérale du garage du Premier ministre? Je pourrais me rendre chez vous sans être vu.

— Donne-moi cinq minutes. Je te rappelle.

Avisé du coup de téléphone de son ministre, Jean-Noël Brochu rejeta d'emblée l'idée d'une rencontre à ses bureaux. Il chargea Antoine de communiquer avec Alexandre Aubin et de lui dire de patienter quelques heures, le temps de trouver une porte de sortie. Il recommanda la prudence dans ses propos à son chef de cabinet au cas où la conversation serait captée par quelques oreilles indiscrètes et lui donna rendez-vous sur le toit aménagé de l'édifice afin de discuter plus à l'aise.

Chapitre quatre

La rencontre entre Alexandre Aubin et Antoine Lacasse eut lieu à quatre heures du matin dans le stationnement des Jardins Méricis, édifice où logeait le chef de cabinet à Québec. Antoine avait choisi le lieu et l'heure pour goupiller son affaire afin d'éviter les indiscrétions.

—Mes sacraments, j'ai *faite toute* ce que vous m'avez dit pis là, chus poigné avec votre saloperie.

Alexandre Aubin n'avait plus rien d'un ministre. Le col défait, la sueur au front, il écumait.

—Calme-toi, mon Alexandre, Jean-Noël sait ce que tu as fait. Il ne va pas oublier. D'ailleurs, j'ai quelque chose pour toi de sa part; mais il faut me promettre que tu vas te calmer, plaidoyait Antoine.

Il fit miroiter une enveloppe gonflée au ministre déchu et continua:

—Tu vas prendre ça. Il y en a assez pour régler l'appartement de ta maîtresse durant douze mois, pour faire désintoxiquer ta femme et pour partir en voyage le temps de te faire oublier. Tu pourras même amener ta Ginette. Un beau petit voyage aux îles Fidji. Tu ne vas tout de même pas me dire que ça ne vous ferait pas de bien à tous les deux. Pendant ce temps-là, ta femme ne vous *achalera* pas, elle sera en cure fermée.

Mais il faut me promettre de ne pas parler. Tu pars demain. L'entrée de ta femme est déjà réglée au Centre Betty-Ford aux États-Unis. Jean-Noël a même prévu de la faire accompagner. Tu vois qu'il s'occupe de toi. Il n'oublie jamais les vrais soldats. Mais il faut promettre que toi, tu vas oublier bien des choses et que tu ne vas pas faire de déclarations malheureuses. Puis, quand tu vas revenir de voyage, Jean-Noël va faire en sorte de te trouver une belle *job*. Es-tu d'accord?

Alexandre Aubin larmoyait:

—Tu vas dire à Jean-Noël que c'est pas de ma faute. Quand Grossman m'a demandé...

—Tut! Tut! Tut! Prends ça et oublie Grossman. Il y a quelqu'un qui va s'en occuper. Toi, t'es au courant de rien. C'est bien compris? Tu vas aller te reposer puis, demain matin, tu vas faire ta valise et partir pour un beau voyage avec ta Ginette. Là, tu vas me signer cette lettre de démission du ministère de l'Environnement puis celle-ci, qui est datée de novembre, pour ta démission comme député. Comme ça, on ne sera pas obligé de faire une élection partielle avant les générales.

—Oui, mais Jean-Noël?

Antoine reprit le ton condescendant qu'on emploie envers un enfant malade.

—Jean-Noël sait que ce n'est pas de ta faute. S'il était ici, il te le dirait lui-même. C'est pour cela qu'il m'a demandé de te rencontrer. Alors, tu fais ce qu'il dit. Pas d'énervement et tout ira bien. Bon, regarde, je ne peux pas te passer ma voiture, mais il y a quelqu'un de sûr juste à la porte du stationnement qui va te reconduire chez Ginette. Embrasse-la de la part de Jean-Noël, et faites bon voyage.

Au moment où Alexandre, tout en mettant l'enveloppe du silence dans sa poche de veston, se mouchait bruyamment en se dirigeant, seul, vers la sortie du stationnement, Antoine marmonna:

—Comme imbécile, y s'en fait pas de mieux, tabarnaque!

Puis, s'adressant à son chauffeur qui avait fait le pied de grue à l'extérieur de la voiture, il ajouta:

—Fais nettoyer le char avant demain, ça pue làdedans.

Dès son arrivée au bureau le lendemain matin, le Premier ministre se réfugia, avec son chef de cabinet, sur le toit du bunker afin d'être mis au courant du déroulement de la rencontre nocturne.

—Comment ç'a été? Vous n'avez pas mentionné mon nom? s'informa Jean-Noël Brochu.

—En aucun temps il n'a été question de toi, mentit Antoine Lacasse.

—C'est mieux comme ça. On sait jamais ce qu'Alexandre peut faire. Je ne veux pas qu'on m'associe au cadeau que tu lui as remis. Parce que tu lui as bien remis le tout?

—Oui, monsieur! À l'heure qu'il est, il doit déjà être en route pour Mirabel avec Ginette, et sa femme en chemin pour l'hospice.

—C'est pas mauvais que j'aie pensé à l'envoyer là-bas. On ne sait jamais ce qu'elle a entendu et ce qu'elle pourrait raconter dans les bars de la Grande-Allée. Et puis, tu as les deux lettres. On va rendre la première publique par un communiqué de presse et l'autre servira en temps et lieu. J'espère qu'on a acheté la paix.

—Tout s'achète, Jean-Noël. On a payé assez cher, conclut Antoine en omettant de spécifier qu'Alexandre Aubin aurait deux mille dollars de moins à dépenser aux îles Fidji: le chef de cabinet avait aussi pensé à son propre plaisir.

Le lendemain, Antoine perdit de sa superbe quand les détails de la façon dont il avait bazardé le ministre de l'Environnement se retrouvèrent dans la chronique de Pierre Champagne sous la plume des *Redresseurs*. Tout y était, rien n'était omis:

> La nuit dernière, le chef de cabinet du Premier minis-
> tre, dans le stationnement de l'édifice où il loge à
> Québec, a rencontré Alexandre Aubin. Afin de sauver
> la partie pour le Gouvernement, Antoine Lacasse a
> demandé au ministre de l'Environnement de présen-
> ter sa démission en échange d'argent pour des vacan-
> ces aux îles Fidji et de l'assurance que son épouse se-
> rait traitée dans une clinique réputée des États-Unis.
> Alexandre Aubin a de plus promis de ne pas impli-
> quer le bureau du Premier ministre dans ses liens
> avec Alex Grossman. Devant le succès de *sa* mission,
> il semble qu'Antoine Lacasse ait aussi pensé à lui.
> C'est à suivre...

Cette fois-ci, Antoine partit à la chasse aux fau-
teurs de troubles. Il demanda à son ami Duhamel
d'enquêter. Dans l'entourage immédiat du chef de cabinet, son geste provoqua des sourires sardoniques,
car tout le monde pensait à des confidences sur
l'oreiller. Jean-Noël Brochu demanda même à Antoine
s'il faisait l'objet d'une surveillance ou si une succube
le possédait. Le Gouvernement ne laissa toutefois pas
voir son humeur de tracassin et Georges Pineault qua-
lifia de «propos de taverne» les dernières révélations
des *Redresseurs*.

Un journaliste du *Soleil* parvint à rejoindre
Alexandre Aubin, mais l'ex-ministre l'embobina roya-
lement. Il ne nia pas avoir rencontré Antoine Lacasse
de nuit, dans un stationnement: «C'était pour discuter
en privé, sans journalistes autour», ni d'être aux îles
Fidji, «un voyage planifié depuis plus de six mois,
mais devancé à cause des événements». Il affirma de
plus que sa note, rédigée après une semaine de travail
épuisante, était sa «propre responsabilité» et qu'il
avait «manqué de jugement». Le Gouvernement res-

pira et Alexandre Aubin reçut une autre enveloppe. Cette fois-ci, il n'y manquait aucun billet.

Alexandre Aubin étant chose du passé, le Premier ministre prit commande des gestes à poser, le tout bien entendu sous le couvert de son chef de cabinet. À l'Environnement, Patricia Gagnon se montra à la hauteur des attentes de son chef. Dès le premier jour, elle avait convoqué les responsables de son nouveau ministère pour exiger d'eux une loyauté à toute épreuve et leur demander d'être personnellement tenue au courant de leurs suggestions. Elle avait rencontré la presse et accordé à chacun des entrevues privées. Jean-Noël avait visé juste. On ne sautait pas à bras raccourcis sur cette femme calme et rassurante. Dans les photos officielles avec la famille Nantel, Patricia semblait porter sur ses épaules toute la douleur de la province. Les bas de vignettes et les manchettes en faisaient grand état. Aucun journaliste n'osait encore troubler cette femme qui avait fait sien le deuil provincial. Et quand, à la télévision, on voyait la ministre proclamer, les larmes aux yeux: «Plus jamais de Saint-Télesphore. Plus jamais», personne ne restait insensible et, plutôt que d'attaquer, les commentateurs se portaient à sa défense.

On mit en terre le petit Jérémie dans un déploiement grandiose. Les groupes écologiques n'allaient pas laisser passer une telle occasion! Ils avaient mobilisé tout ce qui se trouvait de vert dans la province. Même les Écossais formaient une haie d'honneur le long d'une partie du parcours. Des représentants internationaux de Greenpeace s'étaient rendus à Saint-Télesphore; Pascal Saint-Onge, chef de l'Opposition, et un député vert d'Allemagne accompagnaient les parents au premier rang. Les familles des autres enfants et des vieillards hospitalisés venaient ensuite, portant tous un brassard blanc en mémoire de «l'innocence fauchée».

Patricia Gagnon n'assista pas aux funérailles. Elle était à New York comme invitée spéciale d'une commission extraordinaire de l'ONU sur l'environnement. Le bureau du Premier ministre avait manigancé cette invitation de dernière heure à la session onusienne pour ne pas brûler inutilement la nouvelle ministre. En effet, les faiseurs d'images du Gouvernement estimaient à cinquante pour cent les chances de Patricia Gagnon de sortir plus forte d'une présence aux funérailles. Jean-Noël Brochu ne voulut pas prendre le risque et décida d'éloigner du Québec, à son insu, sa collègue en cette semaine d'émotions collectives. Après en avoir soupesé les conséquences, il devint évident que le député local, dans le cas d'un revirement de situation, serait une moindre perte pour le Gouvernement. Bernard Landreville fut donc désigné d'office pour représenter le Gouvernement à la cérémonie.

Ce député était aimé de la population mais, aujourd'hui, il portait sur lui l'inquiétude de ses concitoyens. Il marchait aux côtés de Prosper Bertrand et de Lucien Corriveau, les deux maires de la région. Tous trois ne savaient quelle attitude prendre. Ils hochaient la tête et soupiraient en jetant des œillades aux passants.

Le député Landreville se remémorait la nuit d'incertitude vécue le soir du sinistre. Il avait quitté sa famille en début de soirée pour se diriger vers Québec afin de présider une commission parlementaire le lendemain. À l'annonce de l'incendie, incapable de rejoindre les siens par téléphone, il était revenu de la capitale en pleine nuit, pour se buter à des barrages policiers. Dans la pagaille générale, son statut de député ne lui servit à rien. Gisèle Turcotte, journaliste, lui procura une carte de presse lui donnant accès au centre de secours mis sur pied à l'aréna. Il y retrouva sa femme et ses enfants en pyjama, étendus sur le sol. La révolte et le bonheur l'assaillirent en même temps. À partir de ce moment, il n'eut plus une minute de répit et sa rencontre impromptue avec le Premier ministre à l'aréna municipal lui avait laissé un arrière-goût amer.

—Lâche pas, mon Bernard, on est avec toi. Si on peut faire quelque chose, tu le dis, lui avait soupiré son chef.

Il n'y avait eu ni chaleur ni empressement dans la voix, et le Premier ministre s'était vivement éclipsé avant que son député n'ait pu lui répondre. Depuis ce temps, le bureau du Premier ministre n'avait communiqué avec lui qu'une seule fois, par l'entremise de Georges Pineault, pour lui dire ce qu'il fallait répondre à Jean-François Lépine du *Point* à Radio-Canada. Landreville avait été prudent, d'une prudence telle qu'on devinait facilement qu'en son for intérieur il blâmait son propre gouvernement pour la catastrophe. Cela lui avait valu d'être boycotté par l'entourage de Jean-Noël Brochu, sauf ce matin, alors qu'on l'avait désigné pour représenter le Premier ministre. De fait, le communiqué de presse était déjà émis par Georges Pineault quand il rejoignit le député Landreville pour l'informer de la décision et l'adjoindre, avec insistance, de ne pas trop parler aux journalistes.

—De toute façon, j'allais assister aux funérailles; Jeannette Nantel est une bonne amie de ma femme, s'entendit répondre sèchement Georges Pineault.

N'ayant rien promis, Bernard Landreville se sentait libre d'agir comme il l'entendait. Gisèle Turcotte vint à ses côtés. Elle savait avec certitude que, depuis la nuit de l'incendie, le député était en dette envers elle. Elle l'aborda, microphone à la main.

—Monsieur le député, vous savez que tout le public de CQDF sympathise avec vous dans le deuil profond qui frappe votre comté. Votre épouse et la mère du petit Jérémie étaient de grandes amies à ce qu'on dit, est-ce que vous connaissiez la jeune victime?

—Nous avions assisté au baptême de Jérémie, ne put que répondre Bernard.

—Vous représentez aujourd'hui le Premier ministre de la province. Est-ce que la mort du petit Jérémie va changer quelque chose dans la politique du Gouvernement? Le Premier ministre vous a-t-il informé des projets immédiats du Conseil des ministres qui doit se réunir aujourd'hui?

Le député avait anticipé cette question. Il était déchiré entre sa loyauté à son chef et les sentiments viscéraux qui le tenaillaient. Il savait que sa réponse lui coûterait un poste au prochain remaniement ministériel, mais il s'embouqua:

—Je suis dans ce cas-ci au même niveau que toute la population du Québec. J'ai peur et j'ai des doutes en même temps. Je sens une épée de Damoclès au-dessus de mes concitoyens et j'ignore si les autorités en saisissent bien tout le danger. Dieu sait combien j'espère que la mort de Jérémie Nantel n'aura pas été vaine. Il y a dans la province des milliers de petits Jérémie pris en otage à cause de notre négligence à nous, les gens élus. Je ne connais pas les vues du Conseil des ministres, mais il faut que cette tragique prise de conscience des Québécois se traduise par une volonté marquée de notre Gouvernement d'agir avant qu'il ne soit trop tard. J'ai la chance, si on peut appeler cela une chance, d'être membre du caucus des députés qui forment le Parti au pouvoir. Déjà des collègues m'ont fait part de leur appui et soyez assurés que nous n'oublierons pas Jérémie Nantel et que nous sensibiliserons le Premier ministre aux actions concrètes à prendre. Il y a eu une négligence injustifiable de notre part, gens élus. Notre responsabilité maintenant en est une de culpabilité. Il faut faire la lumière sur ce drame et éviter, par des décisions courageuses, la répétition d'erreurs fatales.

Gisèle Turcotte tenait sa primeur. Elle remercia le député et se dirigea vers le car de reportage. Les deux maires qui entouraient Bernard Landreville lui serrèrent le bras d'un geste d'approbation.

Le Premier ministre avait entendu à la radio la réplique de son jeune député. Il proclama sans détour à Georges Pineault et Denis Cantin:

—Landreville, c'est pas solide, solide. La petite garce de Turcotte savait ce qu'elle faisait. Une fois qu'elle l'a eu, ç'a été bye, bye la visite. Puis l'autre s'est laissé prendre. Georges, tu lui feras savoir ton opinion. Des soldats comme lui, on peut s'en passer. S'il pense qu'il va mener le caucus, il se trompe. Arrange-toi donc pour qu'il soit nommé à la mission parlementaire qui part bientôt pour Fort Chimo. Quinze jours dans la toundra, ça va lui refroidir les idées. Il a besoin d'environnement sain, *ben* il va en avoir tant qu'il en veut de l'air pur!

Madeleine entra dans le bureau au moment où les deux adjoints du Premier ministre le félicitaient pour sa trouvaille.

—Monsieur Brochu, Patricia Gagnon demande à vous rencontrer demain. Est-ce qu'elle peut venir dîner avec vous?

—Dis-lui que je la verrai à quinze heures moins cinq dans mon bureau, derrière le trône. Si elle veut plus de temps, qu'elle voie Antoine. Et apporte-moi un Perrier!

Madeleine revint prudemment au téléphone.

—Écoute, Patricia, je ne trouve pas le Premier ministre. Mais je suis certaine qu'il sera derrière le trône avant la période des questions demain. Peut-être pourrais-tu lui parler à ce moment-là?

—Si je comprends bien, il ne veut pas me rencontrer. T'a-t-il demandé aussi de me refiler à Antoine?

Madeleine rit nerveusement; la vieille routière de la politique n'était pas dupe.

—Tu diras à ton patron que je voulais le consulter avant le discours que je donne jeudi soir devant les membres de la Fondation québécoise en environnement. Je veux bien passer ses messages, mais les messages d'Antoine, non merci! S'il veut me parler, il sait comment me rejoindre!

Pierre Meilleur, le chauffeur d'Antoine Lacasse, arriva en coup de vent dans le bureau de Madeleine.

—Ton patron se promène dans le corridor en se plaignant que tu le laisses mourir de soif, est-ce que tu penses que ceci pourrait servir? demanda-t-il en pointant l'immense contenant d'eau de source sous son bras.

—Cela dépend, veux-tu le noyer ou apaiser sa soif?

—C'est pas ton patron qui va se noyer dans un verre d'eau mais il me semble que c'est bien plus toi qui as besoin de noyer ta peine.

—Toi, Pierre Meilleur, la journée où nous pourrons te cacher nos humeurs...

—La loi est dure, mais c'est la loi. C'est beau hein? J'ai lu ça hier dans les pages roses du *Petit Larousse*. J'avais assez hâte de la placer dans une conversation. C'est peut-être pas d'à-propos, mais au moins j'ai utilisé ma nouvelle phrase. En en plaçant une comme ça tous les jours, je vais peut-être pouvoir me présenter comme député aux prochaines élections, parce que, trompe-toi pas, quatre-vingts pour cent de la job d'un député, c'est de bien *perler*. En passant, j'en ai une bonne pour toi. Savais-tu que le lendemain de l'incendie des BPC, Antoine m'a demandé d'aller à Saint-Télesphore chercher un paquet? On m'a remis douze bouteilles que j'ai mises tant bien que mal dans la valise de l'auto. Quand je suis arrivé au bureau du maire à Bourget, j'ai vu deux SQ habillés en scaphandre approcher de l'auto avec des pinces longues d'un mètre. Ils m'ont demandé d'ouvrir le coffre et puis, avec leurs pinces, ils ont pris les bouteilles, une par une, et les ont déposées sur une espèce de lit de poupée à roulettes. Je leur ai demandé ce qui se passait et tu ne sais pas ce qu'ils m'ont répondu? «On prend pas de chance avec ce poison-là!» Et quand je leur ai dit: «Pis moi là-dedans?» ils m'ont répondu à travers leur hublot: «On n'a pas reçu d'ordre pour les civils!»

Madeleine en eut encore pour quinze minutes d'anecdotes toutes aussi invraisemblables mais toutes aussi réelles les unes que les autres. Elle dut mettre Pierre Meilleur à la porte, tant elle avait des crampes au ventre à force de rire. Elle se dirigea vers le bureau du Premier ministre, toute transformée. Encore une fois, la médecine Meilleur avait fait effet. Elle appréciait beaucoup la compagnie de cet ancien soigneur du club de hockey Les Canadiens de Montréal. Le Boum, comme on l'appelait familièrement, était arrivé au bureau du Premier ministre deux ans auparavant. Ce qui plaisait surtout à Madeleine chez cet homme droit, c'était sa façon sans gêne de toujours exprimer ouvertement sa pensée, que cela plaise ou non. Cette philosophie simple de la vie transcendait dans ce milieu du chacun pour soi.

—Monsieur désire? demanda-t-elle en entrant.

—Comment était Patricia?

—Vous voulez une réponse polie ou franche?

—La plus simple.

—Elle a compris que vous ne vouliez pas la voir; elle ne veut pas faire affaire avec Antoine; elle a dit que si vous étiez intéressé à savoir ce qu'elle va dire à la Fondation québécoise en environnement demain soir, vous saviez où la rejoindre.

—Je vais demander à Georges de vérifier son texte.

—C'est ça! Demandez à Georges et commencez à vous couper de vos ministres! Comme si on n'avait pas assez de problèmes! soupira Madeleine en refermant la porte.

Avant de quitter Québec pour Montréal, Madeleine accompagna le Premier ministre à une réunion de stratégie organisée par la Sûreté du Québec. Le ministre de la Justice et des conseillers du cabinet de Patricia Gagnon y assistaient. Le directeur Duhamel, pipe au bec et bâton-laser à la main, y allait de ses explications quant à l'isolement du «périmètre affecté». Il indiquait par gestes précis les principaux x sur une carte murale lézardée d'une foule de lignes multicolores. Il n'y avait que le chef de la Sûreté qui semblait voir clair dans cet enchevêtrement de lignes, de flèches et de x. Il informait prétentieusement les civils de l'efficacité de cette opération. Il leur indiquait, toujours sur son tableau affiché, les principaux lieux de surveillance permanente quand Justin Desmarais, le ministre, demanda, préoccupé, ce que les deux lignes parallèles au haut du tableau signifiaient. Le chef Duhamel s'approcha de la carte, perdit contenance et, déconcerté, dut avouer que la carte était à l'envers. C'en fut assez pour le Premier ministre qui quitta la réunion en marmonnant: «Crisse de trous de cul, de pygmées intellectuels!» pendant qu'on entendait des rires de moins en moins retenus.

L'amusement passé, la bévue du directeur de police inquiéta le Premier ministre. Il passa la majeure partie du trajet du retour vers Montréal à consulter George, Antoine, Carol ou Étienne. Il détestait cette sensation d'être à la merci d'un événement incontrôlable et à la remorque de la Sûreté du Québec. Depuis le 8 août, il n'avait jamais pu faire un pas sans qu'on le questionne sur l'incendie de St-Télesphore, il ne pouvait écouter une émission d'affaires publiques sans qu'un expert se prononce sur les BPC, il ne pouvait ouvrir un journal sans y lire les recommandations d'organismes internationaux. Il était tellement fatigué de devoir écouter des émissions de radio où les spécialistes des questions écologiques, ceux qui semblaient posséder toutes les solutions cinq minutes avant le problème, se contredisaient à qui mieux mieux. L'écologie était le sujet du jour. Même les titulaires de ministères à caractère culturel ou social y allaient de déclarations environnementalistes. La ministre des Communautés culturelles avait demandé au dernier Conseil des Ministres de débloquer des fonds afin de pouvoir créer des classes vertes pour ses immigrants et le ministre des Communications réclamait des fonds pour une série d'annonces à saveur écologique.

En arrivant à Montréal, Madeleine accompagna le Premier ministre à sa résidence. Il recevait un chef syndical et elle devait voir à la préparation du repas. Tandis que Jean-Noël se retirait dans sa chambre pour écouter les informations, elle tenta sans succès de rejoindre Jean. Puis elle communiqua avec Sylvie, qui l'informa de son arrivée. Madeleine raccrochait à peine le téléphone quand les traiteurs sonnèrent. C'étaient trois jeunes étudiants de l'Institut d'hôtellerie. Elle les amena à la cuisine, leur fit visiter le salon et la salle à manger et les laissa à leurs occupations. Sylvie sonna une quinzaine de minutes plus tard.

—Ça n'a pas l'air d'aller, toi, lui dit-elle en arrivant.

Madeleine contempla avec nostalgie la jeunesse de cette fille et la fraîcheur de son sourire. Sylvie était là, pimpante, ses cheveux frais lavés, sa robe fleurie toute légère, son maquillage discret. Seize ans les séparaient. Sans maquillage, Madeleine éprouvait doublement sa fatigue dans son tailleur froissé par la route. Elle se sentait décatir.

—Je n'ai plus ton âge, tu sais. Les voyages ne forment plus ma jeunesse, ils accentuent ma vieillesse.

—Monte donc te reposer. Depuis le temps que je te vois faire, je peux quand même surveiller les préparatifs du souper. Je te promets de te réveiller vers sept heures trente. Tu auras le temps de te préparer. Et pour t'éviter de redescendre, je m'occupe tout de suite du Perrier que Jean-Noël ne va pas manquer de réclamer bientôt.

—Je ne pense pas que je vais dormir, mais je vais me retirer. S'il y a un problème, viens me chercher.

—Ne t'inquiète pas. Je veille, lui répondit Sylvie en lui tamponnant amicalement la joue.

Louis Laberge arriva tel qu'attendu vers huit heures trente. Le repas privé se termina deux heures plus tard. Madeleine avait soupé avec Sylvie dans la salle de télévision. Elles avaient parlé uniquement du spectacle de Jean Leloup que Sylvie était allée voir récemment, En écoutant la cassette de ce chanteur et les propos de son amie, Madeleine se revoyait quelque vingt ans plus tôt à un spectacle de Robert Charlebois. Elle se surprit même à fredonner le CPR Blues sur une des musiques de Leloup. Le rythme était le même. La roue tournait. Seule l'époque était différente.

—Qu'est-ce que c'est que ce bruit. Et mes nouvelles?

L'intermède était terminé. Jean-Noël Brochu venait de rappeler sa secrétaire à l'ordre. Elle alluma le téléviseur, réembobina la cassette-vidéo déjà programmée, plaça celle des nouvelles de la soirée, puis quitta la pièce pour remercier les cuisiniers. Sylvie la réveilla vers deux heures du matin alors qu'elle dormait dans un fauteuil du salon.

—Jean-Noël est couché, tu serais peut-être mieux chez toi. Allez, viens, je te reconduis.

—C'est la solution idéale. Et je t'avertis que si le téléphone sonne chez moi avant neuf heures du matin, il va y avoir un malheur.

—Si tu veux, je reste chez toi ce soir et je prends les messages jusqu'à ton réveil.

—Merci, mais je préfère être seule.

—Toujours la forte Madeleine, qui affronte tout, sans aide. Tu sais il y a des jours où je voudrais te ressembler, plus tard, mais quand je te vois comme maintenant, je change d'ambition.

—N'embarque surtout pas dans mon moule, lui dit Madeleine en l'attirant vers la porte. J'ai quelquefois de la difficulté à m'endurer. Alors si tu es comme moi, je pense que notre voisinage ne sera pas un succès.

À sa sortie de la résidence, Madeleine jeta un coup d'œil vers le ciel étoilé. En regardant Sylvie, elle fit un vœu à la première étoile aperçue. Encore une fois, elle s'était oubliée et avait souhaité toutes sortes de bonnes choses pour une autre personne.

La journée du vendredi commença par une visite du Premier ministre à Colette Lamarche, une de ses députés hospitalisée. Madeleine sortait à peine de l'ascenseur, au dix-septième étage de l'édifice d'Hydro-Québec, quand Alexandrine lui tomba dessus.

—Oh! que je suis heureuse de vous voir, chère Madeleine! Comment va notre amie Colette?

—Elle doit quitter l'hôpital aujourd'hui. Elle en aura pour deux à trois mois en chaise roulante.

—Ne me dites pas, chère Madeleine, qu'elle sera frappée d'invalidité?

—Alexandrine, vous savez très bien qu'elle a eu un nerf de la jambe gauche sectionné. Il lui faudra un certain temps avant de pouvoir marcher normalement.

—Vous conviendrez avec moi que notre chère amie Colette a eu la bonne fortune d'avoir à ses côtés son éminent chirurgien d'époux lors de sa malencontreuse perte d'équilibre. Sans son intervention salvatrice et immédiate, imaginez, un instant, ce qui aurait pu arriver? Heureusement qu'il était là pour lui prodiguer ses soins bienveillants. Mais, pardonnez-moi, chère Madeleine, où donc ai-je la tête? Comment vous portez-vous de votre personne?

—Excellemment bien, chère Alexandrine.

Durant son échange avec Alexandrine, Madeleine avait continué de marcher vers son bureau. Alexandrine la suivit à l'intérieur, friande d'en apprendre plus.

—Si je vous saisis bien, notre chère amie Colette doit quitter l'hôpital Notre-Dame aujourd'hui, pour retrouver le confort de son foyer et le support amoureux de son époux?

—Colette ne rentre pas chez elle, Alexandrine.

—Oh! comme c'est attentionné de la part de son tendre époux de lui permettre ainsi de retourner progressivement à la santé dans un endroit de villégiature, hors de Montréal.

—Mais où êtes-vous allée chercher cette idée, Alexandrine?

—Chère Madeleine, si vous aviez mon expérience de la gente professionnelle, vous sauriez qu'il ne saurait en être autrement. D'ailleurs, il suffit de capter le regard amoureux qu'il pose sur sa douce moitié pour réaliser sans l'ombre d'un doute que son époux porte toujours dans son cœur notre chère amie Colette.

—Alexandrine, le Dr Lamarche n'est pas du tout l'homme idéal que vous décrivez puisqu'il devra répondre à une accusation de voies de fait. Colette est à l'hôpital parce que son mari l'a battue.

—Grand Dieu! chère Madeleine! C'est inconcevable!

Alexandrine battit des paupières, chancela et s'affaissa dans un fauteuil en agrippant un cendrier massif pour s'éventer.

—J'en ai des sueurs froides.

N'eût été du sérieux de la situation, Madeleine se serait esclaffée devant ce tableau à la Sarah Bernhardt.

—Reprenez vos esprits, Alexandrine. Il ne vous a jamais semblé curieux que Colette subisse régulièrement toutes sortes de blessures chez elle. Réveillez-vous! Son passe-temps n'était quand même pas le roller-derby!

—Chère Madeleine, comment aurai-je pu deviner cette horreur. Le docteur Lamarche est un être si charmant. Il était de tous les dîners officiels, de tous les cocktails. Il avait de la conversation, de l'entregent. Bref, il est tellement bien élevé. Et puis, c'est un professionnel, il ne faut pas l'oublier, chère Madeleine. Après tout, ce n'est pas un vulgaire salarié, dont l'innocente compagne devait subir les assauts éthyliques. Jamais je n'aurais pu m'imaginer des débordements de violence chez le docteur Lamarche. Êtes-vous certaine de ce que vous avancez?

—Dans un cas comme celui-ci, vous savez très bien, Alexandrine, que Colette n'est pas le genre à porter des accusations à la légère.

—Me permettrez-vous alors d'aviser l'assistante de Madame la députée? Je vous garantis que je lui recommanderai la plus stricte confidentialité?

—Rhéa Dubois est déjà au courant. Elle est avec Colette depuis le début de son hospitalisation.

—Pas possible, je lui ai parlé il y a à peine deux jours et elle ne m'a pas instruite de la chose.

Devant autant de candeur, Madeleine haussa les épaules et raccompagna Alexandrine à la porte en prétextant un appel urgent à faire. Digne, la directrice du protocole s'éloigna, le cendrier toujours à la main

❑

Durant la fin de semaine suivante, Madeleine mit la politique en veilleuse car Jean, en l'absence de son épouse, partageait son week-end. Ils vécurent des journées de frôlements sensuels. Tandis qu'elle manipulait les manettes du Nintendo, Jean lui massait doucement les seins; tandis qu'ils écoutaient un vidéo, Madeleine le caressait amoureusement. Tous deux faisaient le plein de tendresse comme si une famine sentimentale les guettait. Leur relation tenait en ces gestes; ils n'échangeaient jamais de promesses ou de déclarations éternelles.

Pour le Premier ministre, toutefois, il n'y avait pas d'intermède. Et bien que Madeleine et Jean aient appris depuis le début de leur relation à vivre des violations d'intimité, les coups de téléphone de Jean-Noël Brochu se répétèrent trop souvent à leur goût. C'est ce qui arriva une autre fois comme ils se dirigeaient vers la chambre à coucher.

—Est-ce que je te dérange?

—Pas du tout.

Le Premier ministre, préoccupé, ne saisit pas l'ironie du ton.

—Demande à Pierre Meilleur d'aller me chercher une copie du Soleil et rejoins-moi Antoine, Georges et Denis. En passant qu'est-ce que tu penses de l'article de Lise Bissonnette?

Madeleine, ennuyée, répondit vaguement, poliment mais surtout très rapidement. Jean n'avait pas arrêté ses caresses et il la déshabillait progressivement tout en promenant langoureusement sa bouche sur son corps. Madeleine ne voulait surtout pas jouir en parlant au Premier ministre au téléphone. Ce n'était pas sa conception de l'érotisme. Elle gratifia son patron d'un «Tout de suite». *Le Soleil*, Antoine, Georges et Denis attendraient néanmoins un peu.

Leurs souffles s'étaient à peine apaisés quand le téléphone résonna à nouveau

—Tu ne trouves personne ou tu as oublié mes demandes?

—Si vous raccrochez, je vous mets en communication avec Georges immédiatement, répondit Madeleine sans donner d'explication.

Chapitre cinq

Depuis un mois et demi, chaque jour apportait son lot de rapports toujours aussi contradictoires, de mises à jour de la liste des victimes hospitalisées et de périodes de questions axées sur l'environnement. Les étudiants de cégeps et d'universités débrayaient régulièrement depuis la rentrée scolaire et demandaient de nouveaux programmes de protection de l'environnement.

—S'il peut commencer à mouiller pour que ces trous de cul rentrent en classe! se plaignait le Premier ministre en écoutant, dans la voiture, un bulletin de nouvelles. Dis donc, Madeleine, tu n'aurais pas un voyage à me proposer afin qu'on sorte de tout cela?

—Qui voulez-vous aller voir? Le Premier ministre de France qui remet encore une fois son voyage-échange au Québec? Le groupe des droits de la personne qui ne vous accuse pas encore de torture mais qui pourrait bien le faire après avoir passé une heure avec vous? Qu'est-ce que vous voulez? Rencontrer des gouverneurs d'États américains? C'est encore trop près de Saint-Télesphore. Aller en Allemagne? Bonne chance avec les députés écologistes. Pauvre monsieur Brochu, il ne vous reste que les agréables voyages Québec-Montréal-Québec avec moi.

—Bon! si tu ne peux pas m'organiser un voyage, alors arrange-toi pour qu'il mouille. Ça va faire rentrer les étudiants et leurs professeurs anarchistes dans les classes. Je vais dormir un peu.

Le Premier ministre était assoupi sur la banquette arrière et Madeleine continuait à penser. Elle aurait aimé trouver un voyage officiel à effectuer car, comme il avait trop de travail, elle ne pouvait voir Jean ces jours-ci. En voyage, la douleur de l'absence serait moins grande. Elle aurait l'excuse de la distance pour ne pas voir son amant, se disait-elle. Son visage s'éclaira soudainement; elle avait trouvé:

—Monsieur Brochu, on part pour le Mexique.

—Le Mexique! Rien de moins?

—Écoutez-moi. Premièrement, il y a deux ou trois contrats que nous devons signer avec ce pays. Vous vous souvenez que ce sont des contrats intéressants en retombées pour le Québec? Deuxièmement, il y a certainement là-bas un organisme qui s'occupe de pollution. Vous allez consulter leurs experts. Comme vous aurez besoin de traduction, les échanges seront plus superficiels et vous prendrez le temps de préparer vos répliques. Vous allez montrer que vous travaillez à améliorer l'environnement. On va demander à Georges de contacter le ministère du Tourisme mexicain pour que nos journalistes soient occupés pendant le voyage. Le délégué en place aura certainement quelques hôtesses pour accompagner la presse. De toute façon, les médias ne vont pas arrêter de parler d'écologie. Alors, autant en faire votre deuil et plonger directement dans la bataille.

—Bonne idée, mais arrange-moi deux trois jours à Acapulco.

—Pas de problème. On a justement un groupe de Québécois qui y organise un Festival de feux d'artifice. On pourra les rencontrer.

—O.K. Fais ce qu'il faut et maintenant laisse-moi dormir.

Madeleine sortit son ordinateur portatif de l'étui et entreprit, le cœur plus léger, de dresser la liste des personnes à amener, des contacts à établir et les mille et un détails d'un voyage officiel.

❑

La visite eut lieu au début du mois d'octobre. Le Premier ministre, Madeleine, Sylvie et un garde du corps se rendirent directement à Acapulco pour trois jours. Le séjour y fut agréable et le farniente interrompu uniquement par une rencontre avec le groupe de Québécois occupé à organiser le Festival des feux d'artifice. Ce fut une soirée plus ou moins officielle avec échanges autour d'un repas à l'hôtel *Acapulco Plaza* où logeait le Premier ministre.

La deuxième partie du voyage commença le dimanche suivant par l'arrivée officielle du Premier ministre à l'aéroport de Mexico où il fut accueilli par un représentant du Président et le délégué général du Québec. Comme toujours, ce fut la bousculade vers la sortie avec l'attente hésitante près de la voiture du Premier ministre au cas où quelqu'un serait invité à l'accompagner. Jean-Noël Brochu, habitué à ce rituel, n'y prêta guère attention et monta directement dans la première limousine, accompagné du ministre des Affaires extérieures du Mexique et du délégué. Madeleine prit place dans la seconde voiture et, avant que quiconque d'autre ait pu l'y suivre, le conducteur démarra en trombe pour suivre la limousine officielle. Selon son habitude, Madeleine désirait arriver à l'hôtel avant le Premier ministre.

—S'il vous plaît, pourriez-vous dépasser la voiture du Premier ministre? Je dois me rendre à l'hôtel avant lui, demanda-t-elle au chauffeur.

—*Disculpame! No entendio el francés. Habla español?*

—*No... Speak English? Me no español.*

Madeleine parlait fort et balbutiait, comme tout touriste en voyage dans un pays où il ne comprend pas la langue. Elle se contenta de sourire bêtement et regarda par la fenêtre. Elle fut étonnée de la propreté de la ville. Elle s'attendait à trouver des rues souillées et aucune verdure. Mexico, en cette fin d'après-midi, était d'une propreté exemplaire et l'avenue Paseo de la Reforma, qu'on appelle familièrement les Champs-Élysées mexicains, regorgeait de palmiers et d'arbres de toutes sortes.

L'arrivée à l'hôtel se fit comme à l'habitude: un gérant prévenant, la signature du livre d'or, un délégué qui se colle au Premier ministre pour être de toutes les photos, un fonctionnaire qui demande immanquablement: «Vous souvenez-vous de moi? Nous nous sommes rencontrés il y a deux ans», le fouillis des bagages, l'adieu au comité d'accueil et finalement l'arrivée dans une suite où trônent un bouquet de fleurs, un cadeau de bienvenue, des plats de fruits et de chocolats, une provision d'eau minérale avec, en prime, la climatisation au maximum. Madeleine s'empressa de hausser la température; Jean-Noël Brochu avait horreur du froid. Et bien que, à chaque endroit où le Premier ministre allait, on demandait expressément de ne pas ouvrir la climatisation, c'était toujours la même chose. Les directeurs semblaient vouloir étaler le luxe de leur hôtel au taux maximum de refroidissement des chambres.

Lorsqu'ils se retrouvèrent seuls, le Premier ministre demanda à Madeleine de faire venir son attaché de presse. Par la porte entrouverte, Madeleine lança ses bagages dans la chambre communicante et prit d'assaut le système téléphonique mexicain pendant que le Premier ministre, fidèle à son habitude, transportait à bout de bras le panier de fleurs dans la chambre de Madeleine en y allant de deux ou trois éternuements.

—C'est à vous faire regretter les fleurs de Chicoutimi, blagua Madeleine.

Jean-Noël Brochu ne put réprimer son rire en se remémorant son aventure à Chicoutimi alors qu'au beau milieu de la nuit, il avait réveillé Madeleine en découvrant un arrangement floral dans la suite. Il se plaignait de n'avoir pas encore pu dormir parce qu'elle n'avait pas enlevé le bouquet. Devant le fou rire de Madeleine, il lui fit remarquer qu'il était infâme de se moquer de ses allergies. «Mais ces fleurs sont artificielles!» lui avait répondu Madeleine. «Ça ne fait rien, elles ont l'air réelles!» lui avait répliqué Jean-Noël Brochu en laissant sa secrétaire seule, dans le salon de la suite, une douzaine de roses de soie dans les bras. Depuis ce temps, les fleurs artificielles amenaient le sourire chez les deux acteurs de cette tragicomédie.

Rejoint au téléphone par Madeleine, Georges Pineault arriva dans la chambre du Premier ministre suivi du plus que présent Denis Cantin.

—Fait un bon voyage, *boss*? demanda Georges.

—Pas trop pire. Mais toi, comment vont les *boys*? demanda Jean-Noël Brochu tout en continuant de badigeonner ses yeux irrités à cause du bouquet de fleurs.

—Ils sont pas trop pires, non plus. On a toujours la Chantal qui remet en cause le voyage, puis Noseworty qui cherche ce qui ne va pas fonctionner. À part ça, les autres sont comme d'habitude: chiants.

—Toi pis ta *gang* de demi-watts! Ta Chantal, trouves-y donc un bon macho mexicain. Ça va la calmer. Puis Noseworty, on va espérer qu'il attrape la *tourista*.

—Tu sais que tout ce beau monde-là espère avoir une déclaration du Premier ministre.

—Penses-tu qu'on devrait leur en donner une, mon Denis? demanda le Premier ministre en s'adressant à l'attaché politique étalé dans un fauteuil avec le plat de chocolats, une eau minérale et son téléphone cellulaire à la main.

—Une petite vite, ça ne ferait pas de tort, répliqua cérémonieusement le pacha de l'heure.

—Ils sont tous dans le hall d'entrée, je suppose. Allons-y donc!

Et le trio se mit en route tandis que Madeleine défaisait les valises du Premier ministre et replaçait de façon présentable le plat de sucreries tout en pestant contre le petit pantin. Sylvie arriva au même moment dans la suite en riant aux éclats.

—Tu n'as pas vu le bordel en bas! Jean-Noël est obligé de se taper une sérénade par un groupe de mariachis tandis qu'une chanteuse grimée lui fait la cour.

—D'où sortent-ils, ceux-là?

—J'ai cru comprendre qu'en voyant les caméras et les journalistes autour du Premier ministre, ils ont conclu que Jean-Noël était quelqu'un d'important et ils ont décidé de lui souhaiter la bienvenue à la mexicaine. Tu connais Jean-Noël dans ces cas-là. Plus croche que lui, ça s'peut pas.

—Il va être de bonne humeur quand il va remonter! Je pense que je vais prendre un bain immédiatement. Tu lui diras que je suis occupée quand il arrivera.

❏

Au premier jour de la visite officielle, Madeleine se leva tôt afin de se rendre au bureau du Québec pour prendre connaissance des nouvelles et s'assurer que les coupures de presse du matin étaient arrivées à sa chambre. La plupart y étaient. Son patron ne serait pas des plus heureux en voyant sa photo à la une — évidemment celle où il apparaissait entouré des mariachis — mais les articles n'étaient pas trop méchants. Elle commanda le petit déjeuner du Premier ministre et, grâce au groom bilingue qu'on avait assigné à la suite, elle n'eut aucun mal à se faire comprendre. À travers la grisaille polluante, elle admirait la vaste étendue du parc de Chapultepec lorsque le Premier ministre lui demanda son jus d'orange et les messages.

Il n'y en avait qu'un. L'éditeur d'un quotidien désirait parler au Premier ministre aujourd'hui même, car il avait un «conseil à lui donner».

—Tu le rappelleras toi-même, répliqua Jean-Noël Brochu. Depuis qu'il a donné la main au Président américain lors de la réception officielle au *Parlementaire*, il pense qu'il détient toute la connaissance politique. Passe-moi plutôt Antoine.

Les salutations étaient à peine terminées que le Premier ministre s'exclama:

—Pas encore ces trous de cul-là! Mais d'où sortent-ils?

En écoutant la suite de la conversation, Madeleine comprit qu'il s'agissait des *Redresseurs*. Cette fois, ils rapportaient la frustration de Patricia Gagnon qui n'avait pu rencontrer le Premier ministre avant un discours important et la rencontre organisée pour la même ministre avec les représentants de l'ONU. Dans les deux cas, on soulignait l'intervention du chef de cabinet. Jean-Noël Brochu commença donc sa journée publique d'une humeur massacrante.

Première rencontre: à la hacienda de Los Morales pour un déjeuner avec le maire de Mexico. Aux abords du lieu de réunion, un embouteillage monstre empêchait l'accès des voitures officielles. Madeleine sortit prestement de la sienne et, téléphone cellulaire à la main en guise de bâton, entreprit de débloquer l'entrée du restaurant. Jean-Noël Brochu avait des sueurs froides à la pensée que des journalistes pouvaient voir son adjointe gesticuler au milieu de la rue, mais Madeleine le rassura lorsque la voiture passa à sa hauteur.

—Ne vous inquiétez pas, avec la dénivellation du terrain, personne ne me voit. Et passez-vous un coup de peigne, il y a un grand nombre de journalistes à la porte.

En deux phrases, elle avait sécurisé et prévenu. Elle remonta dans la voiture qu'on lui avait désignée et la secrétaire mexicaine de la délégation qui l'accompagnait lui demanda:

—Êtes-vous toutes comme ça au Québec?

Avant de commencer sa réunion, le Premier ministre apostropha Madeleine.

—Tu es chanceuse que personne ne t'ait vue. Demande une escorte de police pour les autres rendez-vous.

—Monsieur Brochu, s'il vous plaît, la journée commence. Gardez vos engueulades pour plus tard. Vous savez que si je ne m'étais pas occupée de vous débloquer la route, vous manquiez votre commentaire en direct à CKAC. Cela aurait mis Tanguay en maudit pour la fin du voyage. Il a eu sa *cut* pour l'émission de Pierre Pascau et vous conviendrez avec moi que ce fut de justesse. Pour ce qui est de ma visibilité, vous savez aussi que je ne cherche jamais à attirer l'attention. J'avais prévu que je ne serais pas vue, ce qui a été le cas. Quant aux policiers, en voulez-vous en uniformes bleus ou bruns? demanda Madeleine en tournant les talons sans attendre la réponse.

Encore une fois, elle eut droit aux hauts cris du caporal de la Sûreté qui était du voyage. On lui avait précisé qu'en aucun temps il ne saurait être question d'escorte et maintenant Madeleine lui demandait, à la dernière minute, d'en organiser une avec ses homologues mexicains. Il semblait que ce fût la fin du monde. Elle eut raison de toutes les récriminations:

—Écoutez, caporal Lavigueur, pourquoi pensez-vous que le Premier ministre veut que vous soyez des voyages? Parce qu'il n'y a personne comme vous pour se revirer sur un trente sous. C'est pour cela qu'il m'a demandé de vous implorer pour réaliser ce miracle. «Il n'y a que le caporal Lavigueur pour me satisfaire», m'a-t-il dit. Alors, je vous transmets ses espérances.

Subjugué par le pieux mensonge, René Lavigueur, du haut de ses deux mètres, partit à la recherche d'une solution et Madeleine se dit que plus le mensonge était gros, plus le rendement était efficace.

La rencontre avec le maire Camacho Solis fut suivie d'une conférence de presse impromptue dans le hall de la hacienda. Jean-Noël Brochu esquiva habilement les questions tendancieuses et on se remit en route pour le prochain rendez-vous au bureau du président de la Commission fédérale d'électricité. Cette rencontre avec des représentants d'un organisme gouvernemental s'occupant d'énergie plaisait au Premier ministre puisqu'on devait y signer un contrat de services entre le Mexique et le Québec. Bien que l'attente médiatique fût grande, le tout débuta de façon rocambolesque.

L'escorte policière n'étant pas encore arrivée et le délégué général étant tout à sa conversation privée avec le Premier ministre, personne ne remarqua que le chauffeur prenait la mauvaise direction. On se retrouva dans un embouteillage monstre. Plus rien n'avançait sur le Periferico et tout le beau monde du cortège, Premier ministre et délégué général en tête, dut quitter les voitures pour entreprendre de traverser la voie rapide par le pont surplombant l'autoroute entre l'hôtel *Radisson* et le centre commercial Perisur. Le Premier ministre se voulait blagueur, mais il contenait une rage dévastatrice. Les journalistes en profitaient pour émettre des commentaires persifleurs: «On espère que vous savez mieux votre chemin au Québec»; «Heureusement que vous n'avez pas d'ambition politique au Mexique. Le chemin serait tortueux»; «Est-ce que ce détour est voulu parce que les derniers points du contrat ne sont pas réglés?»

De l'autre côté de la voie rapide, on prit une douzaine de taxis Volkswagen afin de se rendre à Coyoacan. Ralf Noseworty trouva le moyen de quitter sa voiture avant le Premier ministre et eut droit à des prises de vue inhabituelles d'un chef de Gouvernement se dépliant tant bien que mal de la minivoiture. Mais la partie n'était pas encore jouée et les voitures nolisées avaient déjà quitté les lieux quand on s'aperçut qu'on était du mauvais côté de l'édifice. Les journalistes s'esclaffaient, le délégué général évitait le Premier ministre, Georges Pineault soufflait de plus en plus fort à chaque pas et Madeleine se préparait à éponger la colère de son patron qui se crispait à vue d'œil.

Une fois à destination, on dut chercher le bureau parce que le comité d'accueil, avisé de l'arrivée des visiteurs québécois par l'arrière de l'édifice, s'était dirigé vers l'autre côté de l'immeuble. Jean-Noël Brochu n'en pouvait plus. Il s'engouffra derrière la première porte marquée «Caballeros» en espérant que la situation serait rétablie à sa sortie. Il fut exaucé. Madeleine le prit en charge et l'amena directement vers le président de la CFE, maintenant revenu à son poste initial.

La réunion fut agréable et un Jean-Noël Brochu rayonnant signa sans anicroche une entente bipartite devant les caméras. Mais le ciel lui retomba vite sur la tête. Un immense arrangement floral irritant ses yeux, au moment de l'échange des cadeaux, le Premier ministre échappa l'arbre de vie qu'on lui remettait. Le présentateur mexicain prit sur lui cette gaucherie et la cérémonie se termina par des excuses de part et d'autre.

Au sortir de la rencontre, Madeleine évitait systématiquement de se trouver dans le champ de vision de son patron. Mal lui en prit puisqu'il la fit venir pour qu'elle voyage avec lui dans la même voiture. Elle alla à reculons vers la tempête tandis que les autres membres du cortège l'enviaient de pouvoir partager l'intimité du Premier ministre.

Ce qu'elle avait pressenti ne tarda pas:

—Comment as-tu pu permettre cela?

Encore une fois, Jean-Noël Brochu ne faisait pas de discernement. Il lui fallait une échappatoire et Madeleine, comme d'habitude, était la victime toute désignée.

—Tu n'aurais pas pu vérifier la route?

Comme si elle s'y reconnaissait dans le labyrinthe mexicain!

—Comment se fait-il que tu ne savais pas où était l'entrée principale?

Cette réplique n'était pas nouvelle, mais la suivante la déconcerta:

—Comment se fait-il que tu m'aies laissé échapper le cadeau?

Madeleine hésitait entre la réplique, le fou rire et le silence. Elle opta pour la dernière solution. Cela ranima le Premier ministre.

—Penses-tu que je t'amène avec moi pour que tu t'amuses? Ne pourrais-tu pas être plus professionnelle? Tu sais combien les images à la télévision sont importantes pour moi. Puis-je te demander bien humblement de faire en sorte qu'il n'y ait plus de problème?

Et comme la voiture s'arrêtait à un feu de circulation, il lui lança:

—Sors de la voiture et demande à Denis de venir.
Je suis fatigué d'être entouré d'amateurs.

Sans en demander plus, Madeleine sortit du véhicule et échangea de très bonne grâce sa place avec Denis. Elle avait les moyens de contourner un des problèmes. Elle s'assurerait qu'il n'y ait plus de fleurs
dans l'entourage immédiat du Premier ministre en affirmant qu'elle devait être aux côtés de son patron en
tout temps et qu'elle souffrait de violentes crises
d'asthme, s'il y avait des fleurs. Les Mexicains lui en
voudraient de défaire leur présentation, mais au
moins les yeux de Jean-Noël Brochu ne souffriraient
plus. Pour ce qui est des routes et des édifices, elle re-
parlerait au caporal Lavigueur afin de savoir pourquoi le travail d'éclaireur n'avait pas été mieux fait.
Mais elle connaissait d'avance la réponse: «Tout est
correct. Si tu nous avais laissé avoir une escorte policière la première journée, on se serait rendu. Mon gars
a fait son travail mais, avec l'embouteillage, il ne nous
était plus possible d'avancer.» Et elle en aurait pour
dix minutes de discussions sur l'efficacité des forces
policières et l'incompétence tactique des politiciens.

Afin d'éviter des problèmes de fatigue causés par
l'altitude de Mexico, rien d'officiel n'avait été prévu
durant l'après-midi. Madeleine aurait aimé partir à la
découverte de la ville mais, comme toujours, elle était
prisonnière de son travail. Jean-Noël Brochu restait à
l'hôtel et il lui fallait en faire autant. Elle n'aurait pas
la chance de voir les pyramides, les murales de Diego
Rivera et le Zocalo, visites au programme des journalistes et des accompagnateurs. Elle tenta sans succès
de rejoindre Jean. Le Premier ministre lui avait dit
qu'il désirait qu'elle reste avec lui parce qu'il avait de
nombreux appels à placer mais, pour le moment, il

dormait. Elle reprit donc le tricot qui la suivait depuis une semaine.

Dans la soirée, il y eut une réception officielle à la résidence du délégué général, qui, en présence du Premier ministre, rayonnait d'importance en accueillant les invités. Madeleine se tenait à l'écart, de l'autre côté de la haie d'honneur, à vue d'œil de Jean-Noël Brochu qui ne manqua pas de lui faire un signe habituel. Madeleine comprit.

—Monsieur le délégué, auriez-vous l'amabilité de me suivre? Vous avez un appel important du Québec.

Une fois seule avec Claude Lamontagne, elle lui demanda poliment de faire plus vite dans les présentations, car le Premier ministre devrait peut-être quitter tôt pour participer à une conférence téléphonique avec son directeur de cabinet et quelques ministres. Il n'en était rien, mais il fallait activer l'entrée des invités, car Jean-Noël Brochu abhorrait cette tâche et menaçait de quitter tout simplement la haie d'honneur. Le délégué général, comme tous les autres délégués dans le même cas, plaida que ses invités étaient très importants et qu'un mot du Premier ministre allait permettre la réalisation de contrats très avantageux. Madeleine connaissait la rengaine. Elle commençait même ses répliques habituelles avant la fin de la phrase de son interlocuteur.

—Je vous dis ce qu'il est préférable de faire, conclut Madeleine. Si vous persistez, je devrai demander au Premier ministre d'abandonner sa place à la porte d'entrée.

Claude Lamontagne retourna aux côtés du chef du Gouvernement en maudissant intérieurement Madeleine. Quinze minutes plus tard, l'adjointe du Premier ministre passa aux actes. Son patron lui souffla un «Ce n'était pas trop tôt!» sans remerciement et le délégué général lui glissa un «Merci pour l'aide» plutôt sarcastique. Jean-Noël Brochu se retira dans un coin avec Denis Cantin, soi-disant pour régler un problème gouvernemental, et Madeleine tenta d'échapper au représentant du Gouvernement à Mexico. Ce fut peine perdue.

—Mais pour qui vous prenez-vous? lui lança le délégué général. Le Premier ministre n'est pas votre propriété exclusive. Ici, nous, on travaille, au cas où vous ne le sauriez pas. C'est toujours votre problème à vous, gens du bureau du Premier ministre. Vous voulez le garder pour vous et vous le coupez de ses autres collaborateurs. Au Mexique, ça prend un mot du Premier ministre pour faire débloquer des contrats. Mais cela, ça ne vous préoccupe pas. Tout ce que vous voulez, c'est que votre Premier ministre passe le moins de temps possible avec d'autres personnes que vous.

Bien que quelques-uns de ses arguments étaient excessifs, Madeleine savait que le délégué général visait juste avec certaines de ses remarques. Mais elle se devait à Jean-Noël Brochu et elle servit le *smash* final.

—Monsieur le délégué, si vous n'êtes pas satisfait de mes décisions, parlez-en au Premier ministre.

Sur le chemin du retour, Jean-Noël Brochu informa Madeleine.

—Le délégué général est venu se plaindre de ta conduite, lui avoua-t-il.

—Et comme d'habitude vous lui avez répondu que vous verriez à ce que je me corrige et l'avez remercié pour l'information, tout en lui affirmant que si vous aviez su, vous seriez resté avec grand plaisir près de lui, enchaîna Madeleine.

—Comme d'habitude.

Le dialogue se termina par un sourire de Jean-Noël et une grimace de Madeleine. De retour à l'hôtel, Alexandrine attendait à la porte de la chambre du Premier ministre, qui n'était pas d'humeur à faire des mondanités.

—Cher Premier ministre! vous avez été égal à vous-même ce soir, tout simplement sublime. On voit que c'est une seconde nature chez vous que d'accueillir les gens. Vous ne vous lassez jamais de fréquenter le grand monde. Si vous le permettez, j'aurais une demande très particulière à vous formuler, cher Premier ministre.

Jean-Noël Brochu coupa court au babillage d'Alexandrine:

—Voyez donc Madeleine, j'ai des documents urgents à signer.

Et sans même saluer, il laissa Alexandrine et Madeleine en plan. L'attaque protocolaire commença aussitôt.

—Chère Madeleine, je sais que vous me prêterez une oreille attentive pour ce sujet de la plus haute importance. J'ai fait la connaissance, ce soir, d'un ingénieur mexicain on ne peut plus charmant, qui se trouve, par hasard, être le voisin du palais présidentiel.

—Mais, qu'est-ce que vous racontez? Le Premier ministre s'est rendu à Los Pinos. Il n'y a pas de voisin.

—J'ai sans doute mal saisi son français hésitant. De toute façon, j'en suis certaine, il a ses entrées au palais présidentiel.

—Alexandrine, vous n'avez pas encore réalisé que tous les gens que nous avons rencontrés ce soir étaient ingénieurs ou docteurs et que la plupart d'entre eux ont trouvé moyen de glisser dans la conversation qu'ils avaient leurs entrées au palais présidentiel.

—Vous ne pensez quand même pas qu'on m'a bernée? Mon ingénieur est un homme important. Ça se voit au premier coup d'œil. Il a d'ailleurs eu la politesse d'annuler ses rendez-vous de la matinée pour un petit déjeuner en compagnie du Premier ministre.

—Quoi? Vous blaguez?

—Il ne saurait en être question, chère Madeleine. Je suis quand même une femme de perspicacité et je sais prendre une initiative quand il en est temps. Pour le bien du Québec, je sais qu'il est utile que notre cher Premier ministre rencontre cet homme.

—Alexandrine, il ne saurait en être question. Monsieur Brochu a d'autres occupations demain matin.

La directrice du protocole perdit ses moyens. Les larmes aux yeux, la voix tremblante, elle soupira avant de s'éloigner:

—Pauvre Madeleine, les subtilités de la vie protocolaire vous échapperont toujours. J'organiserai donc le déjeuner avec notre cher délégué.

Le lendemain, Madeleine s'occupait comme toujours à trier les coupures de presse quand le délégué sonna à sa porte.

—Je m'excuse de vous déranger, madame Pilon. Il y a un déjeuner prévu avec un ingénieur qu'a rencontré hier la directrice du protocole. Mais je ne comprends pas. Nous nous étions entendus pour huit heures et nous attendons madame de Van der Bourg depuis une demi-heure.

Surprise, presque inquiète, Madeleine rassura le délégué et lui répondit qu'elle se chargeait de retracer sa collègue. Elle se précipita chez le directeur de l'hôtel et se procura un passe-partout. Accompagné d'un membre du service de sécurité, elle alla frapper à la porte d'Alexandrine. Pas de réponse. Curieuse, elle prit l'initiative de faire tourner la clef dans la serrure. La porte était à peine entrebâillée que déjà une forte odeur aux relents non équivoques la frappa en plein nez. Elle sut sur-le-champ que la directrice du protocole connaissait des problèmes passagers de santé. Elle se retourna en gardant difficilement son sérieux et dit simplement:

—Auriez-vous l'amabilité d'informer le délégué que madame de Van der Bourg a des occupations urgentes, qui la retiendront pour la journée.

❑

Les deuxième, troisième et quatrième jours du voyage se déroulèrent cahin-caha. Des contrats furent signés mais les journalistes, fatigués d'être à la remorque des traducteurs, faisaient des comptes rendus dilués. La piètre qualité du système téléphonique mexicain ajoutait aux problèmes de Madeleine.

La pollution et l'altitude eurent peu à peu raison des Québécois. Des journalistes qui mettaient les bouchées doubles en fait de travail et de loisirs, connurent des ennuis de santé. Leurs globules rouges ne parvenant pas à se multiplier, ils furent pris de maux de tête, d'étourdissements et de nausées. Les quelques autres toujours actifs étaient continuellement à l'affût des ratés. Le Premier ministre, de son côté, surveillait à distance les sondages et Madeleine ramassait les remontrances. Quant à Claude Lamontagne, il aurait fallu un puissant désintégrateur d'ego pour le ramener sur terre.

L'avant-dernier jour du voyage officiel, Sylvie prit un vol régulier pour retourner au Québec. Madeleine essaya de persuader le Premier ministre de la laisser partir elle aussi, mais ce fut peine perdue. Elle fit le voyage de retour à bord de l'avion gouvernemental. Durant l'envolée, le Premier ministre ne se priva pas pour blâmer ouvertement sa secrétaire du succès mitigé du voyage. Denis et Georges Pineault écoutaient, l'air conquérant, le bavardage de leur patron et rêvaient que, peut-être, un jour, l'adjointe du Premier ministre serait souvenir du passé. Curieusement, Madeleine désirait la même chose qu'eux.

Chapitre six

À la mi-octobre, le chef du Gouvernement ne convoqua pas l'Assemblée nationale de gaieté de cœur. Son Parti ne remontait pas la côte dans les sondages et le mécontentement de la population se cristallisait autour de son équipe. Pour conjurer le mauvais sort, Jean-Noël Brochu opéra un mini-remaniement ministériel. Rien n'y fit. Les nouveaux ministres n'étaient pas ceux du premier choix et les ministres déplacés n'avaient pas nécessairement obtenu le poste convoité.

Quant à l'incendie de Saint-Télesphore, deux mois plus tard, on en était toujours au même point, c'est-à-dire avec rien de nouveau. «L'enquête suit son cours», affirmait régulièrement le porte-parole de la Sûreté du Québec. Cela ne rassurait pas la population, qui craignait une autre catastrophe. L'Opposition demandait à grands cris une commission d'enquête, mais le Premier ministre évitait de tomber dans le piège et se murait derrière l'enquête policière.

Une forme d'hystérie s'installait. Il suffisait qu'un médecin parle publiquement de symptômes d'irritation des muqueuses et de la peau, ou des voies respiratoires supérieures, pour qu'aussitôt il y ait recrudescence de patients aux urgences des hôpitaux. Pour

ajouter à l'imbroglio, les spécialistes consultés diver-
geaient d'opinions et les quotidiens ne se lassaient pas
de publier différentes études quant aux effets cancéri-
gènes à long terme d'une exposition aux BPC.

Utilisant le fanion de l'écologie, les représentants
des Premières nations se mirent à revendiquer des ter-
rains comme réserves de chasse. Le ministre des Affaires autochtones, Jimmy Lebeau, Montagnais de
descendance, tenta tant bien que mal de ménager la
chèvre et le chou. Le résultat? Ses concitoyens le trai-
tèrent publiquement de «vendu» et de «lâche» tandis
que ses confrères, hors des caméras, l'appelaient le
«faiseux de paniers manqué». Il n'y avait pas d'issues
possibles pour le pauvre ministre que Jean-Noël Brochu suppliait de ne pas tout laisser tomber. Entre l'op-
probre public de son peuple et les commentaires mal-
veillants de ses confrères, Jimmy Lebeau choisit de se
rallier ouvertement à la cause des Premières nations,
tout en informant secrètement Antoine Lacasse des
projets de revendications et de manifestations dont il
avait eu vent. Cela aida le cabinet du Premier ministre
mais, après deux semaines de ce jeu, Jimmy Lebeau se
retrouva à l'hôpital dans un état d'épuisement total.
Ses confrères se mirent donc à accuser les chefs des
Premières nations d'avoir brisé leur «exceptionnel
confrère» par leurs revendications puériles et les chefs
des Premières nations à accuser les membres de l'Assemblée nationale d'avoir anéanti un des leurs par
leur incompréhension et leur entêtement.

Pour ajouter à la pagaille, Germain Beaumont,
ministre du Commerce extérieur, choisit le même
moment pour présenter trois fois sa démission et
menacer de rendre publique sa décision. Ce n'était
rien de nouveau de sa part. Il démissionnait régulièrement toutes les cinq ou six semaines, selon que l'on
acceptait ou non ses idées. Mais cette fois-ci, le moment

choisi était on ne peut plus inapproprié. Jean-Noël Brochu dut se taper deux soirs de suite des soupers interminables avec son ministre récalcitrant. Ce n'était pas que le Premier ministre aimait traîner à sa remorque un individu instable, mais Jean-Noël Brochu jugeait que ce n'était pas le moment de sacrifier Germain Beaumont. Il demanda à son chef de cabinet de faire en sorte qu'une mission commerciale spéciale se rende au Japon dans les plus brefs délais et il suggéra personnellement à son ministre du Commerce extérieur de faire précéder son voyage officiel de vacances bien méritées. En privé, le Premier ministre confia cependant à son chef de cabinet:

—J'en ai ras le bol des démissions mensuelles de Beaumont. Vérifie quand ce serait le meilleur temps pour accéder à sa demande, puis s'il le faut, provoque la situation.

—Soupe au lait comme il est, ça ne sera pas difficile de manœuvrer avec Germain. Tu me fais signe quand tu veux et j'enclenche. Mais en attendant, qu'est-ce qu'on fait avec Fernand Maisonneuve et Julie Fortin?

Au rappel de cette chicane de clocher, le Premier ministre s'exclama: «Ah! les trous de cul de bébés!» En fait, la situation était tellement enfantine que Jean-Noël Brochu ne savait comment réagir. Le président du Conseil du trésor bloquait un projet de réforme de la ministre des Affaires internationales sous prétexte qu'il manquait de détails. Julie Fortin avait beau téléphoner à son confrère, lui écrire et essayer de l'approcher pendant les périodes des questions, il s'esquivait sans cesse. Il prétendait lui avoir déjà plus d'une fois répété les motifs de son refus. De son côté, Julie Fortin soutenait le contraire.

—Écoute, convoque-les à mon bureau cet après-midi, trancha finalement le Premier ministre. Tu les avises formellement que, si d'ici la fin de la journée, ils n'en sont pas parvenus à une entente, je les démets tous les deux.

—Qui vas-tu mettre à leur place?

—Ne t'inquiète pas. Donne-leur moins d'une heure et le problème qui traîne depuis bientôt trois semaines va être réglé. C'est une chose d'être têtu, mais c'en est une autre de perdre un ministère. Il y a peu de principes qui tiennent devant la possibilité de se retrouver *back-bencher*.

Une heure après leur arrivée au bunker, ce fut l'harmonie totale entre les deux ministres. Non seulement la ministre des Affaires internationales annoncerait sa réforme en deux jours, mais son «éminent confrère» du Conseil du trésor proclamerait lui-même une partie des changements majeurs qui touchaient, comme par hasard, des industries de pointe de sa circonscription. Ce problème était à peine casé que l'attention du Premier ministre dut se porter sur les Haïtiens.

Un coup d'État était survenu en Haïti. Le Premier ministre en avait profité pour se montrer en public aux côtés de sa ministre des Communautés culturelles et de l'Immigration, elle-même de descendance haïtienne, pour exprimer sa «profonde sympathie pour ce peuple déjà si lourdement éprouvé à la suite d'un récent raz-de-marée» et souligner «l'apport monétaire du Québec à cette occasion». Mais voilà qu'un beau matin, un navire marchand péruvien qui avait fait escale à Haïti débarqua dans le port de Montréal un groupe de cinq cents ressortissants haïtiens qui demandaient le statut de réfugiés.

—De toutes les *gangs* d'importés, fallait que ça tombe su' des nèg'es! Pis en plus on est poigné avec la Dieudonné comme ministre! Moi, des situations comme cela, ça me donne l'argument idéal pour souhaiter la restauration des donjons!

Il y avait bien peu pour calmer le Premier ministre. Passe encore d'envoyer de l'argent et des secours matériels, mais de là à en recevoir cinq cents chez soi, il y avait une décision politique litigieuse à prendre. Depuis quelque temps, SOS-Racisme dénonçait quotidiennement des cas de racisme envers la communauté noire de Montréal. De leur côté, les groupes de citoyens s'impatientaient de plus en plus contre les minorités visibles et les altercations verbales et physiques augmentaient. Le problème du racisme à Montréal devenait une dangereuse bombe à retardement et aucun gouvernement ne désirait se mêler de la question. L'impact de la situation actuelle allait démasquer la profondeur de l'hypocrisie politique.

—Des imbéciles! Non, mais ça prend rien qu'un groupe d'imbéciles latins pour nous débarquer une *gang* d'imbéciles noirs!

—Georges, surveille tes propos, Martha Dieudonné va arriver d'une minute à l'autre, avertit le Premier ministre.

—Moi, si elle arrive avec son costume de vaudou pis ses gris-gris, j'attrape la danse de Saint-Gui! Il va falloir me mettre en laisse! d'ajouter, trivial, Denis Cantin en mettant la main sur son appareil téléphonique afin que son interlocuteur n'entende pas le commentaire.

—À qui parles-tu, pour l'amour du ciel, Denis? demanda Jean-Noël Brochu.

—J'ai en attente la réceptionniste de l'entrée principale. Elle va m'avertir quand Martha Dieudonné va arriver.

—Lâche ton téléphone. C'est inutile. Tu sais bien que Madeleine va nous aviser de l'arrivée de Martha.

Penaud comme un enfant à qui on enlève son toutou préféré, Denis Cantin rangea l'appareil dans la poche de son veston après avoir vérifié s'il fonctionnait.

Madeleine entra sur ces entrefaites et annonça la ministre des Communautés culturelles.

—Est-ce qu'elle s'en vient nous jeter un sort avec des poupées vaudoues ou bien est-ce qu'elle braille comme une pauvre femme? demanda, persifleur, Georges Pineault.

—Vous n'avez pas assez d'être racistes. En plus, il faut que vous soyez misogynes, commenta Madeleine avant de faire entrer Martha Dieudonné.

Digne, aguerrie, la ministre n'était pas sans deviner les propos que ses interlocuteurs avaient dû tenir avant sa venue. Aussi les salua-t-elle de façon directe.

—Comme vous le voyez, je vous apparais en parfaite Québécoise. Je crois tellement à votre bonne foi que je n'ai apporté aucune amulette.

Sa repartie décontenança tout le monde sauf le Premier ministre.

—Ne serait-ce que pour faire plaisir à la fille de Georges, il aurait été bon que tu lui apportes une poupée vaudou avec des aiguilles blanches. Elle aurait pu nous aider à trouver une solution au problème actuel, plaisanta ce dernier.

Georges, Antoine et Denis abondèrent dans le même sens et Martha Dieudonné en profita pour lancer à brûle-pourpoint sa suggestion.

—J'ai pensé que pour montrer de façon tangible la sympathie des Québécois à la cause de mon peuple, des familles pourraient se porter parrains des Haïtiens retenus sur un bateau péruvien depuis maintenant cinq jours.

—C'est une suggestion très valable, commenta le Premier ministre, tout heureux à l'idée de pouvoir refiler la décision d'accepter ces nouveaux immigrants aux familles québécoises.

—J'ai pensé que cette option vous plairait, ajouta Martha Dieudonné. Aussi, je vais la rendre publique dès cet après-midi en conférence de presse. Mais, afin de donner de l'envergure à ce geste, j'aimerais que vous acceptiez d'être le premier parrain officiel.

Le seul bruit que l'on entendit dans la pièce fut celui de quatre hommes qui avalaient leur salive en même temps tandis que quatre paires d'yeux se portaient vers le Premier ministre.

—C'est un honneur que je dois refuser, Martha. Pense que je créerais un dangereux précédent. Il me faudrait sous peu parrainer un Hindou, un Sénégalais, un Italien, un Russe et cela ne s'arrêterait jamais. Non, il vaut mieux que ce soit toi qui donnes l'exemple. Tu es Haïtienne. Tu es ministre. Et, en plus, c'est ton idée. Non, aussi heureux que je serais d'acquiescer à ta demande, j'ai malheureusement les mains liées et je me dois de décliner ton offre.

Martha ne s'était pas vraiment attendue à ce que le Premier ministre accepte sa proposition, mais elle avait estimé qu'elle devait la faire afin de mettre son plan «B» en œuvre.

—Je comprends votre juste réticence, monsieur le Premier ministre, et je la respecte, mais peut-être qu'Antoine ou Georges ici présents pourraient donner l'exemple.

Antoine n'aurait peut-être pas dit non à accueillir une jeunette noire dans son lit pour un soir mais de là à poser un geste public, il y avait un ravin infranchissable. Quant à Georges, il ne se voyait tout simplement pas jouant les «mononques» avec une famille de *nègres*. Bien sûr, sa femme était d'origine latino-américaine, mais au moins sa peau avait la même couleur que la sienne.

—Je te laisse discuter de cela avec eux, s'empressa de dire le Premier ministre. Je dois vous quitter parce que d'autres rendez-vous m'attendent.

Trop heureux de s'en être sorti, Jean-Noël Brochu n'avait aucune pitié pour ses collaborateurs aux prises avec la ministre.

—Est-ce que tu as besoin de moi? s'entendit-il offrir de la part des deux hommes visés.

—Non, vous pouvez prendre tout votre temps.

Le Premier ministre était sans merci et il laissa Antoine et Georges en plan. Denis Cantin ne demanda pas son dû et suivit le chef du gouvernement hors de la salle des tortures.

—S'ils sont capables de tenir tête à la négresse, je les augmente! commenta Jean-Noël Brochu une fois la porte refermée.

—C'est vous qui méritez une augmentation, *boss*, ajouta Denis. Vous l'avez *knockée* en moins de deux.

❑

Pour un réveil brutal, c'en fut tout un.

—On est aux prises avec un problème de drogue! lui lança Jean-Noël.

Elle vérifia l'heure. À peine sept heures trente. Après l'arrivée du bateau des Haïtiens dans le port de Montréal, Madeleine pensa que la présence d'autorités policières à cet endroit avait permis la découverte d'un chargement de drogue.

—Je n'ai pas encore écouté les nouvelles à la radio, qu'est-ce qui se passe? demanda-t-elle entre deux bâillements.

Son patron lui répondit sur un ton à la rendre presque coupable:

—Yvon Girard vient d'être arrêté!

Madeleine pensa qu'il s'agissait d'un homonyme du ministre des Finances. Elle ne voyait pas du tout le ministre, qui ne fumait même pas la cigarette, en train de consommer du haschisch dans un fond de cour ou de se piquer à l'héroïne dans une chambre d'hôtel minable. Mais elle oubliait qu'il existe des drogues de riches.

—Yvon a acheté de la coke d'un agent provocateur de la GRC!

—Il aura voulu se sentir plus puissant, plus intelligent, répondit-elle. Il y a des gens qui ne savent pas où s'arrêter dans leur course au pouvoir. Ils en désirent toujours plus et, par ambition mal placée, ils consomment des drogues telle la cocaïne.

—Si tu en sais autant, peux-tu me dire ce qu'on va faire? demanda le Premier ministre, impatient.

Madeleine avait lu sur le sujet. Les généralités, les analyses de cause et d'effet, elle pouvait élaborer. Mais quant à l'attitude à prendre, elle hasarda:

—Avez-vous parlé à sa femme?

Son patron n'en était pas à la sympathie:

—Madeleine, je t'en prie! Si sa femme n'a pas été capable de le retenir à la maison, comment penses-tu qu'elle pourra aider le Gouvernement à sortir de cette mauvaise passe? Il y a des fois où je me demande sérieusement si tu saisis toute la dimension de mes responsabilités!

—Votre responsabilité, présentement, monsieur Brochu, devrait en être une de sympathie pour Yvon. Il y a des gars bien pires que lui à la tête de certains ministères. Ne me demandez pas des noms, vous les connaissez aussi bien que moi. Vos responsabilités politiques, je les connais très bien, monsieur Brochu. Mais vos responsabilités humaines, je les cherche encore.

—Oh! laisse tomber les sermons. Mets-moi Antoine en ligne! commanda-t-il sur un ton qui n'appelait aucune réponse.

Les groupes de lutte anti-drogue profitèrent de cette arrestation spectaculaire pour souligner le problème et, contre toutes les attentes du Premier ministre, Yvon Girard eut droit à un vif sentiment de sympathie. Le communiqué de presse officiel émis par les bons soins de Georges Pineault alla dans le sens de la majorité:

> Le Premier ministre du Québec désire faire part de sa plus grande compassion à l'adresse de M. Yvon Girard et de sa famille et tient à l'assurer de son soutien amical. C'est avec regret que le chef du Gouvernement a accepté la démission du ministre des Finances.
>
> M. Rémy Paquet assumera désormais les fonctions de ministre des Finances. Un communiqué sera émis ultérieurement.

Sur la Grande-Allée et dans les milieux d'affaires, les commentaires allaient bon train.

Ces conflits internes gaspillaient beaucoup l'énergie du Premier ministre et la nervosité ainsi créée se reflétait sur les autres membres du Cabinet. En plus de l'insatisfaction populaire, le Premier ministre subissait l'amertume de ses propres collaborateurs. Il n'était pas habitué à cette situation. Son charisme, qui l'avait toujours servi auparavant, affichait des manques létaux. Au bunker, on commençait à douter du chef. Les confidences complices foisonnaient entre suppôts du pouvoir. L'équipe s'effritait et le groupe se réclamant des *Redresseurs* alimentait régulièrement la presse de secrets politiques. À tour de rôle, tous les principaux conseillers au Cabinet même du Premier ministre furent soupçonnés d'être un *Redresseur*. Ce n'était rien pour améliorer le climat. Puis une interpellation lors d'une période de questions jeta une douche froide sur le PSEQ.

Marie Vigean, critique de l'Opposition en matière de travaux publics, posa une question en apparence anodine au ministre responsable. Elle voulait savoir quelle compagnie avait obtenu le contrat de réfection de l'autoroute 20 à la hauteur de Drummondville. Pierre Ledoux, ministre, prit la question en délibéré et lui répondit, deux jours plus tard, en citant un tas de documents de soumissionnaires et de fonctionnaires. Marie Vigean écouta, désinvolte, la réponse.

—Monsieur le Président, demanda-t-elle, selon la coutume qui veut que l'on s'adresse au Président de l'Assemblée pour poser une question ou y répondre, l'Opposition aimerait savoir si la soumission retenue fut bien celle de la compagnie Pickett en date du 11 juin?

—En effet, monsieur le Président, répondit Pierre Ledoux.

—Monsieur le président, le ministre peut-il nous assurer que cette soumission est bien la plus basse des soumissions reçues?

—Oui, monsieur le Président, cette soumission est la plus basse. D'ailleurs, madame la députée peut vérifier le tout dans les documents que je dépose à l'Assemblée nationale aujourd'hui, soit une copie de l'appel d'offre, la liste des trois soumissionnaires retenus et copies de leurs devis.

—Monsieur le Président, je remercie le ministre pour le dépôt de ces documents, mais j'aimerais aussi que soit déposée copie de la première soumission de la compagnie Pickett, soit celle remise deux semaines avant l'étude définitive des devis.

Au milieu des «oh!» des «ah!» et des «Votre jeu est découvert!», Marie Vigean continuait avec l'ébauche d'un sourire et la voix haute.

—Pour bien me faire comprendre, monsieur le Président, je voudrais que le ministre des Travaux publics dépose ici, en chambre, copie de la première soumission de la compagnie Pickett, c'est-à-dire celle remise avant que son propriétaire soit invité à baisser ses frais pour se classer plus bas soumissionnaire.

Devant les hauts cris de part et d'autre de l'Assemblée nationale, le Président appela plusieurs fois à l'ordre. Le ministre interpellé bredouilla:

—Monsieur le Président, j'affirme de mon siège que la soumission, dont je dépose aujourd'hui copie devant vous, est la seule et unique soumission de la compagnie Pickett.

Pierre Ledoux se rassit en jetant une œillade craintive vers son Premier ministre.

L'interrogatrice ne lâchait pas.

—Monsieur le Président, je voudrais demander au ministre de bien vouloir vérifier si son affirmation est véridique.

—Je n'ai pas à vérifier, monsieur le Président, l'étude des devis a été faite conformément aux lois. Madame la députée a la frustration facile.

La période des questions était à peine terminée que Georges Pineault, fidèle à sa réputation, arpentait les corridors du bunker en clabaudant.

Il s'arrêta en pleine vocifération en apercevant Madeleine qui raccompagnait vers la sortie Michel David, journaliste au *Soleil*. Le scribe fut prompt.

—Y a-t-il quelque chose qui cloche au ministère des Travaux publics?

L'attaché de presse s'enferra malhabilement:

—Non, c'est Denis qui m'a perdu un document.

—La copie de la première version du devis de Pickett? enchaîna Michel David.

—Non, pas celle-là. Un texte de nomination.

Le journaliste fut encore plus rapide:

—Si je saisis bien la réponse, tu ne démens pas l'existence d'une autre version que celle déposée aujourd'hui par Pierre Ledoux?

Et sans attendre la réponse de Georges Pineault, il quitta l'enceinte des bureaux du Premier ministre pour descendre quatre à quatre les escaliers. Georges

Pineault, perplexe, s'en prit à Madeleine avec véhémence.

—J'espère que tu es contente. Si on a des problèmes, ce sera à cause de toi. Qu'est-ce que tu avais d'affaire à recevoir un journaliste sans m'en aviser? Tu sauras, Madeleine Pilon....

—Un instant, Georges Pineault. Je n'ai rien à voir dans ta bévue. Si tu veux gueuler, *patch* ta poupée gonflable et défoule-toi dessus. Michel David ne venait pas me voir. Il avait rendez-vous avec toi, mais tu n'étais pas à ton bureau. Il est passé par le mien en partant. Je ne suis pas souvent de ton avis, Georges, mais, cette fois, tu as vu juste. Nous allons avoir des problèmes.

La réplique de Madeleine porta et, sans répondre, l'attaché de presse tourna les talons et se retrouva face au Premier ministre qui revenait de l'Assemblée nationale. Sans même regarder Madeleine, Jean-Noël Brochu demanda un Perrier et somma Georges de venir à son bureau en proclamant:

—Encore une maudite *game*.

La rencontre entre le Premier ministre et ses adjoints se poursuivit durant deux bonnes heures. Personne ne voulait être responsable, tous essayaient tant bien que mal de minimiser le problème.

—Je connais David, il ne va rien écrire, dit Georges Pineault.

—Peut-être qu'il n'aurait rien écrit il y a deux ans, quand nous menions dans les sondages, mais là, la vapeur a reviré de bord, répliqua Antoine.

—Tu ne pourrais pas lui promettre un scoop? se hasarda le Premier ministre.

La sueur trempait la chemise de Georges Pineault. L'attaché de presse bredouilla qu'il ne pouvait se servir de cette monnaie d'échange dans ce dossier épineux parce que la dernière fois qu'il avait promis une exclusivité à Michel David, il n'avait pas tenu parole. Il persévéra plutôt à maintenir que le journaliste n'allait probablement pas donner suite à une conversation anodine, et les autres participants continuèrent à s'évanouir devant la décision à prendre. Aucun conseiller ne voulait se voir accusé ou accuser l'autre. La discussion tournait en rond, personne n'ayant le courage d'opter pour une solution radicale. Madeleine, qui servait une eau minérale à son patron, leur lança:

—Messieurs, vous saurez que la science médicale a fait des progrès énormes. Des couilles, ça se greffe!

❑

Le lendemain de cette nouvelle bombe politique, Madeleine paraphrasa son collègue des communications en apportant les journaux au Premier ministre.

—Un imbécile! Non, mais ça prend-tu un imbécile!

—Ça ne doit pas être très, très joli, se hasarda Jean-Noël Brochu.

—Pour la presse, oui. Pour nous, dévastateur. Il n'y a rien de dithyrambique dans les journaux aujourd'hui. David n'allait pas laisser passer une aussi belle occasion de nous vilipender. C'est évidemment à la une: «L'attaché de presse du Premier ministre ne nie pas l'existence d'une première version du devis de la compagnie Pickett.» L'article fait quatre colonnes et on y parle fatalement de l'enquête sur les BPC qui n'aboutit toujours pas du côté de la SQ. C'est un beau maëlstrom de scandales. Un imbécile! Non, mais ça prend-tu un imbécile! renchérit Madeleine.

—Ça suffit! Georges a beaucoup de pression sur le dos. Il n'a pas affirmé à David qu'il existait une copie cachée du devis. Tout ce que David a fait, c'est sauter aux conclusions sans effectuer de vérifications sérieuses. Alors, arrête de faire la grébiche et épargne-moi tes commentaires. Je te conseille de radoucir ton jugement et de le garder pour toi. J'ai encore besoin de Georges et je ne vais pas le sacrifier.

—Monsieur Brochu, je n'ai jamais colporté quoi que ce soit sur quelque membre de votre entourage en dehors de votre présence et je ne vais pas commencer aujourd'hui.

En quittant la pièce, l'adjointe frustrée ajouta, incisive:

—Quant à David comptez-vous chanceux qu'il ne les ait pas faites, ses vérifications sérieuses!

❏

Plus rien n'allait en cette fin d'année. La Sûreté du Québec bredouillait dans son enquête sur l'incendie à la Dechabec qui avait fait cinq morts; la compagnie Simon, qui avait vu le contrat de pavage de l'autoroute lui échapper en faveur de la compagnie Pickett, intentait des poursuites contre le gouvernement; Pierre Ledoux, ministre des Travaux publics, partie prenante dans ce dossier, avait dû démissionner; Antoine Lacasse, sentant la soupe chaude, commençait ouvertement à se chercher un emploi ailleurs; Georges Pineault, sous ses dehors avunculaires, tonitruait en privé sa hargne contre les journalistes incompétents; et Carol Laporte traversait une période de dépression chronique.

Jean-Noël Brochu, jour après jour, devait essuyer les questions virulentes de l'Opposition sur l'hypothétique favoritisme de son Gouvernement. C'est alors que pour essayer de redorer son image, le Premier ministre sacrifia Alfredo Terranova, le trésorier du PSEQ. De fait, ce dernier payait pour une indiscrétion de sa secrétaire. Maîtresse d'un dirigeant de la compagnie Pickett, elle avait informé son amant des devis des autres soumissionnaires. Le Premier ministre estimait toutefois que rendre publics ces faits et sacrifier une secrétaire n'allait pas être suffisant pour gagner quelques points dans les sondages. Il demanda donc au grand argentier du PSEQ de démissionner puisque, depuis le début de l'affaire Pickett, c'était lui que les médias semblaient pointer du doigt. Un bref communiqué de presse fut émis:

> Bien que rien n'ait été prouvé, mais pour garder les mains libres dans son enquête sur l'apparence de conflit d'intérêts au sein de son cabinet, le Premier ministre a accepté aujourd'hui la démission de M. Alfredo Terranova, trésorier du PSEQ.

Dans les déclarations officielles émises à la suite de ce bulletin laconique, Georges Pineault, en bon copiste verbal, ajoutait que l'enquête interne suivait son cours mais que rien ne démontrait que le cabinet du Premier ministre ait pu être mêlé à des tripotages politiques dans l'octroi du contrat de l'autoroute.

Ce camouflage n'apporta aucun répit au Gouvernement. Le sacrifice grotesque d'Alfredo Terranova fut perçu comme tel et constitua une goutte de plus dans le chamboulement du PSEQ. Le Gouvernement donnait le lamentable spectacle d'un contorsionniste atrophié. Les festivités de fin d'année furent «végétatives» pour le Premier ministre, en vacances en Floride, et Madeleine, privée de la présence de Jean.

Chapitre sept

Le passage à la nouvelle année fut douloureux politiquement: les émissions de variétés de fin d'année rivalisèrent en sarcasmes sur les déboires du Gouvernement et les bilans des experts furent tous aussi décevants. Du côté spectacle, les parodies sur le thème du film *Le Parrain* firent grincer des dents les membres du PSEQ tandis que, dans leurs analyses, les commentateurs politiques assénèrent le coup de grâce au Gouvernement en place en réclamant des élections printanières.

Assise dans son lit, Madeleine caressait son chat. C'était sa zoothérapie. Jean, en voyage avec son épouse, ne l'avait pas appelée depuis deux semaines et Jean-Noël Brochu, victime d'une abattée, était odieux envers elle. L'univers de cette femme sensible tremblait. Son chat avait flairé le désarroi de sa maîtresse et se faisait plus câlin. Les larmes coulaient le long des joues de Madeleine. Perdue dans son angoisse, elle avait peur d'assister à l'anomie du Parti de Jean-Noël Brochu. La sonnerie du téléphone la fit sursauter.

Jean! C'était Jean. Quelques heures avant de prendre l'avion du retour, il pensait à elle! Les nuages se dissipèrent. Il lui promettait d'être chez elle ce soir. Elle pourrait passer l'après-midi à préparer un souper romantique; il occuperait sa soirée. Oh! comme tout se simplifiait quand l'amour était au rendez-vous. Elle mit le champagne sur la glace et prépara un dessert compliqué.

❑

Plus de sept heures et toujours pas de nouvelles. Elle se risqua pour la troisième fois à téléphoner à l'aéroport. L'avion était bien arrivé à l'heure. Elle se dit que probablement Jean avait fait un détour par le bureau. Mais la sonnerie y retentissait en vain.

Vingt heures. Vingt et une heures. Vingt-deux heures. Son sens des responsabilités lui fit ouvrir le téléviseur à l'heure des nouvelles, qu'elle écouta anxieuse, l'oreille tendue vers la sonnette de la porte d'entrée. À la fin du bulletin de nouvelles, au moment des faits divers, son angoisse fit place au désarroi. On parlait d'un accident d'automobile en Californie où un couple de Québécois, en route vers l'aéroport, avait été très gravement blessé. Aucun nom pour le moment, la famille n'ayant pas été prévenue. Une précision: un homme d'affaires œuvrant dans la publicité et très près du gouvernement actuel. Madeleine sut qu'elle ne reverrait plus Jean. Elle, d'habitude si contenue, hurla à en apeurer son chat.

Elle était étendue sur son lit, inerte, les yeux hagards. Bien qu'il fît frisquet dans sa chambre, elle ne s'était pas recouverte et un frisson constant parcourait son corps. Elle ne dormit pas de la nuit. Elle entendit une sonnerie de téléphone et constata que Sylvie, arrivée moins d'une heure après la fin du bulletin de nouvelles, avait retiré l'appareil téléphonique de sa chambre. C'était sûrement le Premier ministre qui appelait. Il avait communiqué avec elle la veille. Elle avait alors répondu, par réflexe, sans même dire «Bonsoir». Il

n'avait pas rompu le silence lui non plus, se contentant de l'écouter pleurer. Puis il lui avait dit:
—J'appelle Sylvie, elle va te rejoindre.
Elle n'avait ni protesté ni acquiescé. Et maintenant elle était là, vidée. Elle n'avait même plus la force
d'un automate. L'odeur d'un déjeuner qu'on préparait, les miaulements de son chat, les bruits calfeutrés
venant de l'extérieur, tout lui confirmait la cruauté de
sa réalité. Sylvie entra dans la chambre.
—Ton déjeuner, ou plutôt ton dîner, est prêt.
Madeleine ne réagissait pas. Sylvie insistait, la
prenait par la main, l'entraînait de force vers la salle à
manger, la faisait asseoir, n'arrêtait pas de parler, de
s'affairer. Madeleine se leva de table péniblement.
—Dis-moi ce dont tu as besoin, je te le donne,
supplia Sylvie.
Madeleine écarta son amie, se dirigea vers le ré-
frigérateur, en ouvrit la porte, et, lentement, placide,
mit à la poubelle tous les petits plats pour deux
qu'elle avait préparés la veille. Elle referma tout aussi
doucement la porte puis, à genoux sur le plancher de
la cuisine, les bras autour de la poubelle, elle émit une
plainte étouffée et viscérale:
—Le printemps ne reviendra pas.
Sylvie détourna les yeux, impuissante.
Le Premier ministre, compréhensif, organisa son
horaire de façon que son adjointe ait quelques jours
de congé. Madeleine ne pouvait parler à personne, sa
relation avec Jean n'étant connue que de Jean-Noël
Brochu et de Sylvie. Jean était décédé dans les heures
suivant l'accident; son épouse blessée montait la
garde près du cercueil. Madeleine se servit de son statut de collaboratrice du Premier ministre, aux prises
avec un horaire chargé, pour effectuer une visite tardive
au salon funéraire hors des heures d'ouverture. Le directeur du salon ne fut pas dupe de l'argument employé,

mais il avait l'habitude de ces visites de personnes qui ne désiraient pas rencontrer la famille. Il eut la délicatesse de laisser Madeleine seule.

C'est à peine si elle tenait debout. Elle fixait ce visage livide où aucune trace de blessure n'était apparente. Elle lui en voulait de l'avoir quittée. Sa révolte supplantait sa peine. Elle pensait aux instants de bonheur à jamais perdus. Elle songea bêtement au gilet qu'elle avait commencé à lui tricoter. Une douleur térébrante la perçait de partout. Elle était toute à sa révolte. Puis, elle songea que jamais il ne lui avait dit: «Je t'aime.» Plus rien ne put retenir ses sanglots.

❏

La neige et le gel ajoutaient à la désolation de Madeleine et ne refroidissaient en rien l'ardeur des opposants de Jean-Noël Brochu. Le Premier ministre ne pouvait pas compter sur une adjointe alerte. Madeleine préférait se claquemurer et quittait avec peine le havre sécurisant de son lit. Elle se laissait aller physiquement et moralement. Elle ne se préoccupait plus de son apparence; porter deux jours de suite la même robe lui était plus facile que de devoir décider quoi revêtir. Ses cheveux avaient nettement besoin d'une teinture, ses ongles cassés et sales devenaient rebutants. Seule, Madeleine regardait fixement une photographie de son amant décédé qu'elle trimballait religieusement dans sa bourse. D'un naturel critique, en groupe, elle s'empressait de déverser toute la hargne dont elle était capable. Jean-Noël Brochu la rappela à l'ordre d'une manière douce. Madeleine apprit peu à peu à vivre ses jours et à mourir ses nuits.

Le Premier ministre fut soulagé de constater le changement d'attitude de son adjointe. Il avait besoin de tout le soutien possible de la part de ses conseillers.

Il redoutait surtout de devoir tenir une enquête publique, soit sur l'octroi du contrat de l'autoroute 20, soit sur l'incendie des BPC de Saint-Télesphore, et il craignait les témoignages qu'on y entendrait. C'est à ce moment que la Sûreté du Québec arrêta un suspect: le gardien même du site d'entreposage. Le Premier ministre profita de cette diversion pour nommer délégué du Québec à Abidjan le sous-ministre de l'Environnement. Une belle promotion pour un éventuel silence.

Onésime Charron, le suspect appréhendé, niait sa culpabilité. C'était un homme d'une soixantaine d'années, illettré, un peu demeuré, qui vivait sur le site même de l'entreposage. Selon l'acte d'accusation, Onésime Charron, frustré que M. Grossman, le propriétaire, lui ait refusé de bâtir un abri mieux isolé pour l'hiver suivant, aurait, par vengeance, mis le feu aux barils. Pendant vingt-quatre heures, la bouille ravagée d'Onésime Charron fit la une des journaux et des bulletins télévisés et permit à la population de mieux respirer: le dangereux pyromane était écroué. La conclusion de l'enquête de la Sûreté du Québec ne résista toutefois pas aux premières contre-enquêtes du milieu journalistique. Lors de son émission du midi, annoncée à grands renforts de publicité, Gilles Proulx interrogea le directeur de la Maison du Père, une auberge pour les sans-abri. Le père Roger Cardinal affirma que le jour de l'incendie, Onésime Charron était arrivé au refuge vers les quatre heures de l'après-midi et que, après un bon repas, il y avait passé la nuit. Le père Cardinal était certain de la date du passage d'Onésime Charron puisque le lendemain, au déjeuner, en parcourant *Le Journal de Montréal*, ce dernier avait pleuré à la nouvelle de l'incendie; il n'avait plus de maison.

Gilles Proulx, fort de sa trouvaille, y allait bon train dans son entrevue avec le prêtre. Mais la constante demeurait: il n'y avait pas de doute. Onésime Charron était bien connu du personnel de la Maison du Père. C'était impossible qu'il y ait eu erreur sur la personne. Une religieuse, cuisinière à la Maison du Père, apporta un autre élément en faveur de l'accusé. Elle avait passé la soirée à jouer aux cartes avec lui. Impossible qu'elle se soit trompée de jour. C'était sa soirée de congé aux cuisines et elle en profitait pour divertir les pensionnaires. Inutile de préciser que le reste de l'émission fut une sortie à fond de train contre la Sûreté du Québec. Toutes les trente secondes, Gilles Proulx tentait de communiquer avec le bureau du chef Duhamel où, invariablement, on entendait la tonalité d'une ligne occupée. Aux bureaux de la ministre de l'Environnement, du ministre de la Justice et du Premier ministre, l'animateur se faisait répondre que tout le monde était au dîner. Seul Pascal Saint-Onge répondit lui-même au téléphone après que Gilles Proulx eut annoncé qu'il allait tenter de communiquer avec lui.

Les collaborateurs du chef de l'Opposition avaient bien soupesé les retombées politiques d'une participation à l'émission. Ils en avaient conclu qu'il fallait optimaliser l'insatisfaction populaire face au coup foireux de l'enquête.

—Vous n'êtes pas au dîner? s'enquérit sarcastiquement l'animateur du *Journal du Midi*.

—Je suis comme vous, je travaille consciencieusement, monsieur Proulx.

—Est-ce que vous écoutez notre *Journal du midi*?

—Comme tous les jours, rayonna le chef de l'Opposition.

—Et vos commentaires?

Ce fut tout juste si Pascal Saint-Onge ne se mit pas en état de lévitation tant son enthousiasme le soulevait.

Cette entrevue était du gâteau. Il susurra, supputa et accusa.

—Monsieur Proulx, je veux tout d'abord vous féliciter pour votre recherche de la vérité et votre souci de toujours aider le plus faible. Sans l'honnêteté de journalistes comme vous, notre société serait bien mal en point. Onésime Charron vous doit la vie.

—Pensez-vous vraiment ce que vous dites, monsieur Saint-Onge?

—Oh! je n'exagère pas, monsieur Proulx. Abandonné dans une prison, soupçonné à tort, qui sait ce qui serait arrivé à cet homme innocent? La Sûreté du Québec, sous la responsabilité du ministre Justin Desmarais et du directeur Duhamel, s'est conduite en détective amateur et le Premier ministre devrait demander la démission de son solliciteur général qui encore ce matin louangeait le travail de bénédictin de ses policiers dans le dossier.

—Peut-être que certains policiers ont été poussés dans le dos pour accélérer leur enquête. Cela faisait déjà trop longtemps que le tout traînait, intervint le journaliste.

—Je ne blâme pas les policiers chargés de l'enquête. Ils ont travaillé sous une énorme pression. Mais, à cause de la valse hésitation du Premier ministre, la population fait encore les frais d'une administration dilettante. Il faut que ça cesse. Il faut démettre ce gouvernement dont l'obsession première est le camouflage. Je veux profiter de votre émission pour rassurer mes concitoyens. Tantôt, à la période de questions, je verrai personnellement à demander au Premier ministre des comptes au nom de tous et chacun des sept millions de Québécois et de Québécoises...

Pascal Saint-Onge était lancé. Gilles Proulx intervint.

—Monsieur Saint-Onge! Monsieur Saint-Onge.

La voix insistante de l'animateur interrompit le chef de l'Opposition. Gilles Proulx continua:

—Il me semble que vous vous dirigez vers une partisanerie mal à propos.

—Mais je ne fais pas de partisanerie, affirma Pascal Saint-Onge. Ce n'est pas de ma faute si le Gouvernement actuel se sert de la force policière pour opprimer un inoffensif citoyen. S'il y a un homme présentement qui mérite la sympathie générale, c'est bien Onésime Charron. Et pendant ce temps-là, il ne faut pas oublier qu'un pyromane rôde en se riant de la police et en préparant sa prochaine hécatombe.

L'intervention était parfaite pour le public auditeur. Avant que son correspondant ne se relance dans des propos partisans, Gilles Proulx remercia le chef de l'Opposition et demanda, en ondes, à Onésime Charron de communiquer avec lui dès sa sortie de prison. La Sûreté du Québec ne l'avait pas écouté; la population du Québec prêterait oreille à ses propos. L'émission se termina sur des extraits de la conférence de presse de la veille où le chef Duhamel annonçait l'arrestation du coupable de l'incendie de Saint-Télesphore.

—Des imbéciles! Non, mais ça prend-tu des imbéciles!

Fidèle à lui-même, Georges Pineault frappait du poing sur son bureau tout en jetant l'anathème sur la presse. L'émission qu'il venait d'entendre l'avait survolté. En sortant de son bureau, il bouscula Denis Cantin, téléphone cellulaire à l'oreille, qui s'apprêtait à rejoindre son patron, et lui lança:

—Oùsque t'étais? T'es jamais capable d'être là quand on a besoin de toi.

Denis, ébahi, n'eut pas le temps de demander ce qui se passait; déjà Georges Pineault galopait dans le corridor à la recherche du chef de cabinet ou du Premier ministre. Il les trouva tous deux le sourire aux lèvres en train de trinquer.

—Vous prenez ça *cool*. Vous n'avez certainement pas entendu l'émission de Gilles Proulx ce midi.

—Justement, mon Georges, on la fête, répondit Antoine.

L'attaché de presse, tout à sa colère, était dépassé. Ou il vivait un cauchemar, ou le PSEQ était dans l'opposition depuis ce matin, pensa-t-il.

—Tu es trop partisan, mon Georges, lui dit le Premier ministre. Tu ne vois donc pas que, depuis le temps qu'on désire se débarrasser de Duhamel pour mettre notre homme à la tête de la SQ, on le tient enfin le Grand Chef Duhamel et sa pipe de sauvage. Son influence déchoit. Ce qui est mieux, c'est que ce n'est pas nous qui allons porter l'odieux. Les tribunes téléphoniques, les analystes et la population vont l'amener à la démission. Il faut juste qu'on fasse comprendre à l'inspecteur chef Létourneau de se tenir tranquille, car son heure est arrivée. Allez, décompresse, viens trinquer avec nous.

Georges Pineault, comme toujours, acquiesça à l'opinion exprimée dans le bureau et, portant bien haut son verre, affirma, solennel:

—À l'imbécillité!

❑

Motivé par le plaisir de s'être enfin débarrassé de Gaétan Duhamel, le Premier ministre fut incollable à la période des questions. Il faut dire que le chef de l'Opposition ne fit pas le poids en abordant le problème sur une base trop partisane. Alors qu'il tenait le Gouvernement encore une fois dans les câbles, Pascal Saint-Onge fut incapable de le mettre *knock-out*. Jean-Noël Brochu put vivre de la faiblesse de son adversaire. Dans cette situation politique, aucun des deux partis ne servait judicieusement la population. Les intérêts personnels du pouvoir chez les uns et la quête du pouvoir chez les autres faussaient les données. C'est ce que Madeleine essayait de faire comprendre au Premier ministre en le raccompagnant dans les corridors souterrains après la période de questions.

—Non, monsieur Brochu, vous n'avez pas été bon à la période de questions. Saint-Onge a été pitoyable, vous encore plus. Encore une fois, l'Opposition s'était acheté une mitraillette mais avait oublié de commander le livret d'instructions. Je sais que vous jubilez parce qu'enfin vous êtes débarrassé de Duhamel, mais votre victoire personnelle ne sert pas la population. Les Onésime Charron, vous les oubliez. Qu'est-ce que vous avez réglé aujourd'hui? Le cas Duhamel? *So much* pour le peuple! Pensez-vous sincèrement que la population va être mieux servie avec Létourneau? Non, monsieur Brochu. La population serait, par contre, peut-être mieux servie par un gouvernement attentif à ses besoins et plus propre. Je le regrette, mais vous n'avez plus la confiance de la population, les sondages le démontrent assez clairement il me semble, et vous n'avez plus la solidarité de votre cabinet.

—Mais tu es toujours fidèle au poste.

—Ne tentez pas de changer le sujet de conversation. Monsieur Brochu, quand je vous ai connu, vous étiez un homme aux idées et aux principes bien ancrés. Maintenant, vous n'avez même plus la force d'effectuer du zapping politique afin de connaître de nouvelles idées. Vous végétez sur la faiblesse de l'Opposition. Qu'est-ce que vous allez faire de positif cette semaine, monsieur Brochu?

—Maudit, Jean-Noël, que tu as été bon!

Georges Pineault venait de rejoindre le Premier ministre dans le corridor.

—C'était pas pire, hein, mon Georges? répondit le chef du Gouvernement.

Madeleine sut que la partie était perdue et, par dépit, elle accéléra le pas. Georges Pineault regorgerait de compliments, Jean-Noël Brochu entendrait ce qu'il souhaitait, elle n'aurait jamais réponse à sa question. Dans ces moments de frustration, c'est le souvenir de Jean qui lui revenait. Depuis qu'il n'était plus là, elle n'avait personne avec qui partager ses états d'âme. Elle arriva au bunker les larmes aux yeux et se réfugia rapidement dans son bureau tandis que, le rire haut, Georges Pineault félicitait toujours le Premier ministre.

❏

Au début du mois de février, le PSEQ tint un Conseil général au *Château Frontenac* à Québec. Y participaient, les membres des exécutifs de comtés, les députés, les ministres du Gouvernement et, dans les corridors, la meute avide des journalistes. Les agents de la Sûreté du Québec étaient aussi en très grand nombre à l'intérieur de l'hôtel. À l'extérieur, les forces policières de la ville avaient été triplées en raison de l'imposante cohue de manifestants parmi lesquels on comptait des membres de l'ANEQ, du Collège des médecins et des principaux syndicats. Les causes étaient variées — demande de baisse des frais de scolarité, abolition de la réforme médicale, négociations salariales —mais le but ultime était cohérent: des élections générales. Les manifestations de mécontents sont toujours le lot du parti au pouvoir, mais le rassemblement de ce jour-là impressionnait par le nombre de participants: plus de deux mille.

Chapeautée par les principales centrales syndicales, arborant sans distinction des macarons CSN, FTQ, CEQ, ANEQ, scandant bien haut des slogans anti-gouvernementaux, la marée humaine avait envahi les abords du *Château Frontenac* dès six heures. Inutile de parler de l'embouteillage monstre des rues fermées à toute circulation et des retards dans l'arrivée des délégués. Les ministres qui réussissaient à se frayer un chemin entraient déconcertés dans le hall du *Château Frontenac*. À neuf heures, faute de quorum, il fut impossible de commencer les délibérations. Bien qu'annoncée à grand renfort de publicité, la manifestation dépassait en ampleur toutes les prévisions.

Jean-Noël Brochu, en compagnie d'Antoine, discourait sur l'attitude à prendre quand Madeleine annonça le ministre de la Justice. Justin Desmarais, livide et en sueur, tendit une lettre au Premier ministre. Ce fut une des rares fois où Madeleine vit Jean-Noël Brochu pâlir. Antoine y alla d'un: «Âh! les sacraments!» en prenant connaissance de la note.

—Puis t'en savais rien? questionna, éberlué, Jean-Noël.

—Les gars en avaient parlé mais, quand je leur ai dit que Duhamel en avait à peine pour quelques semaines, ils avaient mis le tout sur la glace, répondit Justin Desmarais.

—Madeleine, appelle-moi Duhamel! commanda le Premier ministre.

Antoine continuait de fulminer:

—La câlisse d'SQ! Tous des incompétents! C'est chef d'un syndicat de police puis ça pense nous dire quoi faire. Je vais leur en faire moi un débrayage illégal! Les amendes, crisse, ça existe! Ils vont y goûter! Jean-Noël, t'aurais dû régler le cas de Duhamel plus vite. T'aurais pas dû lui accorder un mois de grâce.

On est encore pognés avec lui puis, en plus, le syndicat nous tombe dessus.

Le chef de cabinet se préoccupait peu de la présence d'un ministre, cela n'allait pas l'empêcher d'enguirlander le Premier ministre.

—Puis toi, Justin, c'est quand même toi qui es solliciteur général. T'avais pas le moindre doute. T'es pas juste payé pour flirter avec les petites policières. Tu pourrais aussi t'occuper mieux de cette *gang* de faiseurs de troubles.

Durant quinze minutes, Madeleine tenta sans succès de rejoindre le directeur général de la Sûreté du Québec. Aucune réponse à son bureau personnel, pas plus qu'à sa résidence, à son téléphone cellulaire ou à son chalet d'été. Elle eut finalement raison du superviseur en lui décochant:

—Écoutez, monsieur l'agent, si vous ne trouvez pas votre directeur d'ici cinq minutes, je vais demander à la Gendarmerie royale de le localiser

Quatre minutes plus tard, Gaétan Duhamel retournait l'appel du Premier ministre.

Tandis que la conversation se déroulait, la rumeur rageuse de la rue parvenait à la chambre. Madeleine regarda par la fenêtre qui donnait directement sur le devant de l'hôtel. Le spectacle était ahurissant. Les quelques automobiles stationnées devant l'établissement servaient de tribune. Madeleine compta douze trublions sur le toit d'une Chevrolet bleue, visiblement une voiture ministérielle. Chaussés de bottes d'hiver, ils frappaient du pied le toit et l'avant du véhicule tout en martelant les vitres de leurs pancartes. Puis Madeleine vit les membres de l'unité d'urgence de la Sûreté du Québec rejoindre le groupe de manifestants, casques protecteurs à la ceinture et bâtons ornés de décalques syndicaux. Ils étaient terrés dans une salle du *Château Frontenac* depuis la veille au soir au cas où les forces policières municipales n'auraient pu contenir la foule. Madeleine avait été surprise par leur grand nombre, plus de cinq cents, mais maintenant elle comprenait que cela faisait partie de la tactique syndicale. Les policiers avaient eu une soirée payée en temps et demi et ils étaient sur les lieux pour grossir le nombre des mécontents.

Les gardes du corps du Premier ministre avaient eux aussi débrayé et l'on frappait à qui mieux mieux à la porte de la suite. Madeleine fit office de portière. Le président du Parti voulait savoir quoi faire, des ministres s'informaient si la situation était dangereuse pour leur sécurité, des présidents de comtés demandaient s'ils pouvaient renvoyer leur monde à la maison. Pouvait-on aller dîner? Allait-on annuler le Conseil général? Jean-Noël Brochu allait-il s'adresser à la population? Madeleine répondait à tous d'attendre quelques instants. Mais chaque minute qui passait apportait son lot de rumeurs. Finalement, Georges Pineault, suivi d'un groupe de journalistes, parvint à l'étage. Madeleine le laissa entrer et annonça aux journalistes:

—Si vous voulez bien vous rendre à la salle de presse, le dîner vous attend et dès que le Premier ministre pourra s'adresser à vous, nous vous aviserons. Ce sera plus facile si vous êtes tous regroupés.

Elle referma la porte avant d'en entendre davantage, prit les dispositions avec l'hôtel pour qu'un buffet soit apporté à la salle de presse et porta enfin attention à la conversation qui avait lieu dans la suite.

—Des imbéciles! Non, mais ça prend-tu des imbéciles! La dernière fois...

—Ça suffit, Georges, coupa le Premier ministre. C'est nous présentement qui avons l'air d'imbéciles. Duhamel me dit qu'il ne peut rien faire. Certains de ses hommes occupent le pont de Québec, d'autres ont abandonné des autos-patrouilles un peu partout sur l'autoroute 40, ceux qui travaillent à Québec et dans les environs ont entrepris de rejoindre le groupe de manifestants et, dans les autres villes, des conférences de presse simultanées sont tenues par les représentants syndicaux. Duhamel me dit qu'il ne peut rien faire pour assurer adéquatement la sécurité du groupe ici à l'hôtel.

—Il pourrait se prévaloir de la loi de la police.

Le sous-ministre à la Justice venait d'entrer à l'insu de tous. Il expliqua en détail cette loi qui permet au directeur de la Sûreté du Québec de réquisitionner tout le personnel nécessaire, dans quelque poste de police que ce soit au Québec, quand ses effectifs ne répondent plus à la demande. En froid avec le chef du Gouvernement, le directeur de la SQ s'était bien gardé de mentionner cette prérogative. Avant qu'on ait pu réagir à cette nouvelle, le responsable de la sécurité de l'hôtel arriva dans la suite. Il informa le Premier ministre que toutes les portes d'accès du *Château Frontenac* étaient verrouillées mais qu'avec une équipe de cinq hommes, il aimerait être épaulé de l'extérieur. Le directeur de l'hôtel arriva à son tour. Il paraissait au bord de la crise de nerfs. Des vitres du sous-sol de l'établissement avaient été brisées. Jean-Noël jeta un coup d'œil furtif vers Madeleine. Elle comprit et entreprit de mettre tout ce beau monde dehors, le solliciteur général, le sous-ministre, Georges et Antoine inclus.

Enfin seul, Jean-Noël Brochu s'attaqua au décompte des calamités, fit quelques appels téléphoniques, puis demanda:

—Es-tu bonne pour me servir de garde du corps, Madeleine? Je vais aller au *batte*.

Précédé de sa secrétaire, il se dirigea alors vers le salon de presse en récupérant au passage Justin Desmarais et Georges Pineault qui étaient restés sur le pas de la porte.

—À la guerre comme à la guerre! leur dit-il en guise de salut.

Située de l'autre côté de l'hôtel, la salle de presse était maintenant enfumée et l'atmosphère survoltée. Madeleine y conduisit son patron sans trop d'arrêts en chemin. Dès que la porte s'ouvrit sur le Premier ministre, la meute de journalistes se rua.

—Pas si vite, les gars, sinon vous allez avoir affaire à moi! leur lança Madeleine.

Son ton badin et ses mains qui couvraient son visage comme si elle avait terriblement peur eurent raison de la troupe. Jean-Noël Brochu prit place derrière une batterie de micros montés sur une table de fortune. Il commença sans ambages :

—Comme vous le savez, à onze heures aujourd'hui, les syndiqués de la Sûreté du Québec ont débrayé. Cette grève illégale, et je répète, illégale, ne saurait être tolérée. Je demande aux dirigeants syndicaux de l'Association des policiers provinciaux du Québec d'enjoindre leurs membres de reprendre immédiatement le travail. J'ai déjà prié le directeur Gaétan Duhamel de faire appel aux corps policiers municipaux pour dégager l'autoroute 40 et les accès au pont de Québec.

Gilles Morin, journaliste à Radio-Canada, interrompit le Premier ministre.

—Que pensez-vous de l'ampleur de la manifestation d'aujourd'hui? Allez-vous annuler le Conseil général du PSEQ?

—Monsieur Morin, je vous en prie. Je pense que la décence vous commande de laisser le chef de l'État terminer son intervention. Je continue donc. Comme je le disais, les dirigeants de l'APPQ doivent dès maintenant aviser leurs membres de reprendre le service, sans quoi les sanctions prévues par la loi seront imposées automatiquement. Je tiens à rassurer la population du Québec; toutes les mesures ont été prises pour que, en aucun temps, la sécurité des Québécois ne soit menacée. Le Gouvernement que je représente saura agir de façon responsable.

Après sa déclaration, le Premier ministre tenta sans succès de se retirer sans affronter les questions des journalistes. Mal lui en prit. Sans garde du corps, avec la seule présence de Madeleine, il ne put leur échapper. Gilles Morin répéta sa question.

—Je n'ai aucun commentaire quant à la manifestation d'aujourd'hui. Cette dernière est légale. Les chefs syndicaux savent que je suis toujours disponible pour les rencontrer. Ils ont choisi une confrontation visible plutôt que d'entamer le dialogue. Je déplore seulement que leurs sympathisants n'aient pas toutes les informations en main. Pour ce qui est du Conseil général, j'ai demandé au président du Parti de transformer les assises en réunions sectorielles. Les ministres présents vont faire le tour des ateliers régionaux et écouter les points de vue des membres de la base. Quant à moi, je dois quitter les lieux afin de voir aux choses de l'État, mais j'espère être de retour demain.

—Quelles sont les informations que les membres des centrales syndicales n'ont pas entre les mains? Accusez-vous les dirigeants de manipuler les adhérents et de cacher des faits? demanda une voix.

Le Premier ministre évita de répondre directement:

—Nous avons déposé publiquement des offres aux syndicats. Je pense que les membres n'en ont pas été avisés adéquatement.

—Si vous faites allusion aux offres de la semaine dernière, tout le monde sait de quoi il s'agit. Votre gouvernement a payé des pleines pages d'annonces dans les journaux afin d'en informer la population. Les chefs syndicaux n'ont donc pas pu faire de cachette.

Une question du correspondant de Télé-Métropole évita au Premier ministre d'avoir à formuler une réponse tortueuse.

—Monsieur Brochu, demanda André Jobin, nous apprenons à l'instant que la Fédération des policiers municipaux, par solidarité avec les policiers de la Sûreté du Québec, refuse l'intervention qui lui a été demandée. Allez-vous faire appel à l'armée afin d'empêcher l'état de siège actuel dans la capitale provinciale?

—Je ne peux commenter cette rumeur, monsieur Jobin.

—Mais ce n'est pas une rumeur, monsieur le Premier ministre, Télé-Métropole confirme le tout.

Jean-Noël Brochu vit avec soulagement une porte de sortie.

—Permettez-moi d'aller vérifier le tout. Georges Pineault communiquera avec vous dès que je pourrai vous rencontrer à nouveau.

Tout en parlant, le Premier ministre avait suivi Madeleine jusqu'à l'arrière de la salle et s'esquiva par l'ascenseur miraculeusement ouvert devant lui.

—Tu mérites une augmentation de salaire pour m'avoir sorti de là, affirma-t-il à Madeleine en la prenant par les épaules.

—Vous allez mériter plus que cela si vous nous sortez de la situation actuelle, répliqua-t-elle.

Quand ils arrivèrent à la suite, le lieutenant Davidson les attendait. Il était le seul officier en poste pour le Conseil général et, maintenant sans subalterne, il devait assumer la responsabilité de la protection du Premier ministre et celle de tous les membres du Conseil général.

—Qu'est-ce que je peux faire pour vous aider, monsieur le Premier ministre? demanda-t-il.

Jean-Noël Brochu, à qui il ne fallait pas présentement parler de police, lui décocha une de ses reparties percutantes:

—Allez donc voir le directeur de la sécurité de l'hôtel, il saura vous employer. Pour ce qui est de moi, Madeleine veille. Je suis bien servi.

Et le pauvre lieutenant, son heure de gloire passée, resta en plan sur le pas de la porte.

—Dis à Georges, Antoine et Étienne de venir. Quant à toi, tiens-toi dehors à la porte et ne laisse entrer personne d'autre.

L'heure de gloire de Madeleine était aussi passée.

❏

Cette fin de semaine des 8 et 9 février passa à l'histoire dans la ville de Québec. Les restaurateurs de la Grande-Allée firent des recettes inespérées, les citoyens du Vieux-Québec se terrèrent, prisonniers, dans leurs appartements, le pont de Québec vit plus de piétons le traverser que de voitures et la vie parlementaire connut des journées d'intense chaleur malgré le froid hivernal. L'APPQ ne répondit pas à l'ultimatum du chef du Gouvernement et, à la demande du Premier ministre, l'armée vint rouvrir la ville assiégée. Aux premières lueurs du dimanche matin, Québec reprenait peu à peu son air de capitale quand une tempête de neige s'abattit, provoquant un record de précipitation. Cela n'empêcha pas la plupart des délégués de reprendre la route de leur comté. On retrouva donc plus de journalistes que de membres du PSEQ au *Château Frontenac*.

Les journaux du matin n'agrémentèrent en rien le réveil du Premier ministre. Sa photo était en première page de tous les quotidiens et les titres à la une ne le servaient pas du tout: «Brochu sommé de démissionner»; «Le gouvernement en crise»; «La province sans protection»; «Le Premier ministre fait appel à l'armée». Les éditoriaux abondaient dans le même sens que les deux mille manifestants de la veille et réclamaient des élections générales. Pascal Saint-Onge, le chef de l'Opposition, appelait lui aussi au scrutin et, sans honte, se présentait comme le candidat tout désigné. Mais il ne faisait pas l'unanimité. Pierre Vennat, éditorialiste à *La Presse*, posait d'ailleurs le problème lucidement. Il écrivait:

> Va pour des élections dans les mois prochains, mais pour qui voter? Jean-Noël Brochu ne semble plus avoir la confiance de la population, mais Pascal Saint-Onge ne fait pas le poids. Dans le cas d'un scrutin général, ne devrions-nous pas réélire Jean-Noël Brochu avec un mandat précis, mais avec une équipe nouvelle? À cause de son expérience, l'actuel Premier ministre semble la seule solution. Pauvre Québec, pourrions-nous ajouter.

Madeleine se leva courbaturée, les traits tirés par le manque de sommeil. En l'absence d'un service de protection adéquat pour le Premier ministre et à cause des interruptions, la nuit avait été courte. Elle ne s'était qu'assoupie en chien de fusil sur le divan de la suite. Plusieurs fois durant la nuit, le responsable de la sécurité de l'hôtel l'avait réveillée parce qu'un ministre demandait à voir Jean-Noël Brochu ou parce qu'un interlocuteur, se disant important, demandait à parler au Premier ministre. Madeleine rencontra chacun des ministres et prit les communications téléphoniques les unes après les autres. Entre les interruptions, elle retournait à sa somnolence en pensant à Jean. Elle commença donc la nouvelle semaine plus fatiguée que la veille et le cœur en lambeaux.

Dès son réveil, le Premier ministre voulut avoir Antoine en ligne. Son chef de cabinet lui annonça la bonne nouvelle du rétablissement de l'ordre et la mauvaise nouvelle de la tempête de neige. Le Premier ministre inversa toutefois les qualificatifs. Que l'armée ait eu à intervenir n'augurait rien de bon, mais que la température ne fût pas clémente, alors il y avait de quoi se réjouir. Il pourrait invoquer cette raison pour expliquer l'annulation des assises de la journée et éviter de donner une conférence de presse.

—Madeleine, sors-moi d'ici! Je veux rentrer au bunker sans voir un journaliste.

—Mais, monsieur Brochu, il n'y a qu'eux au *Château* présentement!

—T'as déjà travaillé dans le théâtre. Trouve-moi un scénario.

L'imagination de Madeleine n'avait pas de bornes mais, comme l'idée d'échapper à la presse lui semblait quasi impossible, elle soumit au Premier ministre un plan qu'elle jugeait rébarbatif. À sa grande surprise, il l'accepta. Ce qui s'ensuivit dépassait l'entendement. Elle mit de la poudre sur les cheveux de Jean-Noël Brochu pour lui donner l'apparence d'un vieillard, réquisitionna du directeur de l'hôtel son manteau de fourrure, dont elle orna le cou d'un foulard fushia, emprunta à une réceptionniste un manteau trop grand pour elle, s'attifa d'un foulard à la reine Elizabeth, dénicha une canne pour son patron et, le tenant par le bras, sortit par l'entrée principale, en gouvernante amenant un vieux touriste américain prendre l'air. La course-poursuite en valut la peine. Madeleine jubilait mais faillit se faire découvrir quand Ralf Noseworty, sans les reconnaître, ouvrit la porte au couple affublé de lunettes de soleil. Une pression du Premier ministre sur son bras lui rappela toutefois le sérieux de la situation. Ils purent vraiment mesurer leur succès une fois à l'extérieur, lorsque Georges Pineault les croisa en marmonnant: «Des imbéciles! Non, mais ça prend-tu des imbéciles d'Américains pour sortir par un temps pareil!»

Leur arrivée au bunker après plus de vingt-cinq minutes d'escalade de bancs de neige fut digne d'un spectacle du *Théâtre des Variétés*. D'abord, le gardien en service ne voulut pas leur ouvrir la porte, croyant avoir affaire à une ruse de manifestants. Madeleine dut enlever son foulard et son manteau pour se faire reconnaître. Une fois qu'ils furent entrés, le gardien insista pour que le «vieux monsieur» qui accompagnait la secrétaire l'attende à la réception. Il n'était pas question qu'un étranger monte à l'étage du Premier ministre, le chef de cabinet étant au repos au troisième étage. Jean-Noël Brochu, ayant besoin d'une échappatoire pour oublier les problèmes de l'heure, continuait à jouer son rôle. Il brandissait sa canne, articulait des phrases sans suite dans un anglais hachuré et proclamait bien haut, en graillonnant: «Vive le Quouébec et les Quouébécoises!» Madeleine expliqua au garde déconcerté qu'il s'agissait d'un vieil oncle riche qui était de passage au Québec et qu'elle ne pouvait le laisser seul, car il était incontinent. Cette trouvaille de Madeleine fit s'esclaffer le mononcle des États et le surveillant craignit bien plus les conséquences de la maladie du vieillard que les foudres du chef de cabinet. Il laissa monter les deux personnes en conseillant:

—Madame Pilon, faites attention qu'y pisse pas dans le bureau du Premier ministre. Les femmes de ménage n'entrent pas aujourd'hui à cause de la tempête.

Heureusement que la porte de l'ascenseur se refermait au même moment, parce que Jean-Noël Brochu n'en pouvait plus de retenir son fou rire. En arrivant à l'étage de ses bureaux, il proclama sans gêne à Madeleine:

—Heureusement que nous y sommes, parce que je vais avoir les problèmes médicaux de ton vieux *mononcle*.

—Pour qui tu te prends, Madeleine Pilon?

Antoine Lacasse, dérangé par les rires, arrivait dans le corridor.

—Mais pour la gardienne de notre vieux mononcle!

—Jean-Noël, crisse, qu'est-ce qui t'arrive? hésita le chef de cabinet en reconnaissant son Premier ministre.

—À la guerre comme à la guerre, mon Antoine. Madeleine m'a permis d'échapper aux journalistes. Ils doivent encore être à m'attendre dans le hall du *Château Frontenac*.

Jean-Noël en eut pour quinze minutes de fou rire en racontant l'odyssée rocambolesque, n'omettant aucun détail de sa rencontre avec Ralf Noseworty, de celle avec Georges Pineault et de la dernière avec le gardien du bunker. Antoine dut reconnaître que Madeleine avait réussi un bon coup. Le fou rire général reprit de plus belle quand Georges arriva tout débraillé en invectivant:

—Pendant que tu t'amuses ici, Madeleine Pilon, sache que le Premier ministre est disparu!

—T'as un problème, mon Georges?

En entendant la voix du Premier ministre, l'attaché de presse se ressaisit.

—Mais comment t'es sorti? Il y a des journalistes à toutes les portes du *Château Frontenac* et personne ne t'a vu quitter l'hôtel!

—J'ai juste accompagné ma nièce du Québec.

Georges Pineault ne comprenait rien. Le Premier ministre, sans se faire prier et avec force détails, entreprit encore une fois le récit de son tour de passe-passe. Les détails s'accumulaient au gré des oh! et des ah! de son attaché de presse. C'était beaucoup demander à Georges de féliciter Madeleine. Il laissa tomber:

—T'es chanceuse que Noseworty ne vous ait pas reconnus.

Madeleine prit cela comme un compliment, d'autant plus qu'elle avait la satisfaction d'avoir aussi réussi à tromper son confrère.

Ce fut un appel du directeur Duhamel qui ramena le quatuor à la réalité. Jean-Noël Brochu, échaudé la veille par la tactique du directeur de la Sûreté, ne prit pas l'appel lui-même. Antoine répondit.

—Ah bon!... Vos hommes ont repris le travail... Pour combien de temps?... Vous pensez qu'on peut retourner l'armée à Valcartier... Vous pensiez que le Premier ministre était au courant pour la loi de la police... Les gardes du corps aimeraient savoir où rejoindre le Premier ministre... Non, non, M. Brochu n'a pas eu de problème... Vous êtes disponible pour rencontrer le Premier ministre...

Le Premier ministre passa une note manuscrite à son chef de cabinet.

—Si vous pouvez vous rendre au bureau du Premier ministre à Québec, il pourrait vous rencontrer cet après-midi... Je sais qu'il y a une tempête mais c'est vous qui m'avez dit être disponible, moi je vous fais part de la possibilité d'acquiescer à votre demande... Oui, je sais que ce n'est pas une situation idéale, mais si vous tenez à rencontrer M. Brochu... Ah! les gardes du corps?

Un autre message de Jean-Noël.

—Ils pourront récupérer le Premier ministre après votre rencontre... Disons vers quatre heures cet après-midi... C'est ça, monsieur Duhamel... Bonne route!

—Y neigera jamais assez fort pour le faire suer à mon goût, celui-là, affirma le Premier ministre. Antoine, vérifie ses allées et venues en l'appelant sur son téléphone cellulaire pour que j'aie le temps de partir avant qu'il n'arrive. Maintenant, passons aux choses sérieuses.

Chapitre huit

Dans la dernière semaine de février, le directeur Duhamel remit sa démission à la suite des pressions extérieures prévues par le Premier ministre. L'inspecteur chef Yvon Létourneau commença son règne par un jeu de chaises musicales et de promotions au sein de la Sûreté du Québec. Cette passation du bâton était attendue avec beaucoup d'espoir par l'état-major car, en chaque officier, sommeille un directeur; c'était le jour des récompenses et le couronnement des vainqueurs dans l'incessante lutte pour obtenir les honneurs. Les policiers de l'APPQ continuaient leurs moyens de pression et assistèrent à la cérémonie la barbe longue, les cheveux décoiffés et vêtus de jeans. Cela ennuya le nouveau directeur et fit les délices de la presse.

—Un imbécile! Non, mais ça prend-tu un imbécile!

—Au moins c'est réglé!

—Un vrai coup de chance providentiel!

Georges, Antoine et Carol sortaient du bureau du Premier ministre et Madeleine entendait leurs commentaires. Carol s'arrêta pour la saluer et elle lui demanda ce qui se passait.

—L'incendiaire de Saint-Télesphore est arrêté, lui répondit-il.

—Le vrai? Le bon? Celui qui va résister aux enquêtes journalistiques?

Son ironie était évidente et Carol la comprenait très bien.

—Oui, madame! Les aveux sont là. Les empreintes digitales correspondent. Les accusations sont portées. La SQ jubile et Jean-Noël de même.

—Il était temps que nos vaillants détectives provinciaux se réveillent. Est-ce qu'ils attendaient le départ de Duhamel pour agir?

—Pauvre Madeleine! la réalité n'est pas toujours comme dans les romans policiers. Dans la vraie vie, il y a quelquefois des coupables qui échappent aux poursuites.

Fait cocasse, la saga des BPC de Saint-Télesphore se terminait par un coup de chance. Un soir, dans une taverne, un gars s'était vanté d'avoir allumé le feu de l'année au Québec. Un agent provocateur de la Sûreté du Québec, qui était dans la même taverne pour surveiller une présumée transaction de drogue, prêta une oreille attentive et fit parler ce compagnon d'un soir. En rapportant certaines précisions obtenues à ses confrères des enquêtes criminelles, il permit de trouver un chaînon manquant: l'identité de l'individu possédant les empreintes digitales retrouvées sur l'intérieur de la barrière à la Dechabec. Le gars n'ayant aucun motif précis pour avoir agi de la sorte, la Sûreté aurait eu bien du mal à l'identifier sans ses propos d'occasion auprès d'un policier alerte. Cette fois-ci, le suspect fut amené devant un juge avec une série de preuves solides et des accusations formelles furent portées. Le Gouvernement avait un problème de moins.

À ses bureaux situés dans l'édifice d'Hydro-Québec à Montréal, le Premier ministre effectuait un marathon d'appels téléphoniques. Il se disait que la marée basse avait atteint son creux et il préparait un plan d'attaque afin de regagner la faveur des électeurs. Il ne savait pas encore quand il tiendrait les élections générales, mais il ne pouvait reporter la date de l'affrontement après le mois de mai. Il lui restait donc trois mois pour sauver les meubles et foncer. Madeleine lui passait l'une après l'autre les communications.

—Comme ça, ce n'est pas trop pire dans ton coin, mon André?... Tu penses que notre candidat aurait de bonnes chances? questionnait le Premier ministre tout en jetant des œillades de découragement à sa secrétaire.

Il savait pertinemment que le PSEQ n'avait aucune possibilité de remporter le siège de Dufort. Sondage après sondage, le comté donnait toujours le plus haut taux d'insatisfaction à l'endroit du Gouvernement. Un inconnu l'emporterait facilement contre un candidat du PSEQ. Cependant, l'interlocuteur du Premier ministre lui donnait la réponse qu'il croyait que son chef voulait entendre; il n'allait certes pas donner l'heure juste et déplaire. Quelquefois, le Premier ministre mettait en doute l'affirmation qui lui était faite mais, la plupart du temps, il ne se donnait même pas la peine de discuter. Cela ne lui servirait à rien. Il raccrocha et demanda à Madeleine:

—Qu'est-ce qu'André Lachance t'avait dit, la semaine dernière?

—Que mon chat, sous étiquette PUN, aurait plus de possibilités que vous d'être élu dans Dufort!

—C'est ma chance que tu sois mes oreilles. Tu t'imagines si je devais croire tous les compliments et les bonnes nouvelles qu'on me sert! Je déclencherais les élections demain matin, ne ferais aucune campagne électorale et attendrais patiemment d'être réélu sans opposition. Non mais, les gens me prennent pour qui? Est-ce qu'ils croient que je suis un imbécile, pas au courant de la réalité? Ou bien, est-ce qu'ils font exprès pour essayer de me leurrer?

—Ils essaient tout bonnement de plaire, de se créer une intimité avec le Premier ministre. Que voulez-vous, ils sont flatteurs parce qu'ils savent que c'est le point sensible chez l'homme.

—C'est assez pour aujourd'hui! trancha Jean-Noël. Dis à Antoine et à Georges de venir. Je vais dîner avec eux.

Sans savoir pourquoi, Madeleine éprouva un vague à l'âme. Le souvenir de Jean alourdit son cœur en veuvage. Elle communiqua machinalement avec les deux adjoints du Premier ministre, puis se retira dans son bureau, les larmes aux yeux. Elle ne voulait jamais montrer ses états d'âme. Pourtant, elle affirmait souvent que les larmes sont la force de la femme. Ce sont ces épanchements qui permettent au trop-plein de stress de quitter sa victime. C'est peut-être à cause de cette affirmation qu'elle avait vu, les uns après les autres, les mâles du bureau défiler dans son bureau les yeux embués. Madeleine les dérangeait par son attitude de dévouement total à Jean-Noël Brochu mais, quand ils avaient besoin d'une confidente, c'est toujours vers elle qu'ils se tournaient pour ne pas voir leur faiblesse étalée au grand jour. Avec la secrétaire du Premier ministre, pas d'inquiétude. Madeleine était capable de faire abstraction de ses animosités personnelles et pouvait ainsi prêter une oreille attentive; la confidentialité était assurée. C'était un peu cette relation privilégiée que Madeleine entretenait avec Jean et, depuis son décès accidentel, elle gardait pour elle ses déceptions et ses pleurs, ses joies et ses rires. La perte de Jean lui avait fait découvrir la richesse de sa présence. Elle regrettait tellement les soupers ratés, les rendez-vous à la sauvette à cause du travail, les appels téléphoniques escamotés, les moments d'intimité perturbés et les paroles non échangées. Ces pensées ne firent qu'accroître sa détresse et c'est avec soulagement qu'elle entendit le Premier ministre s'éloigner avec ses deux conseillers.

❑

Le jour se levait. Madeleine se retourna dans le lit. Elle redressa à peine la tête pour regarder autour d'elle. Elle s'était endormie tout habillée, couchée à travers le lit. Elle n'était pas assez reposée. Aussi se demanda-t-elle ce qui l'avait réveillée. Ce n'était ni la sonnerie du téléphone ni quelqu'un à la porte. Personne ne parlait dans le corridor; aucun bruit ne venait de la rue. Puis elle ressentit la douleur de sa peine. Son corps essaya de retrouver la quiétude perdue, mais ses sens l'en empêchaient. Elle articula faiblement «Pourquoi? Pourquoi? Pourquoi?» tout en se demandant ce qu'elle aurait pu faire pour empêcher la mort de son amant. L'inutilité de cet exercice l'épuisa et elle profita de quelques heures d'oubli. Un appel de son patron la tira de ce deuxième sommeil.

—Rien de spécial, ma belle?

—Un instant, je vais chercher les journaux à ma porte et je vous informe.

La banalité de cette conversation tant de fois répétée amena des larmes à Madeleine. Elle invoqua un début de grippe pour expliquer le chevrotement de sa voix. Elle prit donc la route de Québec dans une forme pitoyable. Comme les malheurs semblent se chercher tels des aimants, elle alla voir Stéphane le premier soir de son passage dans la capitale. Malgré sa promesse de lui rendre visite régulièrement, elle n'était pas encore allée le saluer. Stéphane l'accueillit tout de noir vêtu dans un appartement sombre éclairé à la chandelle. Au milieu du salon trônait une sorte de reposoir, avec la photo de Guy, et chaque article dans la maison portait une étiquette. Madeleine fut fouettée.

—Qu'est-ce que c'est que ces papiers collés un peu partout?

—Sur chaque objet figure le nom d'une personne à qui je désire le léguer à ma mort, répondit Stéphane en larmoyant.

—Mais tu n'es pas à l'agonie!

—Je suis séropositif, je vais mourir.

—Moi aussi je vais mourir. Tout le monde va mourir un jour. Le bébé qui naît présentement va lui aussi mourir. Dans un an, dans dix ans, dans trente ans, dans soixante ans. Il ne le sait pas, mais ça ne l'empêchera pas de faire des projets, de rêver tous les jours à l'avenir. Il faut te secouer, mon vieux. Ce n'est pas parce que tu es séropositif que tu dois vivre dans un cercueil et devenir un cadavre avant le temps.

Elle continua de dessiller les yeux de Stéphane. Ses commentaires directs le réveillèrent et elle en oublia son propre chagrin. Stéphane convint d'organiser une exposition de ses œuvres au profit de l'organisme SIDA-Québec et Madeleine promit d'obtenir la présence du Premier ministre pour cet événement.

Elle revint au bunker épuisée et trouva le Premier ministre d'une humeur massacrante. Il venait d'apprendre les manchettes des journaux du lendemain. Partout, en première page, une nouvelle de la Presse canadienne ferait état de l'intention du Gouvernement de confier à une entreprise étrangère la construction d'une salle d'opéra. Le projet, de toute évidence éventé par un fonctionnaire à la culture, provoquerait, il en était assuré, des réactions d'indignation un peu partout à la radio comme à la télévision. Les ingénieurs québécois ne se gêneraient pas pour rappeler le problème constant de Montréal, celui du Stade olympique, œuvre d'un architecte étranger.

Jean-Noël Brochu interpella Madeleine dès son entrée dans son bureau comme si elle était responsable de la fuite:

—Est-ce que tu connais le trou de cul qui a écrit la nouvelle? C'est le journaliste de la Presse canadienne à Montréal. Celui qui est pas trop grand et qui passe son temps à m'interrompre chaque fois comme s'il faisait semblant de ne pas comprendre mon propos.

Il questionnait, répondait et commentait tout à la fois.

Madeleine nota:

—Il n'est pas difficile à remarquer à une conférence de presse; il porte des cravates qui ont l'air plus brillantes que lui.

—Mais il me semble qu'il a toujours le sourire facile à ta vue. Tu pourrais pas essayer de t'en occuper? On ne sait pas ce que ça peut donner. On pourrait finir par s'en débarrasser.

—Monsieur Brochu, vous devriez savoir que les journalistes, c'est Georges qui s'en occupe.

Comme s'il répondait à l'appel de son nom, le directeur des communications venait d'entrer dans le bureau du Premier ministre sans frapper. Il fut harponné sur-le-champ.

—Tu connais Sigouin, de la Presse canadienne? demanda le premier ministre.

—Un imbécile! La *gang* de la PC à Québec ne le porte pas dans son cœur. Y paraît qu'il passe son temps à écœurer les gars en écrivant des articles politiques, pis c'est même pas son secteur. La dernière fois que je l'ai rencontré, il m'a dit que mon communiqué de presse contenait deux erreurs de frappe, trois d'orthographe et un contresens. Un imbécile! Mais, ça prend-tu un imbécile pour s'arrêter à ces détails-là!

—N'empêche qu'un journaliste d'agence de presse, c'est important. C'est peut-être moins prestigieux que de travailler dans un journal, mais quand ils sortent une nouvelle, tout le monde la reprend. Et puis, même si c'est un trou de cul, tu pourrais pas essayer de l'amadouer? demanda le Premier ministre à son directeur des communications.

—Y est pas parlable, cet imbécile-là. Lorsqu'il pose une question, on ne sait jamais si son sourire en est un d'admiration ou de mépris. Il me regarde comme si j'étais un demeuré. En plus, je ne le vois pas souvent; il ne passe jamais par nous pour avoir de l'information.

—À la guerre comme à la guerre! Madeleine, trouve un prétexte pour lui téléphoner, puis essaie de voir ce que tu peux faire. On a assez de la *gang* de trous de cul à Québec sans, en plus, se fendre en quatre pour les autres à Montréal. D'accord, Georges? demanda le Premier ministre à son directeur des communications.

—Un imbécile de moins à m'occuper, ça peut rien qu'améliorer ma qualité de vie.

Madeleine promit de téléphoner au journaliste, mais elle obtint des deux hommes qu'ils la laisseraient agir au moment qu'elle jugerait le plus opportun. Il lui fallut donc deux jours de réflexion et de conditionnement avant de passer à l'attaque. Sous prétexte de l'informer d'une visite du Premier ministre à Montréal, Madeleine téléphona à Julien Sigouin, qui se sentit flatté par tant de prévenance. L'activité partisane devant se dérouler en soirée, ce fut le prétexte à une ouverture, dont elle profita:

—Je sais que les journalistes n'aiment pas travailler le soir, mais la rencontre avec les gens d'affaires est prévue pour le début de la soirée, puis il y aura un échange informel avec la presse vers neuf heures.

—Vous voulez dire vingt et une heures, madame Pilon, coupa le journaliste.

—Vous me voyez chagrinée de ma confusion, monsieur Sigouin. Vous savez, la plupart des journalistes en sont restés au vieux système horaire parce qu'en réalité, ils n'aiment pas du tout travailler le soir.

Madeleine adoptait le même ton pompeux que son interlocuteur.

—Ils ont à s'occuper d'une femme et de marmots. Personnellement, je suis disponible en tout temps puisque je n'ai pas d'obligations de ce genre.

De fil en aiguille, la conversation prit une tournure plus personnelle, le journaliste racontant à son interlocutrice que son sport préféré se résumait à fréquenter les grands restaurants.

«C'est un peu trop facile, pensa-t-elle. Il m'ouvre la porte. Il n'est définitivement pas aussi perspicace qu'il veut bien le paraître.»

Aussi s'empressa-t-elle d'ajouter:

—Ah! oui? Moi non plus, je n'ai pas une vie sociale très développée. Peut-être pourrions-nous, un de ces jours, aller dîner à l'établissement de votre choix, histoire de déblatérer sur un peu tout le monde.

—Il n'y a rien de plus divin que de manger du prochain en dégustant de la fine cuisine. C'est réglé, à la date et à l'heure que vous choisirez.

—Demain soir, je reviens à Montréal. Peut-être pourrons-nous nous rencontrer vers sept heures chez *René-Varreau.*

Elle avait bien deviné l'homme. Rien de moins qu'un restaurant de grande classe pour l'appâter facilement. L'invitation fut acceptée. Madeleine, que ce travail de manipulation n'enchantait guère, avait toutefois une raison de se réjouir. Elle désirait toujours quitter Québec le plus tôt possible le jeudi. Bien souvent, son patron s'éternisait jusqu'en début de soirée avant de se mettre en route vers la métropole. Demain, elle en était certaine, il accepterait rapidement sa demande de quitter immédiatement après la période de questions, histoire de lui donner le temps de se préparer pour son rendez-vous.

Elle avait vu juste. Le départ se fit directement de l'édifice de l'Assemblée nationale, sans détour *via* le bunker. Jean-Noël Brochu commença par placer quelques appels de sa voiture, mais quand Madeleine lui dit: «Vous savez, monsieur Brochu, j'aurais besoin de me concentrer pour ce soir», il n'osa pas argumenter et demeura coi le reste du parcours. Madeleine se redit qu'encore une fois la partie semblait trop facile. Manipuler un journaliste, passe encore, mais de là à obtenir une soumission aussi totale du Premier ministre, il y avait de quoi se féliciter. Et, quand son patron lui offrit la voiture, conduite par un garde du corps, pour la soirée, elle accepta en riant sous cape. «Quant à jouer le jeu, allons-y à fond de train», pensa-t-elle.

Elle venait à peine de rentrer chez elle, à une heure du matin, que le téléphone sonnait. Elle devait faire son compte rendu au Premier ministre, qui avait déjà Georges Pineault en ligne pour ce téléphone-conférence. Les deux hommes arrivaient difficilement à dissimuler leur curiosité et questionnaient en même temps. En blaguant, Jean-Noël Brochu se prévalut de sa prérogative de Premier ministre pour demander:

—Alors, on a bien mangé chez *René-Varreau?*

—Ne m'en parlez pas, je n'ai jamais été aussi gênée de ma vie. Non seulement le restaurant était pratiquement vide, mais Sigouin a passé son temps à tout critiquer: la carte n'annonçait pas d'artichaut à la barigoule, le vin romané n'était pas à la bonne température, le foie gras avait un relent pâteux, le pain affichait une légère sécheresse, les quelques clients présents bâfraient autour de lui et, par-dessus le marché, on ne lui a pas permis de fumer la pipe à la fin du repas. En sortant, il a conseillé au directeur de faire construire une annexe pour les fumeurs ou de déménager dans un endroit plus sélect parce qu'un restaurant — et je le cite — ça fait mauvais genre dans un centre commercial.

Le Premier ministre pouffa de rire tandis que Georges y allait de son commentaire habituel:

—Ils sont tous pareils, les imbéciles! Ils ne connaissent rien et se piquent de vouloir dire à tout le monde quoi faire. Mais ça prend-tu un imbécile pour avoir un culot pareil? On devrait le *checker* et se plaindre systématiquement à ses patrons à Montréal, ils finiraient bien par nous l'enlever des jambes.

Plus fin politique, le Premier ministre interrompit la complainte et suggéra à Georges:

—S'il est aussi baveux que ça, on pourrait s'en servir. Vérifie avec Antoine, je pense que le poste de directeur des communications à la délégation de Paris est vacant. On pourrait lui donner une bonne augmentation de salaire. Pour un journaliste d'agence, c'est un saut majeur qu'on réserve normalement à des médias plus importants. Ça va compenser pour les punistes en place dans notre réseau à l'étranger. Et puis, s'il aime tant que ça faire chier le monde, il va en avoir pour son argent à Paris.

Georges s'acquitta avec efficacité de la tâche. Dès le lendemain, Julien Sigouin était approché par le sous-ministre des Affaires internationales. Subjugué par tant de confiance, il ne dit pas non à la proposition. Pour se donner contenance, il demanda quelque temps de réflexion, mais Jean-Noël Brochu savait très bien que la partie était gagnée. Aussi demanda-t-il à Georges:

—Fais savoir au délégué de ne pas se gêner pour emmerder comme il l'entend son nouveau conseiller.

Après tout, il faut mériter de la patrie et du Parti. Et prépare tout de suite le communiqué de presse. Dès qu'il accepte, on ne lui donne pas le temps de changer d'idée. Réjouis-toi, mon Georges, ça te fera un trou de cul de moins dans les parages.

❏

Le flot de rumeurs quant à la date des élections générales se déversa à nouveau avec l'arrivée du mois de mars. Les sondages mensuels d'opinion indiquaient le *statu quo* dans les intentions de vote et le Premier ministre entreprit une tournée éclair de la province. C'était évidemment le signal que les organisateurs du PSEQ attendaient pour roder leur système. Une partie du mécontentement s'envola.

Le samedi 7 mars, le Premier ministre et sa suite se dirigèrent vers Baie-Comeau. Comme à son habitude, Madeleine se rendit à l'aéroport gouvernemental avant son patron. Le préposé au vol l'avisa que le ministre des Petites et Moyennes Entreprises avait déjà pris place dans le F-27 depuis une trentaine de minutes et que le ministre des Ressources naturelles demandait à monter immédiatement.

—Cela n'a aucun sens, dit le chef de cabine, il fait un froid sibérien à bord et nous ne pouvons pas réchauffer l'avion avant le décollage. Ils vont être malades tous les deux.

Madeleine comprit; les deux élus voulaient être assis à côté du Premier ministre, qui occupait toujours le même siège. Elle hésita entre le rire ou de la rage. Les deux ministres voulaient se ridiculiser, ils le seraient.

—Laissez-les faire. Ce sont des hommes responsables, ironisa Madeleine. Ils ont sûrement une conversation importante et privée à tenir. Avec le froid, les esprits ne risquent pas de surchauffer.

Madeleine mit son patron au courant de la situation dès qu'il arriva à l'aéroport. Il lui demanda de monter à bord en premier et de prendre place sur le banc qu'il occupait habituellement. Il entrerait en lui reprochant son intrusion et occuperait le siège habituel de sa secrétaire, isolé à l'avant de l'appareil.

—Et, encore une fois, je porterai l'odieux, se plaignit l'adjointe.

—Et moi, je serai une pauvre victime de ton insolence.

—Mais ces deux-là vont me tuer!

—Ne crains rien, ils auront trop peur d'aller en prison et de rater les prochaines élections. Allez, vite! il faut partir.

À contrecœur, Madeleine exécuta son numéro de kamikaze sous les regards meurtriers des deux ministres qui, à l'arrivée à Baie-Comeau, se levèrent en même temps pour être aux côtés du Premier ministre à la sortie. Madeleine, dégoûtée, ne regarda même pas qui gagna la lutte.

L'organisation à l'aéroport fut impeccable: groupe de partisans enthousiastes, voitures dans le bon ordre, route ouverte par les policiers locaux, accueil chaleureux à l'Hôtel de ville, attroupement restreint de mécontents. Les manifestations dans les coins plus isolés de la province fascinaient toujours Madeleine. Les policiers de l'endroit connaissaient tout le monde et pouvaient même vous dire la place que chaque personne occuperait. À la vue du Premier ministre, un chahut commandé s'initia. Jean-Noël Brochu se dirigea directement vers l'attroupement et prit le bras du représentant du groupe qui lui tendait une lettre.

—Il ne faut pas rester dehors par un temps pareil, commenta le Premier ministre. Venez avec moi, nous allons discuter bien au chaud à l'intérieur.

Une fois de plus, le truc réussissait. Le chemin s'ouvrit et, au milieu des applaudissements, sous l'œil des caméras, le chef du Gouvernement, radieux, et le représentant des mécontents, satisfait, entrèrent à l'hôtel de ville. Jean-Noël Brochu s'isola à peine quelques secondes avec son nouvel ami puis le refila au ministre des Petites et Moyennes Entreprises, qui ne savait trop s'il devait se réjouir de la confiance que son chef semblait lui témoigner devant les journalistes ou regretter de ne pas être à l'avant pour les photos.

Dans l'ensemble, la visite fut donc agréable et, après la signature du livre d'or, le Premier ministre visita l'entreprise d'un ami du candidat local. Les travailleurs avaient été triés sur le volet et les journalistes eurent peu à se mettre sous la dent. Même succès lors de la participation de Jean-Noël Brochu à une tribune téléphonique. Le service des communications du Parti avait fait un bon travail et les partisans du PSEQ accaparaient la plupart des lignes afin de féliciter le Premier ministre de son travail et de poser des questions faciles. En fin de soirée, la rencontre publique se déroula rondement, sans bavure. Le seul problème de Madeleine: écouter à tour de rôle les deux ministres se plaindre de la place occupée par l'autre. Le jeu des chaises musicales se répéta au retour mais le Premier ministre, rassuré par le succès de la journée, s'assit avec ses ministres qui rivalisèrent de compliments. Madeleine sombra dans le sommeil.

Le groupe passa la nuit à Amos, deuxième étape du voyage. Dès sept heures, un des éclaireurs frappa à la porte de sa chambre. Il était responsable de la bonne marche de la journée et voulait vérifier certains détails avec la secrétaire. Il lui annonça fièrement qu'il avait déjà passé en revue l'horaire avec les gars de la

SQ. Le simple fait de savoir que, pour une fois, les gardes du corps avaient été réveillés avant elle permit à Madeleine de commencer la journée sur un bon pied.

À la lecture des articles de presse favorables, le Premier ministre entreprit lui aussi sa journée de bonne humeur. Le déjeuner dans un centre d'accueil pour jeunes en difficultés fut un succès politique. Il faut dire que le Premier ministre venait remettre officiellement une subvention permettant de maintenir le centre ouvert et évitant la mise à pied du personnel. Le chèque de cinq cent mille dollars rapporta son pesant d'or en publicité.

Durant l'après-midi, Jean-Noël Brochu rencontra différents intervenants, visita un militant de longue date hospitalisé et rencontra la presse locale sous l'œil scrutateur des journalistes politiques de Québec. Le Premier ministre jouait son jeu habituel du chat et de la souris, mais la complicité du voisinage n'y était pas, comme c'est le cas habituellement avec la presse parlementaire. Les questions étaient beaucoup plus directes, les journalistes locaux ne se contentant pas de généralités. Le chef du Gouvernement ne se démonta pas pour autant et réussit à passer tous ses messages.

—*So far, so good*, commenta le Premier ministre, une fois seul dans la voiture avec Madeleine. Mais je voudrais que tu inspectes les lieux pour ce soir. Il est impossible un dimanche soir d'attirer une foule à Amos. Vois à ce que la salle soit petite, sans quoi je vais avoir l'air perdu et les images ne seront pas bonnes.

De retour à l'hôtel, Madeleine demanda à voir le local retenu par le Parti. Le Premier ministre avait raison: les organisateurs avaient prévu attirer plus de deux cents personnes. Comme les éclaireurs et les organisateurs étaient au souper, elle entreprit, seule, de retirer des chaises et de réduire la pièce avec des cloisons amovibles. Quelques journalistes de la presse parlementaire arrivèrent à ce moment.

—Tiens, tiens, tiens, dit Ralf Noseworty, on ne va pas avoir de monde ce soir et tu te dépêches de sauver les apparences.

Madeleine ne perdit pas son sang-froid.

—Mais non, ce n'est pas ça. J'aménage la salle comme nous l'avions demandé pour une réunion avec seulement l'exécutif de comté. Mais vous connaissez les directeurs d'hôtel de province, quand le Premier ministre vient, ils veulent montrer qu'une ville éloignée a autant de commodités que Montréal et ils sortent tout ce qu'ils ont. Je ne veux donc pas blesser le directeur et j'ai décidé de faire moi-même les arrangements.

Les journalistes gobèrent le mensonge et aidèrent Madeleine à ranger la salle tout en plaisantant sur les directeurs d'hôtels locaux. Madeleine était soulagée mais surveillait quand même, avec inquiétude, l'entrée en espérant que le pauvre directeur de l'hôtel n'aurait pas la fâcheuse idée de venir voir si tout était bien. Elle eut la vie sauve et la réunion fut un succès comme le souligna la presse du lendemain:

> La soirée se termina sur une agréable surprise pour le Premier ministre qui avait prévu rencontrer les membres de l'exécutif de comté. La réunion n'avait pas été annoncée et alors qu'on attendait douze personnes, il a fallu agrandir la salle et ajouter des chaises: plus de cinquante personnes sont venues rencontrer le chef du Gouvernement!

❏

Les dernières tempêtes de l'hiver annoncèrent un printemps intéressant sur la scène politique. Après la Côte-Nord et l'Abitibi, les Laurentides, la Beauce et la région montréalaise reçurent la visite du Premier ministre accompagné immanquablement d'un ministre ou deux et de la presse parlementaire. Une telle tournée amenait inéluctablement sa ration d'incidents cocasses.

À Rawdon, le Premier ministre, après le souper, fut invité à ouvrir officiellement la danse avec madame la mairesse. Jean-Noël Brochu, mesurant deux mètres, était du type athlétique tout en muscles, madame la mairesse, mesurant un mètre cinquante, du type plutôt grassouillette. Le chef du Gouvernement essayait de disparaître sur la piste de danse, alors que la mairesse se gonflait encore plus en dansotant. Au moment où Jean-Noël pensa son supplice terminé, le maître de cérémonie annonça un rappel pour le couple privilégié pour que les caméras de télévision puissent filmer la scène. Le regard de détresse que le Premier ministre lança à sa secrétaire ne fut capté que d'elle seule, mais Madeleine ne put répondre à l'infortune de son patron tant son fou rire était incoercible.

En Gaspésie, le cortège se perdit de vue dans la tempête et la voiture de Jean-Noël se trouva isolée sur une route déserte. De plus, les essuie-glace tombèrent en panne. Madeleine recouvrit le Premier ministre de toutes les pièces de bagages et journaux disponibles dans la voiture afin qu'il ne prenne pas froid. Elle s'arma ensuite d'un balai et, le corps à moitié sorti de la voiture, s'évertua à nettoyer la vitre du conducteur de la neige accumulée. Le garde du corps essayait de signaler sa position à ses confrères, mais aucune indication ne bordait la route. Après trois quarts d'heure de communications infructueuses, la voiture se trouva prise dans la neige devant le *Shack à Ti-Bi*, un restaurant estival. Le Premier ministre était localisé, mais il dut faire route à bord de la charrue du village, le seul véhicule qui pouvait encore circuler. Il fulminait à la pensée d'être la risée des journalistes à son arrivée. Cependant, la Providence veillait: les journalistes étaient toujours perdus et ce fut un Jean-Noël détendu qui les attendit une bonne heure.

Pendant que le Premier ministre visitait une ferme modèle en Beauce, la vache championne du troupeau choisit ce moment pour vêler. Jean-Noël Brochu dut assister à la naissance et eut droit aux commentaires épicés de l'assistance. Il aurait voulu se voir à des kilomètres de là parce qu'il avait une peur incontrôlable du sang. Chaque gros plan des caméras lui était un supplice. Madeleine désespérait de le sortir de la fâcheuse situation quand elle lui suggéra d'enlever ses lunettes et de les porter à son menton comme s'il était tout absorbé par le miracle qui se déroulait devant lui. Les images seraient excellentes pour les caméras et lui, myope, n'y verrait plus rien. Le vêlage terminé, c'est un agriculteur euphorique qui annonça à la presse que le bébé s'appellerait Noëlla-Jeanne en l'honneur du Premier ministre. Le nouveau parrain de Noëlla-Jeanne ne perdit pas contenance, mais les photos de Jean-Noël prises au moment de cette déclaration officielle montrèrent un sourire ambigu.

Les accrochages durant la tournée éclair du chef du Gouvernement se limitèrent à des incidents de ce genre. Aucune bévue importante ne vint ternir le succès de Jean-Noël Brochu et le PSEQ gagna quelques points dans les sondages. Le vent semblait tourner pour le Parti au pouvoir. Ce qui surprenait, c'était surtout l'absence du PUN. L'Opposition, en possession d'un arsenal impressionnant de munitions contre le Gouvernement, s'était peu à peu évanouie. Les requêtes de Commissions parlementaires ne se faisaient plus entendre, les attaques répétées de favoritisme contre le Gouvernement s'étaient estompées et on voyait de moins en moins souvent le chef de l'Opposition, Pascal Saint-Onge. Vers la fin du mois de mars, un communiqué de presse des bureaux du PUN apporta une explication à cette léthargie: Pascal Saint-Onge, atteint d'une maladie cardiaque, démissionnait de la direction de son Parti.

Un bref congrès général des militants, en apparence enthousiastes, nomma Marc-André Sénéchal, le président du Parti, chef du PUN. Ce que personne n'écrivit nulle part, c'est que le PUN ne pouvait effectuer une onéreuse course à la direction, le Parti n'ayant qu'un minimum de fonds. Le nouveau chef demanda donc à rencontrer le Premier ministre en privé et secrètement, le plus tôt possible. Jean-Noël Brochu accéda tout de suite à sa requête. À la suite de tractations directes entre les deux hommes, il fut convenu que l'Assemblée nationale augmenterait le budget de recherche du PUN afin de lui permettre, par un tour de passe-passe, de payer une partie des salaires de ses permanents. Le jeu démocratique pourrait ainsi continuer, mais la liberté d'expression s'en trouvait diminuée. L'Opposition, acculée à la faillite, ne saurait mordre farouchement la main qui la sauvait. Jean-Noël Brochu recommença à mieux respirer; il tenait les ficelles de la prochaine campagne électorale. Il alla donc de l'avant: le 18 mai prochain serait jour de scrutin général au Québec.

Chapitre neuf

C'était soir d'élections. Jean-Noël Brochu attendait, retiré dans sa chambre à coucher au deuxième étage de sa résidence. Madeleine, assise dans le salon, écoulait la dernière heure d'ouverture des bureaux de scrutin en relisant quelques pages de son journal de campagne. Une lampe posée sur une table basse et la lueur de quatre appareils de télévision allumés, mais muets, éclairaient la pièce. Fébrile, elle ouvrit plusieurs fois les pages de son journal en les aérant rapidement en éventail. Il lui semblait palper un *thriller* qui allait enfin révéler son dénouement.

11 avril, jour 1

Montréal. Au *Spectrum*. Lancement officiel de notre campagne électorale... Débordement de lasers, musique, fumée et ballons. Ragaillardis par la perspective de garder le pouvoir, présentons une équipe en apparence dynamique. Cent vingt-cinq candidats rayonnant de fierté à la pensée de leur prochain ministère. À l'appel de son nom, chacun gagnait la scène comme s'il avait été le Premier ministre lui-même. Egos gonflés à bloc. Est-ce qu'il y a une autre motivation que la conquête du pouvoir qui amène ces gens à se porter candidats? Les salaires sont si faibles en politique active et la reconnaissance tellement éphémère. Sans compter que la vie privée en prend un sérieux coup et que beaucoup de principes idéalistes sont assassinés. Mais bien peu de personnes pensent à ces choses en ce 11 avril au *Spectrum* de Montréal. Ai mieux fait de garder mes pensées pour moi. J'aurais été une briseuse de fête.

13 avril, jour 3

Ai emménagé aujourd'hui au comité central de la campagne électorale. Pas de bureau prévu pour M. Brochu. Oh! La direction en avait bien planifié un, mais Antoine, directeur de la campagne, se l'était approprié. Ai dû encore une fois insister, déplacer des gens et gueuler fort (personne ne voulait céder son bureau) afin d'obtenir un local pour M. Brochu cinq minutes avant son premier rendez-vous. Et encore, la pièce n'est pas située au second étage où se trouvent tous les bureaux des directeurs de la campagne, mais au premier étage, à côté de la salle de conférences. N'ai pas fait de chichi; il sera plus agréable de côtoyer le comité des bénévoles que celui des pelleteux de nuages. Et puis, au premier étage, il y a la Commission jeunesse du Parti, toujours confinée dans son petit carré de sable, mais tellement rafraîchissante avec son enthousiasme!

15 avril, jour 5

À Québec: premier Conseil des ministres depuis le déclenchement de la campagne. Pas grand-chose de nouveau. Me suis assise à l'arrière de la salle pour écouter un peu. Personne ne m'a demandé de sortir. Probablement qu'on ne s'est pas aperçu de ma présence. Les ministres occupent leur place habituelle autour de l'immense table circulaire. Même atmosphère lourde à cause du manque de fenêtres, de la lumière artificielle et de la moquette foncée. Les participants aujourd'hui ont tous une corne d'abondance de projets à soumettre. Ai quitté après quinze minutes, certaine que l'État aurait une série d'annonces ministérielles rentables dans les jours à venir.

... M. Brochu a profité de son passage dans la capitale pour enregistrer des messages publicitaires dans une chambre de l'hôtel *Hilton* transformée en studio. Ai attendu dans le corridor, assise dans un fauteuil, gracieuseté d'Antoine, Georges et Denis (qui ne voulaient pas me voir dans la suite). En ai profité pour travailler un petits points. C'est une scène champêtre de vaches dans un champ de blé, un paysage tout en douceur. Le contraire de l'atmosphère politique. D'ailleurs, les trois compères étaient de vraies queues de veau (avec jeu de mots). Ils entraient et sortaient régulièrement de la chambre pour argumenter, soit sur la pauvreté du contenu des textes que M. Brochu devait lire, soit pour se plaindre de la façon dont M. Brochu rendait lesdits textes «tout simplement extraordinaires». Leurs contradictions m'amusent aujourd'hui, mais j'ai aimé mieux me concentrer sur mon petits points: deux demi-points bleus, trois espaces, deux autres demi-points bleus et je reviens...

16 avril, jour 6

Toujours à Québec (comté de Beaujour). Une journée pleine de petites rencontres planifiées et profitables. Ce soir, avons présenté notre équipe féminine de candidates. Rémy Paquin (notre actuel ministre des Finances) a présidé la soirée. Il jubilait d'être entouré de tant de femmes. Soirée fertile en cocasseries.

Madeleine ferma les yeux et, sourire aux lèvres, revit cette assemblée politique. Quand elle était arrivée avec Jean-Noël Brochu dans la suite VIP, Caroline Lacasse parlait au téléphone. Issue des mouvements militants féminins, première femme à accéder à la présidence de l'Ordre des camionneurs, Caroline était d'ores et déjà vue par tous comme la future ministre de la Condition féminine. Lorsqu'elle aperçut Madeleine, elle lui fit signe d'approcher tout en continuant sa conversation téléphonique.

—Je ne sais vraiment pas quoi te dire, mon vieux. Attends, Madeleine arrive, elle aura sûrement une solution.

Caroline expliqua ne pas savoir quoi suggérer à Laurier Marchand, le président du Parti, qui devait assister à la soirée.

—Laurier est à son appartement et il vient de se rendre compte avec stupeur que les deux boutons supérieurs de l'unique chemise qu'il a à Québec sont non seulement décousus, mais perdus.

—Qu'il découse les boutons du bas de sa chemise et qu'il les pose en haut. Avec le pan dans le pantalon, rien n'y paraîtra, suggéra Madeleine.

Caroline transmit la suggestion. Le reste de la conversation entre les deux interlocuteurs estomaqua Madeleine.

—Je comprends bien que tu ne sais pas faire ça, mais fais-toi aider... Comment, tu es seul?... Mais où sont ta femme et tes filles?... Déjà parties?... Mais, mon vieux, il fallait te garder une femme à la maison! Attends, je vais tenter de t'envoyer une des secrétaires d'ici, elle va te réparer cela en un instant.

Madeleine ne pouvait pas en croire ses oreilles: la future ministre de la Condition féminine qui émettait un tel commentaire sexiste. Devant l'expression éloquente de sa vis-à-vis, Caroline ajouta:

—Tu sais, ma chère, il nous faut aussi assumer notre rôle de femme, pas seulement chercher à devenir l'égale de l'homme!

La réponse se fit cinglante:

—Très peu pour moi: vouloir être l'égale de l'homme, c'est manquer d'ambition.

Caroline évita Madeleine le reste de la soirée. Après une brève vidéo illustrant le rôle des femmes dans la politique québécoise, depuis l'élection de la première femme, Claire Kirkland Casgrain, sous la bannière libérale, les oratrices et les orateurs invités tinrent des propos de circonstance, sans grande originalité. Enfin, le rassemblement baigna dans l'huile jusqu'à l'appel des candidates qui se rendirent sur la scène. C'est alors que, pour résumer la soirée, Rémy Paquin proclama bien haut, et bien fier: «Mesdames et Messieurs, applaudissez les p'tites femmes du PSEQ» et que, du micro latéral encore ouvert, sous les gloussements de l'assemblée, tous entendirent bien haut et bien fort le commentaire de Jacinthe Lamarre, une des candidates, en réaction à l'affirmation puérile de Rémy Paquin: «Il y a des coups de pied au cul qui se perdent!»

Madeleine reprit sa lecture avec bonne humeur.

17 avril, jour 7

Avons quitté Québec à huit heures du matin après une nuit au *Château Frontenac*. Nous sommes rendus à Baie-Saint-Paul en voiture pour une première rencontre avec le maire. Encore un accueil chaleureux des militants. Ces partisans sont tellement heureux de rencontrer leur chef, leur Premier ministre, qu'ils rayonnent littéralement. J'aime entendre leurs remarques après que M. Brochu les eut salués: «Il m'a reconnu!» «Il se rappelle les fraises que je lui ai envoyées!» «Il me parle encore de la fois où je l'ai conduit dans une tempête de neige!» «Il m'a demandé si mon problème de zonage était réglé!» Et puis, il y a toujours des petites dames, pleines de tendresse, pour ajouter: «Vous avez l'air fatigué. Reposez-vous un peu. Il ne faudrait pas que vous soyez malade. On a besoin de vous!» ou «C'est moi qui ai fait vos sandwiches. N'ayez pas peur d'en manger. J'y ai mis juste des bonnes choses.» Commentaires sincères qui n'ont rien à voir avec les propos de flatteurs aux faux plis étudiés. Jean Bigras, notre candidat dans Charlevoix, était aujourd'hui accompagné de sa femme et de ses trois enfants. Toujours amusant de voir les yeux de ces personnes. L'épouse est on ne peut plus fière de son mari et les enfants quelque peu gênés de rencontrer personnellement le Premier ministre, un ami de leur père. Avons donc passé une journée agréable, sans incident... Journalistes pas trop tatillons!

18 avril, jour 8

Roberval. Avons pris l'avion nolisé pour venir de Baie-Saint-Paul et sommes arrivés tard, hier soir. Me suis levée de bonne humeur, pas trop fatiguée, optimiste. La journée devrait être aussi agréable que celle d'hier. Enfin, nous verrons bien...

... De retour dans l'avion en route pour Dolbeau. Mes prédictions de ce matin auraient été justes si je n'avais pas oublié les journalistes. Rivalité de mesquinerie de leur part afin de gâcher la journée. Cela s'est reflété sur leurs caractères. Début officiel de la journée raté à cause de leur retard. M. Brochu, session de photos oblige, arrive toujours à ses rendez-vous après l'autobus de la presse. Avons quitté l'hôtel avec 45 minutes de retard parce que les journalistes, une fois dans leur autobus, ont décidé d'aller boucler leurs chambres et de ne pas retourner à l'hôtel dans l'après-midi pour y travailler. Pourquoi? Freud dirait que c'est de la frustration sexuelle. Mais comment savoir quel caprice secret amène un groupe d'hommes et de femmes à prendre une décision aussi invraisemblable en un début de journée maussade! Georges s'arrachait le peu de cheveux qu'il lui reste quand il est venu annoncer la décision de «ses» imbéciles! M. Brochu avait une humeur inversement proportionnelle à celle des gens de la presse et il prit la situation avec humour: «Ça sera donc un dimanche bien tranquille. Ne vous énervez pas. Je vais en profiter pour réviser certains dossiers.» Mais, après une demi-heure d'attente, le ton a changé. M. Brochu voulait partir. Quinze minutes de discussion avec Georges et nous sommes partis sans attendre les journalistes. Les autorités municipales (qui étaient fières de pouvoir procéder à l'ouverture officielle de la nouvelle bibliothèque devant la presse parlementaire) en furent quittes pour une déception. Sans parler des bénévoles qui avaient préparé une salle de presse impeccable. Quand la cérémonie fut terminée, avisé par le service d'éclaireurs que les journalistes n'étaient pas encore à leur prochain lieu de rencontre, M. Brochu a décidé de s'attarder un peu. C'est alors que la gent journalistique s'est pointé le nez à la bibliothèque en se riant du fait qu'il y avait bien peu de monde et en maugréant par la suite en apprenant qu'on ne les avait pas attendus.

Reste de la journée avec la presse: un fouillis du genre. Le dîner eut lieu en retard, les journalistes demandant un menu spécial; l'annonce de la politique régionale du PSEQ fut presque sabotée par une presse exténuée qui exigeait un lieu de travail plus qu'adéquat. Le retour à Montréal risqua de dégénérer en une bataille rangée entre Georges et ses imbéciles lorsque ceux-ci décidèrent de souper à Dolbeau plutôt que de prendre place dans l'avion pour le retour.

20 avril, jour 10

Épisode des cassettes. Encore un heurt avec Antoine.

❏

Madeleine quitta sa lecture pour aller se chercher un verre de Seven-Up diète. De retour au salon, elle s'étendit sur le divan et repensa à cette journée du 20 avril...

Ce jour-là, quand elle était arrivée à son bureau, il y avait des cassettes sur son pupitre. C'étaient celles des messages publicitaires. Elle en avait profité pour y jeter un coup d'œil, mais avait été déçue, certaine d'être tombée sur les copies rejetées. M. Brochu, à cause du jeu d'éclairage, avait des poches sous les yeux et sa chemise paraissait sortir tout droit d'un tordeur. Le son aussi laissait à désirer; la voix chevrotait par endroits. Madeleine était toute à sa déception quand Antoine était entré dans la salle de conférences en l'interpellant:

—On est curieuse, Madeleine Pilon?

Elle s'était contentée de hausser les épaules et de sortir sans fermer la porte. Elle avait donc entendu les commentaires du directeur de la campagne.

—Parfait! Tout est parfait! On va pouvoir commencer la campagne télévisée cette semaine.

Quand il était sorti de la salle, Antoine ne tenait qu'une seule cassette.

—As-tu tout pris? s'était informée Madeleine.

—Bien oui! C'est la cassette des messages. Du vrai bon travail!

Un appel téléphonique de M. Brochu avait empêché Madeleine de répliquer. Elle avait toutefois fait part à son patron de ses doutes quant à la qualité des messages publicitaires et avait eu droit à la remarque toujours embêtante pour elle:

—Je te fais confiance. Règle ça avec Antoine et apporte-moi une copie de la cassette

Quand elle avait trouvé Antoine, il présidait déjà une réunion. En entrant, elle avait entendu les participants féliciter chaudement le réalisateur pour son travail. Madeleine avait figé et avait soufflé à l'oreille d'Antoine que M. Brochu voulait une copie de la cassette.

—Qu'il attende! Je vais la lui apporter demain!

—Mais il la veut tout de suite, avait murmuré Madeleine.

—Je te dis qu'il va attendre!

La réponse d'Antoine était de trop. Madeleine s'était dirigée vers l'appareil vidéo, avait sorti la cassette et avait clamé bien fort pour que tous entendent:

—Quand le Premier ministre dit maintenant, c'est maintenant! Vous pouvez très bien continuer votre exercice d'adoration mutuelle sans votre veau d'or.

Elle avait encore une fois déclenché les hostilités. Antoine s'était levé pour lui barrer la route. Les yeux à demi fermés, Madeleine avait porté son regard du directeur de la campagne au réalisateur et, en secouant la tête, avait bifurqué à la droite d'Antoine. Puis, très consciente de son geste provocateur, elle avait quitté la pièce en balançant la cassette compromettante au bout de son bras. Évidemment, quand M. Brochu avait vu les messages publicitaires, il avait téléphoné à Antoine et il avait été convenu qu'on allait tout reprendre. Madeleine n'avait pas vu la réaction de son confrère. La confrontation l'avait vidée et après avoir porté la cassette à la résidence de M. Brochu, elle était revenue directement à son appartement.

❏

La sonnerie du téléphone la tira de sa rêverie. Il était dix-neuf heures quinze. Carol Laporte désirait parler au Premier ministre afin de le rassurer; un peu plus de quatre-vingts pour cent des électeurs avaient exercé leur droit de vote. C'était bon signe. Madeleine transmit la communication et reprit sa lecture.

21 avril, jour 11

Les Redresseurs ont encore fait des leurs. C'est toute la stratégie de la campagne et les commentaires croustillants d'Antoine sur certains de nos candidats qui se sont retrouvés dans la chronique de Pierre Champagne.

23 avril, jour 13

Annonçons en ce 23 avril les noms de trois nouveaux candidats pour le PSEQ lors d'une conférence de presse conjointe. Ai eu le fou rire tout le temps de la conférence à cause d'un incident dans l'avant-midi. Il me faut le relater ici. C'est trop invraisemblable...

Les personnes qui se portent officiellement candidates aujourd'hui sont toutes trois ministrables. Vers dix heures trente, soit une heure avant la conférence de presse, René Desautels, un des candidats, a téléphoné au comité pour se plaindre et demander qu'on refasse son *curriculum vitæ*. Il avait constaté que les CV de ses deux confrères comportaient trente-huit lignes et que le sien n'en avait que trente-deux. Il ordonnait qu'on ajoute cinq lignes, sans quoi il ne se présenterait pas à la conférence. Au comité, on a pris cela comme une bonne farce mais on a dû se rendre à l'évidence que *Monsieur* Desautels était on ne peut plus sérieux et il en fut fait selon les désirs de *Monsieur* Desautels.

25 avril, jour 15

L'épisode des messages publicitaires a créé un climat de mésentente dans toute l'équipe. Heureusement qu'une visite de courtoisie avec le gouverneur Smith de New York est prévue demain. La distance va certainement calmer les esprits.

26 avril, jour 16

...

❏

Madeleine se mit à marcher dans la résidence. À la seule vue des trois points de suspension du 26 avril, tous ses sens se bouleversaient. Elle ne parvenait pas à croire en la mesquinerie dont M. Brochu avait fait preuve lors du voyage à New York. À leur arrivée dans la métropole américaine, la tension était à son comble. M. Brochu avait eu un mot avec le délégué général tandis que Madeleine prenait possession des chambres. Quand Madeleine était revenue vers son patron, il lui avait demandé:

—De quel côté donne la fenêtre?

—Sur la cour intérieure.

—Tu sais que cela n'ira pas. Trouve-moi quelque chose sur le côté!

—Je m'excuse, monsieur Brochu, mais la direction de l'hôtel m'assure que vous n'entendrez aucun bruit durant la nuit ou tôt le matin, répliqua Madeleine.

Le dialogue qui avait suivi, en présence du délégué général, avait été sauvage. Le Premier ministre se cherchait une victime depuis des jours. Madeleine était là, il ne s'était pas gêné pour l'agonir d'injures:

—Combien de fois t'ai-je dit de ne pas écouter les directeurs d'hôtel? Est-ce que c'est au-dessus de tes moyens de bien vouloir m'obéir? Ou peut-être penses-tu en connaître plus que moi? Le délégué général ici présent en sait plus que toi. Il va aller vérifier ma chambre, je suis certain que son choix sera plus juste.

Le délégué, fier de la confiance de son Premier ministre, avait pris la clé des mains d'une Madeleine ahurie et, accompagné du directeur de l'hôtel, était monté à l'étage. Ce départ n'avait calmé en rien le Premier ministre qui, ajoutant l'insulte à l'injure, s'était adressé à Madeleine en anglais afin d'être bien compris des gens qui passaient autour d'eux.

—*Who do you think you are?*

—Mais, monsieur Brochu...

—*Shut up when I talk to you. I am fed up with you. I wish you would ask me before doing anything relevant. You are simply incompetent. I have a province to manage, don't you dare mess up with my job.*

—Mais, monsieur Brochu...

—*See! Again you are cutting me up. You should know better. Would you please shut up when I talk to you. You always try to pin me down.*

Le Premier ministre terminait d'admonester Madeleine à l'arrivée de Georges Pineault et de Denis Cantin.

—Mon Dieu! mon Jean-Noël, tu es dans tous tes états. Qu'est-ce qui se passe?

—Il se passe que j'avais une chambre donnant sur le côté de l'hôtel le plus bruyant, alors que j'ai besoin d'un minimum de sommeil pour être alerte ces temps-ci.

—Des imbéciles! Non, mais ça prend-tu des imbéciles pour faire une chose pareille!

—L'imbécile, c'est cette incompétente-là qui essaie de saboter ma campagne électorale, avait clamé le Premier ministre d'un ton corrosif en désignant sa secrétaire.

Les deux nouveaux arrivés avaient dévisagé Madeleine avec une moue de dédain. Celle-ci avait détourné la tête. Elle ne savait où poser son regard. Les gens qui circulaient la toisaient et la jugeaient sans en savoir davantage. Un peu plus et quelqu'un viendrait réclamer le poste qu'elle semblait sur le point de perdre.

—*And please look at me when I talk to you. You are again trying to look away because you know that I am right. I'm lucky that the Delegate is coming back with the right solution. It is nice to be with a responsible man for a change.*

Le délégué rayonnait. Il avait tendu une clé au Premier ministre en affirmant:

—J'ai tout vérifié. Cette chambre sera parfaite et vous y serez en toute tranquillité.

—À quel étage suis-je? demanda Jean-Noël Brochu.

—Au vingtième. À la chambre 2020.

Madeleine défaillit. Si ses calculs étaient justes, il s'agissait de la chambre située au-dessus de celle qu'elle avait acceptée pour le Premier ministre. Prise de nausée, elle quitta en courant vers les ascenseurs.

—Madeleine Pilon! *You just come back right here!* avait tonitrué le Premier ministre. *You should thank Mister the Delegate for having done your job and you will be better off apologizing for your pig-headedness.*

En larmes, Madeleine s'était retournée avant que les portes de l'ascenseur s'ouvrent. Si elle avait été un homme, elle aurait volontiers riposté et tout laissé tomber, mais sa nature maternelle lui commandait une compréhension irraisonnée et masochiste envers cet homme irascible. Elle avait bredouillé un faible oui. Elle avait à peine séché ses larmes de dépit que le Premier ministre était entré par la porte communicante entre leurs deux chambres.

—Fais-moi venir Denis! J'ai besoin de lui!

D'une rage à peine contenue, elle avait commandé, d'un ton qui n'appelait aucune réplique:

—*Mister Brochu, don't you dare come to my room without knocking on the door. At your request, I must now take a conference call from Antoine. Please leave right away! You were simply a scum! You were disgusting! I am expecting some apologies.*

Madeleine tremblait de tout son corps. Jamais elle n'avait parlé ainsi à quelqu'un. Jean-Noël Brochu, ramené à la réalité, avait rougi et était retourné à sa chambre. Madeleine, prise de remords, s'était dirigée à sa suite pour s'excuser. Un garde du corps posté à l'entrée de sa chambre l'avait arrêtée d'un geste doux:

—Non, madame Pilon. N'allez pas vous excuser. Je ne vous donne pas souvent raison, mais cette fois-ci le Premier ministre est allé trop loin avec vous. Il ne sait pas la chance qu'il a d'avoir eu affaire à une femme. S'il avait agi de la sorte avec un homme, il en serait sorti avec un œil au beurre noir.

❏

Le souvenir de cette journée pesait lourd dans le cœur de Madeleine. En se la remémorant, elle n'avait pas cessé d'arpenter le premier étage de la résidence, était descendue à la cave, était sortie dans le jardin et avait plus d'une fois frappé du poing dans son autre main ouverte. Elle avait encore les larmes aux yeux quand, de retour au salon, elle reprit sa lecture:

28 avril, jour 18

Pas encore remise de la scène de dimanche dernier. Cette dix-huitième journée de la campagne électorale apporte encore son lot de problèmes. Ai eu au moins douze appels du même genre: des présidents de comté, en désespoir de cause, appellent M. Brochu les uns après les autres pour se plaindre de l'organisation centrale. La publicité promise depuis longtemps est enfin arrivée aux circonscriptions en créant de grands remous. Les organisations ont dû payer pour des affiches trop larges pour les poteaux de téléphone ou d'électricité et on leur demande d'imprimer tout le matériel régional aux mêmes dimensions afin d'avoir une image uniforme. De plus, certaines planches d'imprimerie sont inutilisables, le nom du candidat étant mal orthographié. Aussi incroyable que cela puisse paraître, dans le comté de Beausoleil, le président m'informe que les épreuves typographiques portaient le nom de l'adversaire! Il y a des présidents qui menacent de démissionner avec tout leur exécutif et deux candidats m'ont avoué qu'ils allaient faire leur campagne en se passant de l'aide centrale. Beau fouillis. Ai noté les récriminations, ai assuré que j'allais saisir M. Brochu des problèmes et ai supplié tous et chacun de ne rien faire avant que j'aie parlé à Carol. C'est ce que j'ai voulu faire le plus vite possible. Mais le Carol Laporte que j'ai découvert en arrivant au Comité central n'était pas celui des grandes luttes. Laurence, sa secrétaire, m'a dit que son patron n'avait ni mangé ni dormi depuis plus de vingt-quatre heures. Il essayait désespérément de colmater les brèches à droite et à gauche et n'obtenait pas d'oreilles attentives de la part d'Antoine et des autres responsables.

30 avril, jour 20

«Je sais bien que la journée va débuter à sept heures du matin, mais il me faut l'horaire complet de la journée de M. Brochu ce soir.» Ai argumenté plus de vingt minutes avec le directeur de la tournée et avec l'impression de perdre mon temps.

❑

Madeleine rejeta la tête à l'arrière et en soupirant, se rappela la situation. Tous les jours, depuis trois semaines, elle devait quémander l'horaire du lendemain. On ne le lui remettait souvent que vers vingt-trois heures trente ou aux petites heures du matin quand la sonnerie du télécopieur portatif installé à côté de son lit la réveillait. Le 30 au soir, un dialogue de sourds s'était engagé:

—Écoute, Pierre, M. Brochu a besoin de savoir ce qu'il va faire demain.

—Il n'a pas à s'inquiéter, tout va bien aller.

—Mais il faut qu'il se prépare.

—Ne t'inquiète pas, Marcel lui prépare tous les papiers dont il va avoir besoin.

—Mais de quoi va-t-il parler? A-t-il des annonces spéciales à faire demain?

—Pas d'inquiétude. Il va aller donner des poignées de main à un groupe de l'âge d'or.

—Où ça?

—T'as pas d'inquiétude à avoir, je te l'ai dit. C'est un centre d'accueil dans un comté qui nous est acquis.

—Quel centre, Pierre?

—Mon Dieu! que tu es inquiète. Je te dis que c'est un centre sûr.

À force de se faire répéter de ne pas s'inquiéter, Madeleine avait réellement commencé à se tourmenter. Et quand elle avait demandé carrément à Pierre si seulement il savait où M. Brochu irait le lendemain, il lui avait encore répondu: «Pas d'inquiétude!» ajoutant qu'il ne lui restait que quelques petits détails à régler, comme l'heure d'arrivée et de départ, avant de lui envoyer le tout par télécopieur. Elle avait encore demandé si les détails qu'il attendait ne concernaient pas plutôt le but et le lieu de la rencontre.

—Mais, vas-tu arrêter de t'inquiéter? Je te dis que je t'envoie le tout dans quelques minutes, avait-il répondu.

Elle avait raccroché, plus inquiète que jamais. Quand elle avait fait part à M. Brochu de sa démarche infructueuse, le commentaire de son patron repoussait toute discussion:

—Ça n'a aucun sens. Habille-toi et va me chercher cet horaire, quitte à ce que tu le dactylographies toi-même! Je te rappelle dans une heure!

Il était minuit. Madeleine avait sorti péniblement du lit et avait esquissé une caresse à son chat en adjoignant sa Mine-Mine de dormir pour deux.

❏

Un deuxième appel. Fidèle à lui-même, Antoine commandait: «Passe-le-moi!» Madeleine dérangea son patron une autre fois. Il était maussade.

—C'est le dernier appel que je prends. Si le pape appelle, tu lui dis que je suis occupé avec Mulroney. Si Mulroney appelle, tu lui dis que je suis occupé avec le pape. Tu me comprends.

—Il n'y a que moi pour vous comprendre présentement, monsieur Brochu, lui répondit Madeleine avant de retourner à sa lecture.

En voyant: «1er mai, jour 21: Âge d'or», elle n'eut pas besoin de lire ses notes en détail. Le souvenir de cette journée était très vivide.

M. Brochu venait de quitter la voiture et elle se préparait à se reposer quand elle avait vérifié l'heure: une heure quarante-cinq. Dans un automatisme, elle avait branché la radio à la station CKAC pour écouter les nouvelles. Un reportage était déjà commencé et elle avait entendu ce qu'il ne fallait pas:

«Comme je vous le disais, Richard, nous attendons, d'ici une trentaine de minutes, le Premier ministre ici, au centre d'accueil La Villa. Déjà, de nombreux résidents et quelques partisans du PSEQ ont pris place dans l'auditorium. On sait que cette rencontre est importante puisque le Premier ministre, dans son allocution, doit annoncer la position de son Parti sur le troisième âge. Dès que le discours du Premier ministre commencera, nous vous le transmettrons en direct et nous aurons par la suite une entrevue avec madame Bernadette Gendron, présidente de la Fédération provinciale de l'âge d'or, qui attend à nos côtés l'arrivée du chef du Gouvernement.»

Prise de panique, Madeleine avait communiqué avec Marcel Simard, responsable du comité de stratégie du Parti. Il lui avait dit candidement qu'il y avait eu confusion au comité et qu'un des bénévoles avait pris la responsabilité de convoquer la presse.

—Mais ce bénévole n'a tout de même pas inventé le texte de convocation!

—Oh! le comité de stratégie avait rejeté l'idée d'une conférence, mais on a omis de détruire le texte de convocation. Il est resté sur le bureau. C'est pourquoi, en entrant, le bénévole responsable des convocations a expédié le tout, lui avait avoué Marcel.

—Qu'allons-nous faire?

—Pas de problème. Nous avions une recommandation de la commission politique du Parti présentée lors du dernier congrès plénier. Nous sommes à la dactylographier au propre. Je serai à la porte du centre d'accueil tantôt et je la remettrai au Premier ministre.

—Mais tu ne peux pas être à la Villa à temps puisque tu es présentement à au moins une demi-heure du lieu de la rencontre. M. Brochu y est attendu dans quinze minutes. Et puis, un: M. Brochu ne va pas lire un document qu'il n'a pas étudié; et deux: la politique dont tu parles a été décriée par tous les groupes du troisième âge.

—Ah! je n'étais pas là quand c'est arrivé. Je vais aller vérifier et je te rappelle.

Elle avait à peine raccroché que M. Brochu était arrivé dans la voiture, détendu et alerte. Quand elle l'avais mis au courant de la dernière bévue, elle avait eu droit à un regard agressif et, quand elle lui avait suggéré de parler à Marcel, il avait tranché:

—Non! Laisse la tour de Babel tranquille. Donne-moi plutôt un crayon et du papier.

Puis il s'était adressé au chauffeur:

—Peux-tu conduire un peu plus lentement, mon Luc? J'ai besoin d'une bonne vingtaine de minutes avant d'affronter la meute.

Dans des moments comme celui-là, Madeleine se sentait privilégiée et heureuse de travailler pour Jean-Noël Brochu. Elle admirait sa maîtrise politique et son contrôle des situations. Son expérience et sa vivacité intellectuelle le plaçaient nettement au-dessus de ses adversaires. Pour lui, la politique était une vocation. Au fur et à mesure de sa rédaction, le chef du PSEQ passait ses notes à son adjointe. Habituée à son style télégraphique, elle n'avait aucune difficulté à suivre sa pensée. Madeleine souriait en prenant connaissance des notes. Nul mieux que son patron n'était maître des slogans qui vont droit au cœur de l'électeur. Elle remit le tout sans commentaire avec un simple clin d'œil et un hochement d'approbation. Jean-Noël Brochu la regarda en levant les yeux au ciel et en haussant les sourcils. Ce dialogue muet échappa au garde du corps qui annonça:

—J'espère que vous avez terminé, on arrive!

À sa sortie de voiture, M. Brochu avait pris par le bras la présidente du comité des résidents et l'avait invitée à l'accompagner sur la tribune. Il y avait eu un petit mouvement de remue-ménage chez les éclaireurs, mais, à l'arrivée sur l'estrade, une chaise additionnelle était en place. «Décidément, l'efficacité de l'équipe d'éclaireurs est toujours aussi inversement proportionnelle au comité d'élections!» avait alors pensé Madeleine. Pendant que M. Brochu détaillait la politique de son Parti pour les gens du troisième âge, Marcel Simard était arrivé en coup de vent en tenant une liasse de documents. Madeleine était allée vers lui et la lui avait enlevée des mains en l'avisant:

—Tu ferais mieux de prendre des notes, M. Brochu est en train de réparer votre gaffe.

Elle s'était éloignée sans se retourner. Le discours terminé, elle avait entendu avec satisfaction des bribes de reportages favorables. Cette idée d'accorder une subvention aux enfants qui allaient aménager leur résidence ou le terrain de leur résidence pour accueillir leurs parents était exprimée pour la première fois. Elle n'avait pu réprimer un rire sonore quand le commentateur de Radio-Canada avait dit:

«Il faut lever son chapeau à la Commission politique du PSEQ qui, à la suite de son dernier congrès plénier, est retournée à sa table de travail et a entrepris une sérieuse réflexion. Jean-Noël Brochu peut être fier de ses militants, qui lui permettent aujourd'hui de livrer un programme innovateur qui saura certainement faire l'unanimité auprès des gens du troisième âge.»

Dans la voiture, le chef du PSEQ s'était empressé de faire le tour des stations radiophoniques. Les reportages étaient positifs et les commentaires de Mme

Blanchette élogieux. Quand Madeleine avait félicité son patron, elle avait eu droit à une sentence sarcastique:

—Heureusement qu'on a eu affaire à la section senior de l'âge d'or. La présidente a pas trop compris, mais au moins ça sort bien!

❑

Madeleine continua sa lecture.

2 mai, jour 22

Nous sommes à dix-neuf jours du scrutin. Il est sept heures trente. Je viens de me lever. M. Brochu visite l'Outaouais. La journée s'annonce magnifique. Le soleil brille. J'aurais plus envie d'aller marcher à l'extérieur que d'assister aux rencontres de la journée...

[...]

Je suis dans l'avion en route pour Val-d'Or. Nous avons couru toute la journée, d'un centre commercial à la mairie, d'un hôpital à un centre de jeunes en difficulté, d'une station radiophonique à une conférence de presse, d'une visite de locaux d'élections à un rassemblement populaire. J'ai eu une nette impression de déjà vu. Je suis fatiguée de tout. Si quelqu'un m'avait dit qu'un jour je serais blasée des voyages en avion, je ne l'aurais jamais cru. Mais j'en suis là. Je ne peux plus voir l'intérieur d'un appareil. De plus, j'ai l'estomac à l'envers. De grâce, plus de plats de sandwiches ou de poulet frit d'ici la fin de l'année!

3 mai, jour 23

La nuit a été trop courte. Nous avions un déjeuner prévu à neuf heures. Les coupures de presse devaient être arrivées par télécopieur à Val-d'Or avant huit heures, de même que les textes de la journée. À neuf heures moins vingt, toujours rien. Les responsables du comité d'élection à Montréal m'informaient que tout avait été expédié à l'hôtel et qu'eux avaient en main la copie de confirmation de leur envoi. Si je n'avais pas insisté pour savoir le numéro de téléphone où le tout avait été envoyé, je n'aurais jamais su que les textes attendus étaient à Matane! Je n'ai pas essayé de savoir comment l'erreur s'était produite, malgré les demandes incessantes de M. Brochu. D'ailleurs, il n'a pas manqué de rappeler cet incident plusieurs fois durant la journée:

—Peux-tu me dire ce qui se passe à la tour de Babel à Montréal?... Te rends-tu compte que je n'ai pas eu mes coupures de presse ce matin?... Est-ce qu'on veut que je perde l'élection?... Qui est responsable du fouillis?...

4 mai, jour 24

De Val-d'Or, nous sommes venus à Sherbrooke. M. Brochu a exigé d'avoir tous les journaux à sa porte dès sept heures du matin. M. Béchard, le messager du bureau du Premier ministre, a donc dû se taper la route durant la nuit. Quand j'ai su que c'était lui qui apportait les journaux, j'ai mieux dormi. Avec M. Béchard, pas de problème. Il a déjà fait le trajet Montréal-La Malbaie-Montréal sans arrêt, en pleine tempête de neige, afin que l'enregistrement d'un message du Premier ministre soit au poste de radio CJMS pour être diffusé dès neuf heures, un dimanche matin.

À sept heures moins cinq, M. Béchard frappait à ma porte. Je l'attendais avec une surprise: un petit déjeuner commandé expressément pour lui et un verre de schnaps aux pêches, la seule boisson alcoolisée qu'il prend, un seul verre par semaine, le vendredi soir, en regardant un spectacle de lutte à la télévision. Mon repas avec lui a été ma seule distraction de la journée parce que, après ça, tout du pareil au même...

5 mai, jour 25

À l'*Auberge des Gouverneurs*. À Trois-Rivières. Paul Sirois, un inconditionnel de M. Brochu depuis de nombreuses années, nous attendait. C'est à peine si mon patron l'a salué en arrivant et il m'a dit qu'il n'avait pas le temps de le voir. J'ai employé toutes sortes de prétextes qui me semblaient valables pour excuser M. Brochu, mais Paul n'a pas été dupe. «J'ai gagné un Premier ministre, mais j'ai perdu un ami», m'a-t-il dit avant de me remettre un gallon de sirop d'érable provenant de sa sucrerie.

8 mai, jour 28

La trêve des *Redresseurs* est terminée. Notes personnelles d'Antoine quant à nos chances dans certaines circonscriptions reproduites dans *Le Soleil*. M. Brochu visiblement dégoûté de ces fuites. Journée de pluie et de dénégations de la part d'Antoine. La tension monte dans l'équipe.

❏

Encore une fois, le téléphone résonna. Cette fois-ci, l'appel était pour Madeleine. Le garde du corps posté à l'entrée de la résidence l'informa que quatre cameramen étaient sur place pour filmer le Premier ministre à sa sortie de chez lui. Ils demandaient tous à quelle heure cela se passerait. Madeleine répliqua qu'ils devraient attendre encore au moins une heure. Il était maintenant dix-neuf heures quarante-cinq. Elle parcourut les dernières pages de son journal:

11 mai, jour 31

Aujourd'hui, annonce de taille. Bévue interne inadmissible. Réaction fracassante de Carol.

❏

Un des bons côtés du système politique actuel: pouvoir se servir du Gouvernement à l'avantage du Parti. C'est ce qui devait se produire le 11 mai. Contrairement à son habitude, Jean-Noël Brochu était arrivé quinze minutes à l'avance. Il en avait profité pour rencontrer les dirigeants de Pétrole Industrie, puis était entré dans une salle surchauffée où les travailleurs de la compagnie lui avaient réservé un accueil triomphal. Le politicien en présence leur importait peu; leurs emplois étaient assurés, leurs enfants pourraient manger. En scrutant l'assemblée, Madeleine avait noté la présence des candidats du PUN dont les circonscriptions était touchées par la manne gouvernementale. Il n'y avait cependant aucun ministre ou candidat du PSEQ. Elle s'était dit que les organisateurs avaient probablement prévu une entrée opportune à un moment précis et elle s'était retirée dans un bureau adjacent pour placer des appels téléphoniques. Les applaudissements marquant la fin de la rencontre l'avaient ramenée dans la grande salle. Elle avait vu les candidats du PUN accorder des entrevues, mais il n'y avait toujours aucune trace des représentants du PSEQ. Carol Laporte était arrivé en trombe. Sans la saluer, il avait demandé à Madeleine:

—Où est le salaud de René Souci?

Madeleine avait pointé le bureau du fond. Avant qu'elle ait pu poser une question, Carol avait ouvert la porte, s'était rué sur René Souci et lui avait administré un solide coup de poing à la figure. Ce dernier en avait perdu ses lunettes, avait renversé son café et s'était écroulé, la paupière en sang. Carol Laporte, déchaîné, ne s'était pas arrêté pour autant. Il avait lancé contre le mur tout ce qu'il pouvait trouver — téléphones cellulaires, papiers, fruits, bouteilles d'eau minérale — et, tout en vociférant, avait terminé son ravage en lacérant le veston de René Souci qui était posé sur une chaise. Il hurlait.

—Depuis quand es-tu à la solde du PUN? Combien t'ont-ils payé pour que tu caches nos candidats et que tu donnes à ceux du PUN toute la place aujourd'hui? C'était quoi l'idée de faire venir nos gars une heure avant la cérémonie sous prétexte de les *briefer* et de les enfermer dans une salle sans leur permettre de sortir avant que le Premier ministre et les journalistes aient quitté? Tu vas répondre, mon salaud?

René Souci avait bredouillé:

—C'était une annonce gouvernementale. Je ne voulais pas que cela soit perçu comme une assemblée partisane.

Carol ne l'avait pas laché:

—Comme c'est là, c'est une annonce du PUN par la voix du chef du PSEQ. Où ils sont nos gars, que j'aille les délivrer?

—Au deuxième, dans la salle de lecture.

Sans trop comprendre ce qui se passait, Madeleine était partie aux trousses de Carol. La salle de lecture était au fond du corridor. Le responsable de la sécurité qui contrôlait l'accès avait avisé Carol:

—Il faut avoir un laissez-passer de M. Souci pour entrer.

—Le voilà, mon laissez-passer, avait répondu Carol en administrant un deuxième coup de poing.

Cette fois-ci, l'adversaire était plus costaud et une bataille rangée avait commencé. Madeleine était partie chercher de l'aide et avait eu tout juste le temps de rejoindre la voiture quelques secondes avant que Jean-Noël Brochu y monte. Il s'exclama:

—Mais quelle sorte d'organisation de broche à foin avons-nous? Nos candidats n'avaient pas été prévenus de l'annonce de ce matin? J'ai été obligé de poser avec les trous de cul du PUN. Mets-moi Carol en ligne.

Madeleine tentait d'expliquer à M. Brochu le peu qu'elle savait de la situation quand, au téléphone cellulaire, la téléphoniste du bunker avait annoncé que le ministre responsable du développement régional était en attente. M. Brochu avait pris immédiatement la communication et Madeleine l'avait vu passer de la colère au rire, de l'inquiétude à la colère.

—Passe-moi Antoine et écoute bien! avait-il dit à son adjointe.

C'est alors que Madeleine avait enfin pu comprendre les événements du matin. Les candidats étaient arrivés une heure avant le début de la cérémonie. Sous prétexte d'une vérification pour s'assurer que leurs téléphones cellulaires n'étaient pas sous écoute, René Souci avait personnellement pris possession des appareils. Une demi-heure avant l'arrivée de M. Brochu, il avait prié tout le monde d'aller aux toilettes, car la cérémonie serait peut-être longue et il ne leur serait pas possible de la quitter avant la fin. Les candidats avaient blagué entre eux et, à la file indienne, ils avaient joué aux écoliers en suivant leur professeur. Il y en avait même qui s'étaient permis quelques indisciplines dans les rangs. Une fois revenus dans la salle de lecture, ils avaient été surpris d'entendre le bruit d'une porte que l'on fermait à clé. Quand ils avaient vu de loin l'arrivée du Premier ministre, ils avaient commencé à se poser de sérieuses questions. Ils avaient beau frapper à la porte, personne ne leur répondait. Les fenêtres de la salle, comme celles de tout l'édifice, étaient scellées. Il leur était impossible de communiquer avec les quelques personnes qui passaient dehors, ces dernières répondant par des saluts amicaux aux signes incompréhensibles des prisonniers. C'était Michel Bissonnette qui avait sauvé la situation. Il avait aperçu le chef de la troupe scoute de sa paroisse, qui était un de ses organisateurs, marchant dans l'allée. Il avait réussi à attirer son attention et, avec deux morceaux de tissu de fortune, il s'était remis au sémaphore qu'il avait laborieusement appris chez les louveteaux: «Impossible sortir. Avise Carol au comité.» Le chef scout avait levé le pouce en signe de compréhension et les séquestrés avaient porté Michel Bissonnette en triomphe en proposant de faire couler dans un bain d'or les deux drapeaux salvateurs. «Contentez-vous donc d'émasculer l'enfant de chienne de René Souci!» avait suggéré le McGyver québécois.

❑

13 mai, jour 33

Comme si on n'avait pas déjà assez de tension, les *Redresseurs* ont frappé à nouveau. Ils étalent au grand jour quelques éléments de l'épisode d'avant-hier.

16 mai, jour 36

M. Brochu s'est plaint toute la journée. Ne voulait pas aller à la première d'un festival international de laser. Ai essayé tant bien que mal de mettre un peu d'entrain dans mes arguments: «C'est un événement très important qui sera télévisé dans tout le pays... Vous serez vu par les électeurs du Québec au début et à la fin de la cérémonie... C'est de la publicité gratuite... Vous serez entouré de représentants de la colonie artistique, ce qui n'est pas à dédaigner non plus... Vous connaissant, vous allez leur servir du "mon ami" comme si vous les fréquentiez depuis toujours. Et ne vous inquiétez pas, quand Jean-Pierre Coallier avec son grand sourire va annoncer "le Premier ministre de la province", il va certainement vous gagner quelques votes chez les madames de la rue Panet.» M.Brochu n'accordait pas foi à mes arguments et répondait que tout cela allait lui faire perdre des votes chez les intellectuels. C'est quand j'ai parlé du discours qu'il devait prononcer que le ciel nous est tombé sur la tête. Il me demanda la copie du discours et je lui répondis que c'était lui qui l'avait, comme Georges me l'avait dit. M. Brochu répondit que je fabulais, qu'il n'avait pas vu Georges de la journée, que celui-ci devait me remettre le texte, qu'il l'avait certainement fait et que c'était à moi de trouver où j'avais mis la copie. Me suis donc mise à la recherche de Georges, et du discours. Après une demi-heure de tentatives, «mon ami Georges» m'a avoué que le texte n'était pas encore prêt et qu'il le remettrait en mains propres à M. Brochu lorsqu'il arriverait au Palais des Congrès où se déroulait l'événement. C'est ce qui s'est d'ailleurs passé au grand mécontentement de M. Brochu.

Et puis est arrivé le hic de la journée. M. Brochu a lu son texte. À un moment donné, des gens dans la salle se sont mis à murmurer. En lisant mot à mot son discours, le Premier ministre a répété l'erreur du rédacteur. Au lieu de parler des enregistrements octophoniques et des images laser, il a mentionné les images octophoniques et les sons laser. Il s'en est heureusement aperçu (en entendant les chuchotements) et s'est rattrapé. L'apparence était sauve, mais je devinais bien aisément la furie sous son visage de sphinx. J'ai eu droit à la tempête de récriminations. À quatre jours des élections, Jean-Noël Brochu ne pouvait se permettre une bévue semblable. Heureusement que sa présence d'esprit avait sauvé la situation. Cet incident est à l'image de toutes les gaffes des trente-six derniers jours. Nous avons toutefois joué de chance, puisque tous les problèmes sont demeurés à l'interne et que rien n'a transpiré dans les journaux. Pour rester dans le même ordre d'idées, je pourrais ajouter que cela ne nous a pas empêchés d'avoir des sueurs froides. Mais M. Brochu n'a pas besoin d'un chorégraphe pour apprendre l'art des sauts qui vous sortent d'embarras. Comme un danseur étoile, il maîtrise parfaitement la saltation.

❑

Vingt heures. Madeleine mit le son des deux écrans de télévision situés devant elle en murmurant une ultime prière et décrocha le combiné du téléphone. Les prochaines vingt, vingt-cinq minutes seraient à elle seule. Elle écouta simultanément les présentations similaires de Radio-Canada et de Télé-Métropole: bref aperçu des moyens électroniques, introduction des animateurs et des personnes-ressources, présentation des correspondants dans les différentes régions. À vingt heures dix, les résultats provenant des bureaux de vote par anticipation arrivèrent: le PSEQ en sortait gagnant. Madeleine laissa échapper un soupir de soulagement et frappa du poing sur le fauteuil. C'était bon signe. Les premiers résultats fragmentaires de six circonscriptions auguraient bien eux aussi; le PSEQ menait dans quatre d'entre elles. Finalement, à vingt heures vingt-deux, Radio-Canada annonça que le prochain gouvernement serait majoritaire et formé par le PSEQ. Madeleine joignit les mains et ferma ses yeux embués de larmes. Elle rebrancha le téléphone et communiqua avec Jean-Noël Brochu:

—Félicitations.

—C'est fait?

—Radio-Canada l'annonce à vingt heures vingt-deux.

—Tu me laisses encore quinze minutes d'intimité et tu me mets Alexandre en ligne.

Madeleine raccrocha l'appareil pour le débrancher aussitôt.

Jean-Noël Brochu se retourna dans son lit.

—Elle aurait quand même pu nous donner cinq minutes de plus, dit-il en embrassant Sylvie.

—Monsieur le Premier ministre, ne soyez pas trop sévère pour votre fidèle secrétaire. Vous savez très bien que si elle n'avait pas accepté de jouer le jeu, nous ne serions pas ensemble.

—Laisse tomber, je sais. Viens, il nous reste encore quinze minutes.

—Tu ne penses pas que...

Sylvie ne termina pas sa phrase. Déjà les mains de Jean-Noël lui caressaient l'entrejambe et leurs bouches se soudaient.

Dès qu'elle remit le téléphone en fonction, Madeleine eut Antoine au bout de la ligne:

—Félicitations pour la magnifique coordination, lui servit-elle.

Antoine ne saisit pas l'ironie et demanda à quelle heure le Premier ministre allait arriver au comité central.

—Il termine quelques appels et il devrait être là dans environ une demi-heure après que Marc-André Senéchal aura concédé la victoire.

—Ça veut dire vers quelle heure?

—Antoine, de grâce, je n'ai pas l'horaire du chef de l'Opposition! Écoute la télévision. Quand tu verras Senéchal, commence à faire le décompte. De toute façon, dès que nous serons dans la voiture, je te mets le Premier ministre en ligne. Tu vas laisser ton cellulaire libre?

—Si c'est occupé, tu me rejoindras par le PC mobile de la Sûreté du Québec, déclara Antoine avant de raccrocher.

«Il ne changera jamais, celui-là, pensa Madeleine. Tant qu'il aura le privilège de jouer avec la police, il sera heureux.»

Chapitre dix

Jamais Madeleine n'avait été aussi au courant des allées et venues des députés. Les uns après les autres, les soixante-dix élus du PSEQ se rapportaient à elle. Ils voulaient lui faire connaître les numéros de téléphone où Jean-Noël pourrait les rejoindre. Tous la citaient comme un parangon de vertu dans son dévouement envers le Premier ministre et tous l'invitaient pour un lunch. Aucun, toutefois, ne lui faisait part de sa préoccupation profonde: «Le Premier ministre va-t-il communiquer avec moi pour m'offrir un ministère?» Certains se hasardaient: «Je comprends très bien Jean-Noël de ne pas me donner un ministère important la première année, mais dis-lui que je n'ai pas d'objection à assumer la direction d'un ministère sans portefeuille»; «Je m'en vais chez la coiffeuse, alors dis à Jean-Noël que je ne pourrai pas élaborer sur le ministère qu'il va m'offrir s'il me téléphone directement là-bas»; «Je sais que Jean-Noël a besoin de moi à la culture, mais demande-lui de m'appeler avant de commencer ses nominations, j'ai une meilleure idée à lui proposer.» Il y eut même un candidat défait qui donna ses coordonnées, assuré que Jean-Noël le nommerait quand même ministre!

—On achève, ma belle! Tu continues les appels que je t'ai demandés. Il ne me reste que trois nominations à annoncer. Après, on se reposera, annonça Jean-Noël Brochu.

—Est-ce que vous m'invitez toujours chez vous pour le souper?

—Bien sûr.

—Et avec Sylvie?

—Évidemment!

—Et c'est moi qui fais le souper?

—Si tu insistes...

—Et après le souper je vais avoir le droit de regarder la télévision tandis que vous vous retirerez avec Sylvie?

—Tu deviens audacieuse dans tes présomptions. Je pensais que tu te contenterais de relire mes discours de la dernière campagne électorale.

—Non seulement vous voulez m'isoler mais en plus vous voulez m'abrutir!

—Petite insolente, blagua Jean-Noël Brochu, continue mes appels sinon je retire mon invitation.

—Des promesses, toujours des promesses, ricana Madeleine en raccrochant.

Elle contacta les trois derniers élus. Elle perçut leur soupir de soulagement lorsqu'elle les avisa que le Premier ministre désirait leur parler. Depuis une semaine, ils étaient aux abois, passant plus d'une fois de l'espérance au désespoir de ne pas être nommés au Conseil des ministres. Maintenant, ils pourraient fêter et élaborer toutes sortes de nouvelles politiques pour leur nouveau ministère. En fait, ils avaient jusqu'au moment de l'assermentation pour remanier, revaloriser, réorienter leur ministère. Tout privilège leur appartenait jusqu'à ce moment. Après, pris dans l'engrenage du pouvoir, entourés des courbettes de certains sous-ministres, imbus de leur statut, ils perdraient

vite le feu de la réforme et, certains avec pusilla-
nimité, d'autres avec amertume, tous constateraient
combien leur autorité était restreinte. D'aucuns regret-
teraient le temps de l'opposition où la collectivité
passe avant l'individu, où l'ennemi est un, où toute
réforme résiste à la critique.

Madeleine ne pouvait non plus s'empêcher de
penser que le présent succès défiait la règle première
d'une campagne victorieuse: pour un parti politique,
l'art de gagner une élection repose sur l'unité de ses
forces. Plus d'une fois, elle avait vu Carol Laporte
s'impatienter devant le manque de rigueur du comité
d'organisation, mais quand elle saisissait Jean-Noël
Brochu de la situation, il lui répondait immanquablement:

—Du calme. Du calme. Sois patiente et n'oublie
pas que la patience est une vertu qu'on ne peut pas
précipiter.

Elle devait admettre qu'il avait eu raison. Avec
la carte de l'aide indirecte accordée au PUN via le
service de recherche gouvernementale, son patron
avait joué gagnant. L'adversaire ne s'était pas montré des plus féroces et avait fermé les yeux au point
de s'amuïr dans certains cas. Personne ne pourrait
jamais dire ce qui se serait produit si l'Opposition
avait montré plus d'ardeur. La presse n'avait pas
deviné le jeu de passe-passe et, dans le confort de la
cohabitation avec le PSEQ, les journalistes ne
s'étaient pas attardés aux rumeurs de dissidences au
sein de ce Parti.

—C'est terminé. Mets-moi Georges en ligne que
je fixe la date des assermentations.

—N'oubliez pas qu'Antoine a déjà demandé à
vous parler, souligna Madeleine.

—Alors, vas-y dans l'ordre de tes préférences et
passe-moi l'un ou l'autre.

—Votre journée est alors vraiment terminée, lança-t-elle.

—Tu sais très bien qu'Antoine, Carol et Georges vont partir d'ici peu et que...

Madeleine coupa la conversation, car sa deuxième ligne téléphonique sonnait.

—Mon dilemme est terminé, affirma-t-elle quand elle revint à son patron. Vous avez Antoine sur la première ligne.

Cette conversation entre le chef de cabinet et le Premier ministre s'étendit sur une vingtaine de minutes. Madeleine, qui travaillait chez elle, en profita pour ranger son appartement et commencer à choisir ses vêtements d'été. Elle soupira en constatant qu'encore une fois elle devait devancer les saisons. Ses cadeaux de Noël? Elle les achetait en juillet, car la fin de session ne lui donnait pas le temps d'arpenter les magasins. Ses vêtements d'hiver? Elle les triait au mois de juillet avant que les préparatifs de la rentrée parlementaire ne l'amènent régulièrement à Québec. Pâques? Elle n'y pensait même pas. Elle avait depuis longtemps laissé tomber l'idée de mener une vie soi-disant normale. Ses heures de sommeil, ses états d'âme, tout était à contre-courant depuis qu'elle travaillait pour Jean-Noël Brochu. Travailler pour Jean-Noël Brochu! De fait c'est ce qui la différenciait de ses confrères et consœurs au cabinet du Premier ministre. Elle avait commencé à collaborer avec l'actuel chef du Gouvernement au tout début de son ascension et c'est Jean-Noël Brochu, l'homme, qu'elle servait. Elle l'avait toujours appelé monsieur Brochu et le fait qu'il soit élu Premier ministre ne lui avait pas fait changer d'opinion sur l'homme qu'elle avait rencontré six ans auparavant, un être supérieur, humoriste à ses heures et excellent politicien. Ses gestes calculés, son intransigeance, son égoïsme abusif par moments, sa façon de faire du bruit en mangeant, son indifférence devant la souffrance humaine, tout cela l'irritait. Mais elle devait admettre qu'en même temps elle admirait le détachement de son patron qui lui permettait d'être tout entier aux affaires de l'État sans que ses sentiments interfèrent dans ses décisions.

Après sa conversation avec Antoine, Jean-Noël suspendit ses appels. Il demanda à Madeleine d'arriver un peu plus tôt chez lui, car il désirait lui parler. Elle continua donc son travail de tri et arriva à la résidence du Premier ministre vers dix-neuf heures. Elle perçut dès le premier salut de son patron qu'il était mal à l'aise.

—Qu'est-ce qui se passe encore? demanda-t-elle sans préambule.

Jean-Noël se détourna avant de répondre.

—Ce sont les *Redresseurs.*

—Ce n'est pas encore réglé, cette question? Qu'est-ce que la SQ fait?

—Justement, Antoine me disait cet après-midi que l'inspecteur Malenfant va interroger quelques personnes de mon entourage immédiat.

—Antoine, Carol et Georges vont être contents.

—Pour l'instant, ils n'ont pas été convo...

Jean-Noël Brochu s'arrêta. Il ne voulait pas informer Madeleine de cette décision. Mais il était trop tard.

—Si Antoine, Carol et Georges ne sont pas convoqués, qui reste-t-il au bureau comme suspect? Moi, par exemple?

Le ton de Madeleine était ironique, son sourire de même. La réponse de son patron l'estomaqua:

—Il ne faut pas t'en faire. L'inspecteur Malenfant n'a que des questions de routine à te poser.

—Quoi? Je suis suspecte à vos yeux d'être une des *Redresseurs*?

Le ton de Madeleine trahissait l'agressivité et le dépit.

—Tu sais bien que je ne te soupçonne pas.

—Vous en avez une drôle de façon de manifester votre solidarité à mon endroit! Qu'Antoine, Carol et Georges ne soient pas questionnés, vous êtes d'accord! Que la SQ désire me poser des questions, alors vous ne dites rien, vous laissez faire. Mais vous rendez-vous compte qu'aux yeux des autres, vous proclamez ouvertement vos doutes à mon endroit?

—Voyons, Madeleine, tu dramatises! Je n'ai jamais douté de ta fidélité. Mais si je ne permets pas à l'inspecteur Malenfant de rencontrer tous les gens qu'il désire, je me mets en travers de son enquête.

—Monsieur Brochu, je vous en prie, laissez la sémantique de côté et dites-moi pourquoi il a fallu que ce soit Antoine qui vous dise que la SQ désirait m'interroger. Est-ce qu'Antoine dirige l'enquête?

—Madeleine, je t'en prie, ne me donne pas plus de problèmes que j'en ai. Tu sais qu'Antoine, Carol, Denis et Georges vont quitter mon bureau d'ici un mois. Tu es celle qui reste. Ton pouvoir va augmenter considérablement aux yeux des autres.

—Le pouvoir, vous savez ce que j'en pense. Si j'étais dans la course pour les honneurs, il y a longtemps que je me serais présentée comme candidate ou que je me serais fait donner un titre ronflant à votre cabinet. Non, monsieur Brochu, vous ne me respectez plus. Je pense que je n'ai plus rien à faire auprès de vous. Je vais rencontrer l'inspecteur Malenfant, par devoir, non par plaisir maladif, et quand il aura établi à vos yeux que je n'y suis pour rien dans l'histoire des *Redresseurs*, permettez-moi de vous dire que je me retire de la politique.

—Écoute, tu as toujours été celle qui a eu le plus de liberté dans mon entourage.

—Vous savez où cela mène, la liberté? Gorbatchev est passé de chef d'État à conseiller international!

—Madeleine, pour l'amour de Dieu, arrête de dramatiser. Je vais dire à Antoine que l'inspecteur Malenfant n'a pas à te voir.

—Il est trop tard, monsieur Brochu. Je ne pourrai jamais oublier votre non-confiance. Alors, laissez les choses comme elles sont, sinon, pauvre vous, vous auriez des problèmes avec Antoine et Georges. Je vais parler à la SQ dès demain, et puis après, je pars pour une semaine de vacances. Une semaine en sept ans, je ne pense pas que ce soit exagéré. À mon retour, je viderai mon bureau. Bonne chance!

Madeleine partit sans se retourner. Elle croisa Sylvie qui entrait.

—Jean-Noël n'a pas eu le temps de cuire un gâteau et il t'envoie en acheter un? plaisanta Sylvie.

Madeleine lui sourit et lui envoya un vague signe de la main. Elle était incapable d'articuler un seul mot.

❏

Madeleine marchait sur la plage. Elle vivait pleinement son dernier jour de fuite. Jean-Noël ayant insisté pour savoir où elle allait, elle lui avait dit qu'elle partait pour New York. Mais de là, elle avait pris un autre avion pour Washington et s'était rendue par autobus à Ocean City. À cette époque de l'année, il n'y avait pas de Québécois et elle avait apporté suffisamment d'argent pour éviter de se servir de sa carte de crédit. Elle arpentait pour la deuxième fois aujourd'hui la promenade de bois, allant de la section des restaurants jusqu'au parc d'attractions. Sa décision n'était toujours pas prise. Comment aurait-il pu en être autrement? Trop d'événements depuis deux semaines avaient effiloché son sens de décision.

Il y avait d'abord eu la victoire électorale, et la course aux promotions qui s'était ensuivie. Puis, la bombe! L'interrogatoire. Elle avait été blessée par le fait que le Premier ministre avait permis cette rencontre, mais elle avait été encore plus surprise par les propos de l'inspecteur.

La rencontre avait commencé tout bonnement par les salutations d'usage, les «comment allez-vous?» les «voulez-vous un Seven-Up diète?» Si elle n'avait pas été si tendue, Madeleine aurait ri de bon cœur en constatant que le représentant de la Sûreté du Québec connaissait ses préférences. Madeleine discutait à bâtons rompus avec lui depuis une bonne trentaine de minutes quand il lui remit un document.

—J'aimerais que vous preniez connaissance de ceci, madame Pilon.

Madeleine n'était pas familière avec la paperasse policière, mais le texte qu'on lui remettait ressemblait à l'idée qu'elle se faisait d'un rapport d'enquête. Après les deux premières pages, elle avait demandé, perplexe:

—Vous croyez réellement qu'il soit nécessaire que je lise tout cela? Je pense plutôt que vous devriez remettre ces résultats à Antoine.

—Écoutez, madame Pilon, je ne veux pas vous forcer. Je vous laisse seule trente minutes. Libre à vous de prendre ou non connaissance de ce texte.

Sur ces mots, l'inspecteur Malenfant avait quitté la petite salle. Madeleine, qui perdait rarement son sens de l'humour, n'avait pu s'empêcher de sourire en remarquant le miroir sur le mur. «Vous pouvez bien partir, inspecteur Malenfant, pensa-t-elle. De toute façon, avec ce miroir sans tain vous saurez si j'ai, oui ou non, lu votre résultat d'enquête.» Et puis elle avait pensé soudainement que l'inspecteur lui demandait peut-être de prendre connaissance des résultats parce qu'elle était pointée comme coupable. Aussi avait-elle continué la lecture. Les conclusions de la dernière page l'avaient renversée. Il y était écrit:

> Après analyse des écritures et des empreintes digitales prélevées sur différents communiqués expédiés à Pierre Champagne, il ne semble y avoir qu'une seule personne sous la plume des *Redresseurs*.

Madeleine n'avait pas sourcillé à cette découverte. Mais les paragraphes suivants lui avaient semblé irréalistes:

> Après une comparaison des empreintes des employés du cabinet du Premier ministre, empreintes déjà en filière, nous avons pu éliminer tout le personnel actuel comme étant le *Redresseur*. Toutefois, nous avons retracé que lesdites empreintes correspondaient à des empreintes déjà relevées à l'appartement du chef de cabinet, Antoine Lacasse, lorsque ce dernier avait été victime d'un vol sans effraction. Ces empreintes avaient été identifiées comme celles de Martin Gagné, un ami de M. Lacasse.
>
> Nous avons donc rencontré M. Gagné, dix-neuf ans, un homme sans emploi connu. Après l'interrogatoire mené par le sergent Lemoyne et l'inspecteur Séguin (dont copie est en annexe de même que la confession de M. Gagné), il ressort que M. Gagné entretenait une relation homosexuelle avec Antoine Lacasse depuis bientôt trois ans et que, jaloux de l'attention que son amant portait aux femmes, il aura agi par vengeance.

Quand l'inspecteur Malenfant était revenu, Madeleine lui avait demandé plaintive:

—Pourquoi m'avez-vous montré ça?

—Il n'y a qu'une personne pour savoir si le Premier ministre doit être mis au courant. C'est vous.

Madeleine avait quitté le quartier général de la Sûreté du Québec sans donner quelque indication que ce soit à l'inspecteur Malenfant quant à sa décision d'informer ou non le Premier ministre du résultat de l'enquête. De retour chez elle, elle avait pris ses valises déjà prêtes et s'était dirigée vers l'aéroport de Dorval pour s'envoler vers New York. Avant même de prendre l'avion, sa décision était prise quant aux événements de la journée. Antoine quittant le bureau du Premier ministre pour une compagnie américaine basée à San Diego, il n'y avait pas lieu de donner suite aux découvertes de la Sûreté du Québec. Les *Redresseurs* n'existaient plus!

Pour Antoine, Georges, Carol, Denis et même Jean-Noël, l'avenir était réglé. Mais Madeleine devait décider du sien avant le soir. Elle savait qu'elle aurait à peine mis les pieds dans son appartement que déjà le téléphone sonnerait et que le Premier ministre lui demanderait:

—Et puis? Tu viens à Québec avec moi demain?

Elle n'avait pas à étudier mille options. Il n'y en avait que deux. Ou elle restait auprès de Jean-Noël Brochu ou elle quittait la politique. Alors, pourquoi la décision était-elle si difficile?

«Partir... Ça serait le printemps... Pouvoir me coucher et me lever à ma guise. Sortir, aller au spectacle. Vivre les saisons en même temps que tout le monde. Voyager en prenant mon temps. Ne pas recompter trois fois les mêmes rangs dans mon tricot à cause d'interruptions. Retrouver ce qu'est l'intimité. Arrêter de jouer avec les sentiments des gens. Oui! Ça serait le printemps! Mais rester... Ça pourrait aussi être le printemps... Voyager de façon plus agréable en préparant les sorties officielles à l'étranger. Ne pas me préoccuper de me trouver un emploi. Travailler pour l'homme que j'admire le plus. Continuer, de façon privilégiée, à découvrir l'hommerie derrière les façades officielles. Être forcée de me dépasser constamment. Oui! ça pourrait être le printemps!»

Conclusion

En rentrant chez elle, Madeleine ouvrit le téléviseur. Le *Téléjournal* était commencé. Elle y porta attention machinalement et pensa que Bernard Derome avait de beaux yeux. Elle se dit que le printemps était sûrement arrivé. Elle prit sa décision. La cascade de son rire fit sursauter son chat.

Épilogue

La vieille dame troublée déposa le livre dont elle venait de terminer la lecture. Sa vie y était étalée. Tout y était rapporté fidèlement. Elle ferma les yeux et se revit quarante ans plus tôt. Elle se rappela le bunker, les longues routes, les nuits d'insomnie.

—Madame Pilon, voulez-vous vous joindre au groupe pour accueillir le Premier ministre à la cafétéria?

L'infirmière de service la sortit de sa rêverie. Depuis qu'elle était résidente de cette maison d'accueil, jamais elle ne s'était remémoré son passé. Il avait fallu qu'elle lise le livre de sa petite-fille pour que tout lui revienne.

Quand elle entra à la cafétéria, le Premier ministre serrait déjà des mains. Elle remarqua la jeune fille qui l'accompagnait. Elle ne pouvait détacher ses yeux de cette personne.

Magnétisée, l'adjointe du Premier ministre vint vers elle.

—Bonjour, comment allez-vous? lui demanda l'inconnue.

—Jeune. Très jeune.

—C'est sûrement la richesse de votre expérience qui vous permet de garder votre vitalité.

La vieille dame sourit. Elle regarda l'étrangère. Devant le sourire qu'elle lui rendit, une question la hanta. Cette personne aurait-elle, elle aussi, un jour, à faire le choix qu'elle avait, elle-même, dû effectuer quarante ans plus tôt?

CET OUVRAGE
COMPOSÉ EN PALATINO 12 POINTS SUR 14
A ÉTÉ ACHEVÉ D'IMPRIMER
LE HUIT SEPTEMBRE
MIL NEUF CENT QUATRE-VINGT-TREIZE
PAR LES TRAVAILLEURS ET TRAVAILLEUSES DES PRESSES
DE L'IMPRIMERIE GAGNÉ
À LOUISEVILLE
POUR LE COMPTE DE
VLB ÉDITEUR.

IMPRIMÉ AU QUÉBEC (CANADA)